El Libro de las Brujas

El Libro de las Brujas

Shahrukh Husain

Traducción del inglés a cargo de
Andrea Daga

IMPEDIMENTA

Título original: *The Virago Book of Witches*

Primera edición en Impedimenta: octubre de 2022

Juan Álvarez Mendizábal, 27. 28008 Madrid

http://www.impedimenta.es

ISBN: 978-84-18668-70-8
Depósito Legal: M-16481-2022
IBIC: FA

Impresión: Kadmos
P. I. El Tormes. Río Ubierna 12-14. 37003 Salamanca

Impreso en España

Impreso en papel 100% procedente de bosques gestionados de acuerdo con criterios de sostenibilidad.

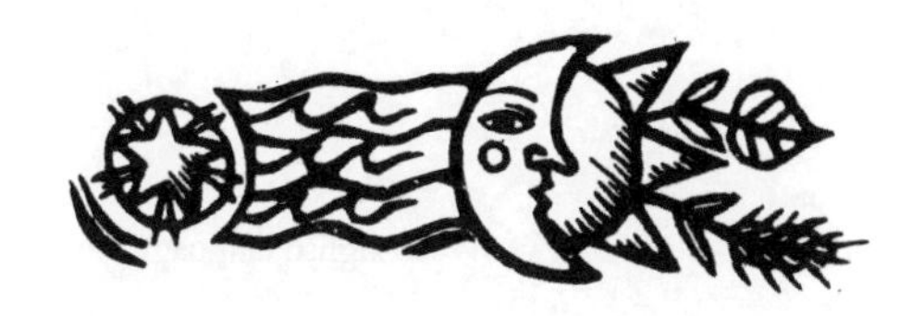

¿Cuándo vi por última vez
los anchos ojos verdes y los largos cuerpos sinuosos
de los leopardos negros de la luna?
Las brujas ermitañas, señoras nobilísimas,
con todo y sus escobas y sus lágrimas,
sus enérgicas lágrimas, se fueron.
Se perdieron los santos centauros de los montes;
solo me queda el hastiado sol.
La heroica madre luna se hundió en el destierro;
tengo cincuenta años, y ahora
he de sufrir la timidez del sol.

W. B. Yeats,
Versos escritos en el abatimiento *

*. Traducción de Hernando Valencia Goelkel. *(Todas las notas son de la traductora.)*

Para Christopher Shackle,
mi marido.

Nota a la edición de 2019

La bruja: resiliente, desafiante, sorprendente y poderosa. Nunca desaparece de nuestra cultura durante mucho tiempo. Algunas famosas, iconos de la feminidad, como Björk o Ariana Grande, han reivindicado su relación con la *Wicca*.[1] Ahora las brujas desfilan en las pasarelas con sombreros de ala ancha, con mirada seductora y atuendos oscuros, inquietantes, o con llamativos vestidos de gala que favorecen su característico misterio. Algunos fotógrafos han retratado a mujeres con maquillaje gótico y el pelo enmarañado en paisajes desolados, grises y lúgubres. Se ha utilizado la imagen de la bruja incluso para vender estanterías y armarios cargados de tarros y redomas que recuerdan el antiguo arte de las pociones curativas, los filtros de amor y los hechizos para favorecer el éxito o imponer un castigo. Tanto la lectura de

1. *Wicca:* se trata de una especie de religión naturalista y neopagana basada en las creencias y prácticas precristianas (en general, de origen celta o presuntamente celta), donde la figura central es una diosa y los ritos y cultos pretenden recuperar los antiguos ceremoniales de las brujas y los druidas.

las cartas del tarot como la adivinación o la confección de amuletos con gemas y cristales mágicos vuelven a estar de moda.

El resurgir de todo lo relacionado con las brujas debería darnos a entender que han vuelto por algún motivo. No es solo que la versatilidad del personaje se preste fácilmente a la ficción, tanto en los libros como en las pantallas, e incluso en las letras de la música moderna. No, la bruja ha regresado porque está furiosa y porque conoce bien su fuerza.

Las historias de brujas siempre se han caracterizado por resaltar la independencia feroz del personaje de la hechicera, así que no es ninguna sorpresa que el arquetipo de la bruja se haya popularizado de nuevo en una generación de mujeres que desea reivindicar su autonomía.

Creo que el espíritu de las reacciones valientes, a veces incluso temerarias, de aquellas mujeres acusadas de brujería maligna a principios de la Edad Moderna sentó las bases para que las mujeres de hoy liberen su ira, prohibida y acallada durante tanto tiempo. La historia y el folclore de las brujas nos hablan también de la marginalización y la resistencia de la mujer contemporánea.

La indignación que muchas de nosotras hemos expresado frente a las desigualdades que sufrimos tanto en casa como en el trabajo, en el pasado y en la actualidad, me recuerda a la siniestra historia que arrostraron las mujeres acusadas de brujería entre 1450 y 1750. Este fenómeno, conocido como «caza de brujas», se dio en Europa y en América en una época en la que la gente aún creía ciegamente que el diablo vivía entre los hombres. A lo largo de los años, las historias de mujeres que se aliaban con el diablo han ido calando en el folclore, en la poesía y en el arte. En la parte de *Recursos hechiceros* y en otros cuentos de esta colección, el lector encontrará ejemplos que reflejan la fuerza anárquica, las travesuras maliciosas y las divertidas aventuras de las brujas, pero incluso en los relatos cargados de diversión y juego, se hace sentir de un modo u otro la sombra de ese período brutal y siniestro en el que se quemaba a las brujas en la hoguera. El *Malleus*

Maleficarum (El martillo de las brujas), un texto de 1487 redactado por el sacerdote alemán Heinrich Kramer (posteriormente inquisidor), concentraba su manifiesta misoginia en la maldad de las brujas, y durante doscientos años se vendió con gran fortuna en el mundo cristiano, solo superado por la Biblia. Durante esos trescientos años de persecuciones y asesinatos de mujeres, los cazadores de brujas fueron alentados por los altos cargos la Iglesia y la monarquía para que interrogaran y sentenciaran a las brujas con las excusas más triviales y extrañas imaginables. Entre treinta y cinco y cien mil personas fueron ejecutadas por ese motivo, entre las cuales al menos un ochenta por ciento fueron mujeres. En los juicios casi siempre se las acusaba de un apetito sexual desenfrenado, antinatural en las mujeres, de actos sexuales perversos con el diablo o de menoscabar la virilidad de los hombres. Las ajusticiadas eran principalmente mujeres oprimidas, analfabetas y a menudo demasiado ignorantes para entender la complejidad de los cambios religiosos de la época. Pero, a pesar de su indefensión y del peligro que corrían, estas mujeres no se callaban, contestaban, plantaban cara a sus «superiores» y desafiaban a las autoridades que las acusaban de usar magia negra para arruinar las cosechas, agriar la leche, dejar impotentes a los hombres o enfermar a los niños.

Normalmente se las sentenciaba a muerte —condenadas a morir ahogadas, ahorcadas o quemadas— por algún acto de resistencia o terquedad. Esta persecución obsesiva y alimentada por el odio, aderezada con una mezcla confusa de religión, leyes hereditarias y de propiedad, autoridad, celos profesionales y política, acabó concentrándose en grupos concretos de mujeres. Mujeres que, aunque fueran malhabladas, desafiantes y a veces agresivas en sus manifestaciones, eran esencialmente inofensivas.

El último siglo ha conocido avances significativos en la independencia de las mujeres, pero aún se mantienen ciertas tradiciones nocivas que, sin duda, la sociedad ha interiorizado y que las propias mujeres han asumido. Por ejemplo, en el mundo anglosajón, algunos términos ofensivos dirigidos a las mujeres están relacionados con las brujas: *banshee* (una bruja nocturna que aúlla y es presagio de muerte), *she-devil* (diabla, Lilith y sus hijas), *bitch* (perra; término asociado con Hécate, la antigua diosa de las brujas que iba en un carro tirado por perros). Por supuesto, la persecución de aquel período tan oscuro no se puede comparar de ningún modo con la experiencia de las mujeres de hoy en día, pero la represión de las mujeres que se atreven a desafiar las normas sociales sigue provocando respuestas agresivas, como el acoso sexual, la violencia generalizada contra las mujeres y el hostigamiento en el lugar de trabajo, que menoscaban la autoestima femenina, violan los derechos humanos de las mujeres y tienen graves efectos psicológicos.

Es probable que la obsesión por perseguir a las brujas a lo largo de la historia tenga relación con el concepto psicoanalítico de la «proyección», un proceso a través del cual las personas reniegan de las cualidades propias que consideran indeseables y pretenden imputar sus defectos a los demás. El corrupto duda de la honradez de los demás. El indiscreto cree que no puede confiar en que los demás sean discretos. Quienes desean tener el control temen ser controlados. Los que «proyectan» sus fantasmas emocionales, al exonerarse a sí mismos, atribuyen al otro un poder que existe solo en su mente. Jung se refería a este rechazo de los defectos propios como «la sombra: aquello que no deseo ser». Pocos de nosotros nos conocemos tan bien como para afirmar que somos conscientes de nuestras debilidades, de modo que la tendencia a «proyectar» es un vicio común en la sociedad. En las relaciones humanas se convierte en un juego de culpabilidades entre individuos, pero, a nivel colectivo, las sociedades tienen tendencia a señalar a un grupo que, finalmente, se convierte en la personificación del mal. A veces es un proceso inconsciente. Cuando proliferaban las supersticiones y cualquier acto insignificante podía acabar con un inocente en la cámara de tortura o en el patíbulo, el odio y el rechazo terminaron concentrando toda su furia en el indefenso, en el otro, el extraño, el raro. Quizá las brujas sean el ejemplo más conocido y popular, y el que más se ha extendido en el tiempo, pero la proyección del mal en «el otro» se sigue dando hoy en día.

Si hacemos caso a esta teoría, las características que los hostigadores atribuían a las brujas podrían aplicárselas fácilmente a sí mismos: falta de racionalidad, tortura, crueldad, avaricia, sed de sangre y perversidad sexual.

Las mujeres hipersexualizadas que mermaban la energía de los hombres aparecen con frecuencia en el folclore y en las leyendas, con historias como «Alá y la vieja bruja», del Congo, o «La piel pintada», una historia asiática sobre mujeres-demonios que asesinaban a los hombres para arrebatarles su vitalidad. En los lugares donde se teme a las mujeres y se siente la necesidad de controlarlas, esto no ha cambiado. Este tipo de cuentos refleja muy bien la sociedad actual, lo que ocurre en las plantas de producción de las fábricas, en las salas de juntas, en el reparto de cargos y en las oficinas ejecutivas. Ni siquiera los gabinetes del poder político se salvan; la protesta se silencia con desmentidos, con burlas, con acusaciones de mentiras y con amenazas subrepticias de acabar con la carrera de la mujer. Si una de nosotras planta cara al acoso, sobre todo si se trata de agresiones sexuales o de coacción, se arriesga a que la tachen de perturbada, de arpía, de problemática, de mentirosa o de chantajista y, por supuesto…, de bruja.

La frustración y la rabia reprimidas, que la mujer moderna lleva acumulando durante décadas, por fin han colmado el vaso. Pero al contrario que las mujeres perseguidas en siglos anteriores, analfabetas incapaces de rebatir las acusaciones, las mujeres de hoy están rompiendo en pedazos sus acuerdos de confidencialidad y jugándoselo todo para desenmascarar los delitos de la clase (masculina) dirigente. Curiosamente, algunos de los acusados, e incluso los que aún no lo han sido, se han referido a este cambio de tornas como una «caza de brujas». Nadie ha creído semejante patraña: las brujas están siendo vengadas.

Para mí, la bruja es el ejemplo definitivo de la feminidad, con toda su complejidad. Sus historias aguardan en las páginas de este libro. ¡Un festín de ira, burlas, risas, luchas y la victoria final de la bruja! No nos hemos olvidado ti, bruja. Te saludamos y te celebramos.

Shahrukh Husain
Londres, 2019

Introducción

Ninguna colección de cuentos de hadas está completa sin un par de historias de brujas. Es cierto que proliferan los estudios académicos y las enciclopedias sobre brujería, pero, aparte de alguna que otra antología de historias para niños, no conozco ningún volumen dedicado íntegramente a las brujas, a celebrar toda la magnitud de lo que representan, desde una espeluznante criatura de las tinieblas hasta una maga generosa, seria y astuta. En cualquiera de sus formas, una bruja es una mujer fiel a sus ideales que usa su magia y su poder de adivinación para maximizar sus experiencias vitales, aunque al final lo acabe pagando caro.

Desde el principio de los tiempos, las brujas han formado parte de todas las culturas conocidas, ya fuera conjurando hechizos, curando a los heridos o jugando con las decisiones del destino. Incluso antes de que se empezaran a registrar datos, ya se las identificaba con el mal y la muerte de forma casi inexorable. El primer mito conocido (h. 3000 a. C.) se encontró en una serie de tablillas sumerias y cuenta la historia de una bruja-diosa —severa, fría e implacable— que reinaba en el Inframundo, al igual que luego lo harían sus homólogas, como Deméter. Aun así, en los mitos, en el folclore y en los cuentos de hadas abundan las representaciones ambiguas, a veces incluso benévolas, de las brujas. Vienen de diversas tradiciones: de los mitos, de la historia, de la teología, de la literatura y de la tradición oral; algunas son protagonistas de diversos relatos o conforman una convención en sí mismas, otras no tienen nombre y reflejan meros estereotipos que nos permiten adentrarnos en las creencias populares y en los horribles fantasmas que se esconden en lo más oscuro de la mente humana.

Tanto entre los clásicos europeos como en la tradición popular hindú existen representaciones de la bruja como *femme fatale*, mujeres tan sumamente bellas que son capaces de embrujar a cualquier hombre. Cambian de forma bruscamente, secuestran a los hombres o petrifican a su objeto de deseo para que sucumban ante ellas. Mientras que las hadas hindúes y persas de Oriente Medio raptan y encierran a sus amantes, el hada celta tiene otra forma de hechizar: los hombres quedan obnubilados por su belleza hasta tal punto que, obsesionados con ellas, no son capaces de cumplir las funciones que la sociedad les ha asignado. Junto a estas modalidades también existen las horribles gorgonas, lloronas y chupasangres, que se alimentan de cadáveres y utilizan la poca magia que tienen para llenarse el estómago y calmar sus violentos impulsos sexuales.

En todas las mitologías y folclores existen brujas de la naturaleza, que viven en el agua, en las cuevas o en las montañas y se dedican a vigilar y a proteger su entorno, con su flora y fauna, y a acabar con cualquiera que se atreva a alterar el orden natural de la vida. Muchas son brujas o espíritus terroríficos con los que estamos familiarizados, que seducen, engañan y secuestran a sus víctimas humanas para llevarlos a la muerte o al olvido.

Quizá las más conocidas en todas las culturas sean las brujas violentas. A menudo se las representa como horripilantes ancianas que se alimentan de humanos, sobre todo, de niños, y que beben la sangre de vivos y muertos. Esta bruja caníbal se remonta a la antigüedad y se le atribuyen diversos orígenes. Por un lado, tiene conexión con los rituales de fertilidad de los pueblos primitivos del Mar del Sur, Nueva Zelanda y Australia, donde el canibalismo infantil simboliza el ciclo natural de la vida: plantar, recolectar y volver a sembrar. En las naciones de todo el continente americano estas brujas suelen aparecen con forma de vaginas muy diversas, entre las que destaca la temible vagina dentada. Por otro lado, las acciones de la mesopotámica Lilith, la primera mujer según la tradición, presentan diversos paralelismos con las de la bruja caníbal: es abiertamente lasciva, se relaciona con demonios y diablos, y no tiene miramientos en minar la vitalidad viril de los mortales para dar vida a los monstruos.

La consunción de la virilidad masculina es otro de los temas que se ha asociado a las brujas en todo el mundo. En los cuentos chinos aparecen ciertos espíritus incorpóreos que se apoderan de los humanos para drenarles su energía vital. En la mayoría de estas historias, el espíritu representa a una mujer, mientras que la víctima suele ser un hombre. También hay relatos en los que los espíritus de los muertos acuden desde una dimensión mágica para ayudar y proteger a sus seres queridos. Aunque pueda parecer difícil distinguirlas, estas brujas a la vez benévolas e inquietantes son distintas de los fantasmas. De hecho, siempre surgen ciertas dudas en torno a este tipo de brujas y, en general, en torno a todas las modalidades de hechiceras. ¿Son mortales o inmortales? ¿Humanas o semidivinas? Las brujas que absorben la energía y el semen de los hombres son, sin duda, inmortales, al igual que las habitantes de la Tierra de la Juventud Eterna, como su nombre indica. Las brujas de la naturaleza también se van regenerando con los ciclos de las estaciones o permanecen diluidas en sus elementos, ya sea el agua, el aire o los árboles, y emergen únicamente en caso de que las llamen o las molesten.

Por otra parte, hay brujas que son mortales sin lugar a duda, que viven con sus familias, se relacionan con su comunidad y ejercen su oficio para hacer el bien o el mal. Estas se dan por todo el mundo, en Estados Unidos, en Gran Bretaña o en la India. Hay brujas de algunas regiones de África Occidental que vuelven al mundo de los vivos después de muertas, ya sea para organizar aquelarres o para convertir a sus hijos. Las temibles *chureyls* o *dayans* de la India, con sus pies del revés, su hablar susurrante y su predilección por los corazones y los hígados de los niños, son criaturas ineludibles de la memoria popular de las zonas rurales: según la tradición, no pueden morir hasta que pasan su fórmula secreta, un mantra invertido, a algún neófito de confianza. La perversión de las oraciones religiosas también se atribuye a las brujas de los países cristianos y se cree que vendían sus almas al diablo a cambio de alcanzar objetivos personales. El folclore nos muestra que las brujas mortales también son duras adversarias y que solo aquellos que posean ciertas habilidades, un poder notable y una determinación férrea podrán derrotarlas.

Una tipología de bruja que tiende a pasarse por alto son las magas sabias: las benefactoras ocasionales, las patronas exigentes, las guías astutas, las adivinas, las sanadoras y las caritativas. Las vemos entrar y salir del rico entramado de los cuentos de hadas sin reparar demasiado en su identidad o en sus intenciones. Representan la esencia de la mente femenina, nos enseñan su sabiduría, su astucia, sus artimañas y lo que toda mujer debe descubrir sobre su propia magia. Todas las brujas poseen una magia formidable y, por eso, desde el principio, se han visto excluidas de la sociedad que les ha atribuido la imagen implacable de la alteridad, la extrañeza o la diferencia.

Las brujas, tan temidas como veneradas por las primeras sociedades, fueron rechazadas por los cultos monoteístas, principalmente el cristianismo. El mundo occidental las veía como la antítesis de los ideales de la feminidad. Según la mayoría de las descripciones de la mujer asumidas por la Iglesia, estas eran en todo caso muy proclives al mal y a la debilidad. Por otra parte, la mujer ideal debía prestar atención a las normas sociales y religiosas, debía ser laboriosa, sumisa, obediente, modesta y compasiva. Si poseían un espíritu libre, y eran vagas, vulgares, sexualmente activas, independientes (económicamente o de otra forma) o vengativas, corrían el riesgo de que las tacharan de brujas. Por suerte, los cuentos de hadas defienden a todos los tipos de mujer, tanto a las desafiantes e independientes como a las más trabajadoras y piadosas. Aunque con menos frecuencia, también hay relatos como el de «La vieja bruja» (de los hermanos Grimm), en el que queman a una joven por desafiar las normas sociales, o «Las zapatillas rojas» (de Hans Christian Andersen), en el que a una niña le amputan los pies por su narcisismo infantil.

En la Edad Media, tanto en Europa como en Norteamérica quemaron a muchas niñas y mujeres en la hoguera, o las ahogaron con una roca atada al cuerpo porque, supuestamente, habían murmurado una maldición *(damnum minatum)* que se habría producido y constatado finalmente *(malum secutum),* o porque habían celebrado su sangrado menstrual con alegría o porque no habían sufrido durante el parto. Como estos actos revelaban una falta de pudor y de arrepentimiento frente al pecado original, se consideraban una prueba evidente de una relación con el demonio. Además, se creía que las brujas medievales conjuraban tormentas y envenenaban el aire para dañar las cosechas, que podían destrozar los campos con una simple mirada y que se regocijaban con la simple idea de causar problemas. En el primer tercio del siglo xv, el fraile dominico Johannes Nider clasificó los efectos de la brujería en seis categorías: la capacidad para infundir amor u odio en otras personas, la de provocar la impotencia en los hombres, la de perjudicar al ganado o dañar las propiedades, la de propagar enfermedades y la de provocar la locura o la muerte. Según la literatura más alarmista, las brujas celebraban fiestas con el diablo en las que renegaban de Dios y del catolicismo, homenajeaban a Satanás besándole el trasero, y sacrificaban y se comían a los niños que no estaban bautizados. También tenían relaciones sexuales con los íncubos y las súcubos. Sus (presuntos) actos sexuales con animales y con demonios han quedado bien documentados, como vemos en estos versos del poeta y clérigo Robert Herrick (1591-1674):

El mástil ya está engrasado
y satisfecho.
Ella le ofrece el culo en la despedida
al viejo Cabrón
que carraspea,
medio ahogado con la peste de los pedos de la bruja.

La bruja (The Hagg)

El diablo, que a menudo aparece con rasgos de macho cabrío, desde luego se parece mucho al sátiro Pan, dios de los pastores y los rebaños, muy vinculado al mundo natural, que fue venerado junto a la diosa en los cultos oscuros.

Así, el diablo se convirtió en el amo sexualmente omnipotente y se acabó asociando a las brujas con prácticas obscenas, suciedad y decadencia. Una de sus imágenes más típicas asociadas a las brujas es probablemente la de una mujer desaliñada, que no se lava, con las uñas largas y sucias, los ojos legañosos y los dientes podridos. También se las representaba con vello en lugares indeseables, saliendo de la nariz, de las orejas o de la barbilla, con la voz muy aguda, chillona o cascada, y con la piel cubierta de verrugas o heridas que, según se creía, aparecían al amamantar a diablos y demonios, a veces en forma de animales que en teoría «nacían de la putrefacción». Vivían rodeadas de murciélagos, sapos, ratas, cuervos y gatos maléficos. Pero quizá lo más obsceno era el hecho de que siguieran siendo sexualmente activas. Los hombres más jóvenes vivían en constante peligro y en cualquier momento podían ser víctimas de una lujuria brujesca que, intensificada por los juegos sexuales de Lucifer y sus viriles diablillos, amenazaba con despojarlos de su vitalidad o dejarlos impotentes:

> [...] a menudo se ha visto a las brujas tumbadas en el campo o en los bosques, completamente desnudas, y por la posición de sus miembros y de los órganos, propia del acto venéreo y del orgasmo, así como por los temblores en los muslos, era evidente que, aunque hubiera sido invisible para cualquier testigo, habían estado copulando con el demonio.
>
> (*Malleus Maleficarum*, 1486, a partir de la traducción al inglés del padre Montague Summers, 1928, Parte II, capítulo IV; pág. 114.)

Jakob Sprenger y Heinrich Kramer, los dos frailes dominicos que escribieron el famoso *Malleus Maleficarum (El martillo de las brujas),* la biblia de los inquisidores, dedicaron algunas palabras al consuelo de los hombres ordinarios que estuvieran preocupados por su insuficiencia sexual:

> [...] como es natural, los placeres siempre son mayores entre semejantes, pero el astuto Enemigo tiene el poder de reunir elementos activos y positivos destinados a la lujuria; no de forma natural, claro, pero sí con tal ardor y violencia que parece excitar un cierto grado similar de concupiscencia.
>
> (Parte II, Sección V.)

Por supuesto, estas creencias no son únicas del cristianismo, aunque ninguna otra religión o cultura estuviera en su momento tan obsesionada con ellas. Resulta aún más absurdo, por tanto, que esta mentalidad supersticiosa e hipócrita respaldara el asesinato de miles de personas, asesinatos que comenzaron alrededor de 1330 en Francia (antes de que se escribiera el tratado *Malleus*

Maleficarum) y se llevaron a cabo en todo el mundo cristiano entre los siglos XV y XVII. La mayoría de las víctimas fueron mujeres, y su supuesto pacto con el diablo se determinaba por el simple hecho de ser pobres, excéntricas o por haber decidido vivir solas con un enorme gato negro. A otras las quemaban en la hoguera porque presuntamente habían mirado mal una cosecha que luego se había malogrado o a una vaca que había dejado de dar leche. También se tachaba de brujas a un gran número de mujeres hilanderas, comadronas y herboristas, y existe una posible correlación con la creación de gremios masculinos concebidos para formar monopolios. Estas persecuciones tuvieron muy poca repercusión en Irlanda, seguramente porque los irlandeses nunca renegaron de su cultura druida ni de la presencia permanente de la Diosa Madre como reina guerrera, tanto en los ciclos épicos como en la tradición oral.

La analista Marie-Louise von Franz, de la escuela de Carl G. Jung, sugiere que la ausencia de una Madre trascendente con ambas facetas, la negativa y la positiva, podría ser la causa de las persecuciones.

> En los cuentos de hadas que, en su mayoría, nacen bajo la influencia de la civilización cristiana, el arquetipo de la Gran Madre, como tantos otros, se divide en dos aspectos. Por ejemplo, la Virgen María se separa de la sombra y representa solamente el lado positivo de la imagen de la madre; por tanto, como señala Jung, el momento en el que la figura de la Virgen María ganó más relevancia fue también el período de las persecuciones de las brujas. Como el símbolo de la Gran Madre también representaba solo un lado, el lado oscuro se proyectó en las mujeres, y de ahí comenzó la caza de brujas [...]. La figura de la madre se dividió en la madre positiva y en la bruja destructiva.

(*Shadow and Evil in Fairytales*, 1987; pág. 105.)

Muchos misterios han quedado sin resolver. La Biblia ofrece ejemplos de brujas benignas y útiles, como la bruja de Endor. El Corán menciona las prácticas universales de brujas que con sus artimañas causan problemas en las vidas de las personas, pero se limita a recomendar la oración para protegerse. Es posible que, en Europa, las capas superficiales del cristianismo, una religión relativamente reciente importada de Oriente, no hubieran calado lo suficiente para eliminar por completo la cultura pagana. En consecuencia, el resurgir de la Diosa Madre a través de la figura de las *maléficas* presentó una amenaza más concentrada. Desde luego, propició la expurgación y depuración de los mitos autóctonos de Gran Bretaña, que hoy se conservan principalmente en las leyendas del ciclo artúrico. Las versiones literarias de Geoffrey de Monmouth *(Vitae Merlini*, h. 1150) y Thomas Malory *(Morte d'Arthur*, h. 1469) están tan impregnadas de cristianismo que no dejan espacio a Morgana (Morgan le Fey [o Le Fay]), la diosa británica perdida, la Soberanía, la guardiana del rey y del reino, cuyo nombre significa a la vez «madre» (Morgan) y «hada» o «destino» (Fata Morgana / Le Fey / *fate* / *fairy).* Ambos textos, aunque sean muy importantes en distintos aspectos, no aportan una descripción satisfactoria de Morgana: Monmouth la devalúa a una simple hechicera que recibe su poder de un hombre, Merlín, al que luego le paga con una burda traición; Malory, por su parte, solo le dedica unas cuantas líneas inconexas en su texto. Ninguno de los dos autores consigue explicar la razón de sus celos y de su maldad contra Arturo y sus seguidores. Al perder su función de soberana, Morgana se convierte en la quintaesencia incompleta y confusa del mal.

Como muchas otras representaciones de las brujas que, por suerte, abundan en el folclore de la mayoría de las culturas, Morgana procede de la Diosa Madre, que personifica las tres facetas de la existencia: la virginidad, la reproducción y la muerte. De aquí han evolucionado las distintas interpretaciones de la triple diosa, que aparecen prácticamente en todas las culturas:

Juventas-Juno-Minerva (la tríada capitolina de Roma), Hebe-Hera-Hécate (griegas), Al'Lat-Manat-Al'Uzza (árabes) y Parvati-Durga-Kali (hindúes) son sólo algunas de estas trinidades femeninas. La trinidad simboliza las fases de la luna y convierte a la bruja en una criatura de la noche, muy vinculada a la menstruación, a las mareas, a las estaciones y a la oscuridad. En algunos casos se considera a la diosa Diana como «reina de las Brujas».

Cada una de las tres facetas de las diosas presenta una amenaza específica para los hombres. La Virgen (luna creciente), impulsiva y llena de vitalidad, amenaza con hechizar a los hombres hasta que acaben por consumirse. La Madre (luna llena), rebosante y fecunda, aparece en las culturas antiguas como una mujer con la vagina roja y reluciente que invita a entrar, o con una vulva enorme y unos senos tan grandes que se los echa sobre los hombros mientras corre tras su presa, un hombre, por supuesto, asustado ante la posibilidad de que la Madre lo utilice sin piedad en su propio beneficio y lo deje impotente y sin semen. En muchos cuentos de Oriente Medio, aconsejan al protagonista que se acerque a la mujer desde detrás y le bese un pecho para que así ella lo reconozca como uno de sus hijos y lo ayude en su misión. Por último, la Anciana (luna menguante), quizá la forma que ha inspirado más terror, es amiga íntima de la muerte y guardiana de todos sus secretos, aún sexualmente activa y con la habilidad de infiltrarse en la mente y en el cuerpo de los hombres. Negarse a obedecerla acarrea la destrucción, porque la Diosa es cruel y vengativa. En todo caso, la sociedad patriarcal ha percibido su devoción por la justicia como sed de venganza, mientras que, cuando esta cualidad se aplicaba a un hombre, se percibía como castigo necesario. La primera percepción implica, como mucho, una relación de igualdad, mientras que la segunda es sinónimo de superioridad, ya que impone un código ético desde la supremacía. Además, la idea de venganza con el tiempo ha ido adquiriendo connotaciones relacionadas con la bajeza, la impulsividad, la subjetividad y la satisfacción personal, mientras que el castigo sigue siendo algo sagrado, una acción noble, respetable, desinteresada y destinada a promover el bien común. Venganza y castigo tienen el mismo objetivo: la Diosa emplea un estilo más tónico, telúrico y apasionado, que subyace en la feminidad; y el Dios, fórmulas más etéreas, frías y distantes. Y son esas cualidades típicamente femeninas lo que parece instigar en los hombres un miedo cerval a ser esclavizados o a quedar impotentes; una castración metafórica que conduce a la pérdida del honor. Los hombres que son felices entre las brujas son los que tienen algún tipo de control sobre ellas o se benefician de sus servicios, como en el caso de los chamanes.

En Japón, los grandes maestros hechiceros solían recibir ayuda de zorras, perras o serpientes, que alimentaban a sus crías o les ofrecían algún tipo de protección. En la Edad Media se decía que estas familias vivían en hogares prósperos, y que sus tejados y entradas estaban repletos de zorras y perras, mientras que las serpientes permanecían enroscadas en diversos tipos de recipientes. Pero también conviene recordar que estas brujas zoomorfas solo obedecían si se les mostraba gratitud y lealtad.

Con el correr de los siglos se ha ido reemplazando a la Diosa: primero, sustituyéndola por los panteones patriarcales y, luego, por el Dios único del monoteísmo. Los hombres se han apoderado de sus rituales de la fertilidad. Los monoteístas, en su intento desesperado por relacionar la belleza de la mujer-hada con su maldad, desarrollaron la teoría de que las hadas eran ángeles caídos que, en la disputa entre Dios y Satán, se negaron a comprometerse con ninguna de las partes, por lo que fueron condenadas a vivir bajo tierra, en arroyos, cuevas y túneles, o por encima de esta, entre las nubes.

Sea cual fuere su ascendencia, la bruja ha ido adquiriendo cualidades temibles, porque «el inconsciente colectivo dominante proscribe el arquetipo de la Gran Madre, y ella se defiende y contraataca» (Von Franz). En los cuentos de hadas, con frecuencia es el hombre el que se ve amenazado directamente por una bruja y es la mujer quien lo rescata (Gretel salva a Hansel), aunque ella a su vez pase a ser presa de la bruja. Blancanieves y la Bella Durmiente son dos claros ejemplos de esto: el hada malvada de la Bella Durmiente, cuando se menosprecia su dignidad, exige venganza igual que el dios con la vanidad herida que exige adulación y reconocimiento constantes, y que condena al fuego eterno a quienes lo ignoran. Pero *ella* es demonizada, como Morgana y Lilith y tantas otras desde el principio de los tiempos, y *él* no.

Las brujas violentas nacen de la ofensa y del sometimiento. Algunas tramas recurrentes en los cuentos, como las pruebas malintencionadas, el ansia de poder o el sacrificio de niños, ilustran las formas que tienen las brujas de imponer justicia con el fin de recuperar los poderes y el vigor perdidos. Es comprensible que estas criaturas, tan extrañas y amenazadoras, queden excluidas forzosamente de la sociedad y sean relegadas a lugares desiertos e ignotos. Y, al tiempo que quedan segregadas y aisladas de la sociedad, sus cualidades son cada vez más repudiadas, y estas ideas arraigan en nuestro subconsciente más profundo creando una imagen amenazadora y permanente. Esta creación mental de una criatura parcial y hecha de pura maldad nos convierte en víctimas del miedo que genera la figura de la bruja. Somos conscientes de esta vulnerabilidad, sabemos que el deseo de amor y cariño podría rebasar cierto límite y convertirnos en seres demasiado exigentes y codiciosos. Creamos a la bruja de Hansel y Gretel, que alimenta primero y luego espera ser alimentada devorando a sus víctimas; es entonces cuando Gretel tendrá que apelar a toda su inteligencia, a su bruja interior, que le dice de forma instintiva a qué responderá su amenazadora adversaria. Y de nuevo es el sentido implacable de la justicia de la niña lo que sustenta su decisión de castigar a la bruja para salvarse. Enfrentarse a la bruja de los cuentos, restarle autoridad o destruirla representa una etapa vital necesaria para crecer y aprender a responder con ingenio y rapidez a las crisis. Sin embargo, esto solo puede darse cuando empezamos a aceptar nuestra bruja interior. Al igual que sus ancestros del mundo antiguo, podemos fomentarla con la estimulación y la aceptación, e integrarla en nuestro mundo psíquico para nuestro beneficio.

Pero es fácil ponerse demasiado serio e intenso cuando se habla del tratamiento de la figura de la bruja en la historia y en la literatura, olvidando que se trata esencialmente de un personaje lleno de picardía: una superviviente. Todos esos siglos de calumnias y desprecios no han conseguido expulsarla de nuestras mentes ni reducir el poder que tiene sobre nosotros. Sigue siendo un ser magnético, potente y desconcertante, a veces humano, otras veces sobrenatural, que viaja a su antojo por la mente de niños y adultos, ataviado con ropajes negros, en su escoba o encaramado a un árbol, o volviendo de algún encuentro obsceno a su siniestra morada para proseguir con sus funestas actividades. Es quizá esta imagen común de la bruja la que mejor y de forma más agradable transmite su sentido de anarquía y su desafío continuo a la autoridad a la vez que defiende sus misteriosas reglas personales.

Con esta selección de cuentos no tengo intención de romper los estereotipos más amenazadores de las brujas. Tampoco pretendo presentarlas desde un punto de vista favorable. Simplemente he elegido historias que me emocionan, me asustan o me hacen reír. Y no he sido capaz de responder a la pregunta que más me han hecho durante los maravillosos meses que he pasado recopilando esta antología: ¿cómo definirías a una bruja? Con esta compilación espero demostrar que la bruja desafía cualquier intento de definirlas y que su figura sigue siendo tan misteriosa y enigmática como siempre.

SHAHRUKH HUSAIN
Londres, abril de 1993

· PRIMERA PARTE ·

Mujeres seductoras y caballeros destemplados

Indravati y las siete hermanas

Cuento indio

Érase una vez un rey y una reina que tenían una hija, una princesa más hermosa que el sol, la luna y las flores. Como era más bella incluso que las *apsarás,* las ninfas acuáticas que danzan en la corte celestial del dios Indra, la reina decidió llamarla Indravati. Pensó que si la llamaba «hija de Indra», que es lo que significa el nombre, la niña no correría ningún peligro si alguna vez necesitaba pedir ayuda al dios. La reina era muy sabia, y estaba segura de que su hija era tan hermosa que algún día necesitaría que la salvaran de los vicios y de las artimañas de los hombres. Llegado el momento, podría acudir a Indra sin miedo a caer del cielo y acabar enmarañada en los rizos eternos de Shiva, como le había pasado a la diosa del Ganges hacía mucho tiempo, ya sabéis. Y es que Indra es un dios procaz y lujurioso, y aunque como dios está en su derecho, la reina no quería que su hija pudiera convertirse en una de sus presas si necesitaba pedirle ayuda, así que decidió llamarla de esta manera.

Cuando Indravati creció, sus padres concertaron su matrimonio con el apuesto hijo de otro rey. Era lo bastante apuesto para ser digno de ella, así que, como es natural, también lo era para las hadas. Era bello como la luna, tenía unos ojos que brillaban como las estrellas y la piel, tanto la de su rostro como la de su cuerpo, era suave y lisa, casi tan aterciopelada como la del melocotón. (Era muy joven, tanto que apenas empezaba a crecerle vello corporal en algunas partes, ya me entendéis, ¡y se sorprendía cada vez que lo descubría!) Seguro que la princesa se estremecería de deseo en la cámara nupcial y traicionaría su castidad mucho antes de haber fingido el pudor y la timidez que se esperan de una dama. Pero el príncipe era tan atractivo que cualquier mujer podría perder los modales y la vergüenza por él sin el más mínimo recato.

La cosa es que había siete hermanas que vivían en un árbol de ficus y que habían visto al príncipe cuando iba de camino a su fastuosa boda. Estas hermanas tenían los pies del revés, de manera que los talones aparecían por delante, así que cada pie recordaba a un báculo o a un bastón de potentado, de esos que llevan una contera abajo, ¿sabéis? Y los dedos sobresalían por detrás, extendidos como las garras de un águila. Pero siempre llevaban los pies cubiertos con faldas largas y vaporosas. Y, de todas formas, ¿quién iba a querer mirarles los pies cuando tenían unos rostros tan seductores? Lanzaban miraditas a los hombres, mordían los bordes de sus mantillas y pestañeaban con esos ojos enormes y entrecerrados, mirando hacia abajo para que se vieran bien sus largas pestañas. Y lo hacían de forma que, si un hombre las miraba a los ojos, cuando ellas bajaran los párpados, él acabaría con la vista clavada —que Dios nos perdone— en sus exuberantes pechos. Las brujas —no deberíamos pronunciar esta palabra: podrían oírnos y, Dios no lo quiera, presentarse aquí— se enamoraron del príncipe y lo querían para ellas, así que lo siguieron hasta el palacio de su futura esposa. Al principio, se enfadaron cuando supieron que iba a casarse, pero luego se les pasó: ¿por qué iba a desalentarse una bruja por algo así? Saben mucho de magia, pero poseen pocos principios. Lo siguieron y esperaron el momento adecuado para actuar.

El príncipe y la princesa celebraron la boda con una ostentosa ceremonia. Los músicos tocaron durante un mes, hasta que los dedos se les llenaron de ampollas y los huesos se les agarrotaron. Los cocineros guisaron hasta que los fogones de las cocinas calentaron todo el reino, hasta que todos sus habitantes, incluso los que buscaban comida en la basura, tuvieron la barriga a reventar. Es más, llegaron mendigos de otros reinos y llenaron sus carretas con las sobras del banquete para llevárselas a sus familias, porque hasta los desperdicios podían considerarse un festín en toda regla.

Las hermanas no le quitaban el ojo de encima al príncipe mientras esperaban su momento. Y cuando por fin se acabaron los banquetes y las celebraciones, Indravati y su príncipe montaron en su carruaje y emprendieron el camino al reino del novio, donde por fin podrían entregarse al placer carnal en la intimidad.

Viajaron durante toda la mañana, pero por la tarde empezó a apretar el calor y decidieron parar a descansar. Fue bajo el mismo árbol en el que las siete hermanas habían visto al príncipe por primera vez; quizá fueron ellas las que le habían metido esa idea en la cabeza, vaya usted a saber. Los novios, impacientes por estar juntos, pidieron a sus sirvientes que los dejaran solos.

—Intimidad —ordenó el príncipe. Los cortesanos y sirvientes lo entendieron y se marcharon entre bromas y elucubraciones sobre lo que harían el príncipe y la princesa en esa codiciada intimidad.

Pero, en cuanto se miraron, el príncipe y la princesa se sumieron en un profundo sueño. Las hermanas aguardaban entre las ramas del ficus, sabedoras de que su espera estaba a punto de acabar. Casi había llegado el momento. Decidieron actuar antes de que el príncipe hubiera gozado de su esposa, antes de que su lluvia fértil pudiera empapar la sedienta y palpitante flor de loto de Indravati. Llevaban tanto tiempo devorando los miembros y la juventud del príncipe con la mirada, tanto tiempo siendo pacientes, que lo querían con su inocencia intacta.

Habían tramado un plan para apoderarse de él antes de que perdiera la virginidad. Cuando los recién casados empezaron a quedarse dormidos, las brujas bajaron del árbol a toda prisa, los apresaron y los llevaron a una torre que habían construido para el príncipe. Arrojaron a la princesa por la ventana para matarla, pero ella se despertó con las carcajadas y los alaridos de las brujas, y pudo despabilarse a tiempo para agarrarse a las ramas de un limonero cercano y amortiguar la caída. Luego bajó por el tronco hasta el suelo, se deslizó sigilosamente hasta la base de la torre y se escondió detrás de unas rocas.

Las brujas llevaron al príncipe a lo alto de la torre y lo tumbaron en una cama tan suave como las nubes, tanto que él se sentía como si pudiera flotar. Allí bailaron para él al son de las campanillas y de los crótalos. Estaban muy hermosas; la suya era una belleza inquietante y perturbadora. También le lanzaron un hechizo para que se sintiera siempre levemente embriagado, así no se daría cuenta de que tenían los pies del revés, pues esa es la marca de las brujas, ni de que en sus ojos había más deseo que en los de cualquier mujer corriente, más incluso que en los de esas mujeres livianas que día y noche se ganan la vida complaciendo a los hombres. Y es que, en estas mujeres, las miradas de deseo son fruto de la falsedad y de la costumbre, mientras que en las siete hermanas eran fiel reflejo de su naturaleza lujuriosa.

Bailaron para el príncipe haciendo gala de todos sus encantos, excepto de los que debían mantener en secreto. Y cuando danzaban, sus vestidos revoloteaban y dejaban ver el movimiento de sus tallos, pero no las flores que ocultaban más arriba; y bajaban las cintas de sus corpiños, aunque no lo suficiente para revelar esos pechos firmes, que se estremecían, arriba y abajo, en olas de locura y anhelo, ahora aún más turgentes por el deseo que subía como la espuma. Aquella noche intentaron por todos los medios —vaya si lo intentaron— que los virginales miembros del príncipe, ¡tan suculentos!, con su suavísima y bronceada piel, ¡tan seductora!, se enlazaran con ellas. Intentaron agarrarse a él como una viña salvaje y desenfrenada; como zarzas y enredaderas, inseparables; como las vainas que revientan para que nazca la flor de amento, que penetra grietas y cavidades hasta colmarlas. Festín de néctares, de flores y frutas, hasta que él quedara vacío y temporalmente exhausto, y ellas, saciadas.

Así planeaban utilizarlo, alimentándose de su fruto, sorbiéndole los jugos con sus cuerpos y lenguas, hasta que se debilitara y acabara por marchitarse para siempre. Todos los días le llevaban alimentos aliñados con potentes afrodisíacos, como diente de tigre, pócimas de hierbas o sangre menstrual. Todo lo llevaban a su habitación cada noche, pero el príncipe nunca tocaba la comida, y por las mañanas, las brujas se deshacían de ella. Porque, claro, si los alimentos surtían efecto cuando ellas no estaban, el prisionero podría desperdiciar los néctares de su cuerpo en alguna otra parte. Por eso tiraban la comida y la arrojaban por la ventana.

Esta caía a los pies de la torre, donde esperaba la princesa, que se obligaba a tomar unos bocados, lo suficiente para sobrevivir, pero ni uno más. Y todas las mañanas, cuando las siete hermanas se iban volando hacia su árbol, la princesa trepaba por el limonero y entraba en la torre del príncipe; allí lo cuidaba y le hablaba, mientras le acariciaba las sienes, rogándole que despertara. Pero él no podía. Naturalmente. Y, como es comprensible, la princesa estaba cada día más enfadada, hasta que por fin decidió que no era capaz de quedarse esperando de brazos cruzados. «Tengo que hacer algo», se dijo.

Y lo hizo.

Al día siguiente, esperó a que las brujas salieran de los aposentos de su marido. Y cuando llegaron a su ficus, ahí estaba ella, dispuesta a enfrentarse a las arpías, agarrada a las raíces del árbol, a las que se aferró con fuerza mientras las brujas lanzaban sus maldiciones. Hicieron unos nudos con mechones de su propio cabello y los soplaron, mascullando entre dientes; murmuraban sus encantamientos cada vez más rápido, más alto, moviendo sus feroces labios, hasta que, de repente, el árbol salió volando, y con él la princesa.

Durante el prodigioso vuelo, la joven vio junglas y desiertos, ríos y montañas, tierras tan altas y deshabitadas que ya no quedaba en ellas ni rastro de Adán ni de sus descendientes. Vio pasar mil maravillas bajo sus pies, hasta que llegaron a un semicírculo de montañas, que el árbol de las brujas sobrevoló antes de posarse en tierra. La princesa comprendió que había llegado a Koh Qaf, la Tierra de las Hadas, gobernada por Indra, el rey de las Hadas. Su madre y sus doncellas le habían contado historias de aquel lugar y sus habitantes.

La princesa saltó del árbol y se escabulló entre las hadas. Aunque eran muy hermosas, eso no suponía ningún inconveniente, porque ella lo era aún más, a pesar de que todos los seres de aquel lugar estuvieran hechos de aire y de fuego, y ella no fuera más que agua y barro. Eso no importaba: era tan hermosa que nadie notaría la diferencia. La princesa preguntó a unos caminantes dónde se encontraba la corte del rey, y hacia allí se dirigió. Al llegar, vio a las siete hermanas bailando para el rey. Se movían con tal gracia y elegancia que hasta la princesa sucumbió a su encanto: sintió un ardor que empezaba a recorrerle el cuerpo y, por un momento, se permitió dudar de la castidad de su marido, preguntándose si todavía conservaría su virginidad. Tras ese momento de duda, recuperó la compostura y dio un paso adelante, revelando toda su principesca majestuosidad.

—¡Rajá Indra! —dijo con tono imperioso.

El rey levantó la vista, sorprendido de que alguien se atreviera a interrumpir su placentera diversión con tanta osadía.

—¿Quién eres tú? —preguntó, buscando con la mirada a quien había pronunciado su nombre. Entonces la vio. Pero el baile de las hermanas era tan sensual que el rey sintió sus jugos a punto de brotar, contenidos hasta ese momento únicamente por la expansión en su órgano distendido, y al final se derramaron en su espléndido traje brocado. Se reprochó en su fuero interno haber desperdiciado sus fluidos en su propia ropa, en lugar de hacerlo en alguna de los cientos de doncellas que tanto lo ansiaban, divinas como capullos en flor.

El rajá comprobó que la mujer que había interrumpido el espectáculo era deslumbrante… Pero cuando la princesa vio los ojos del rey inyectados de lujuria y lascivia, exclamó con firmeza:

—¡Soy Indravati!

El rey se hundió en su trono, flácido y sin fuerzas. Indravati significaba «hija de Indra»: no podía ni seducirla ni cortejarla, y mucho menos unirse a ella, porque... era su hija.

—¿Qué quieres? —preguntó, con una voz que ya no sonaba como el trueno.

—Estas mujeres que bailan para ti, mi señor, han hechizado a mi esposo y lo tienen prisionero en una torre. Quiero que me lo devuelvan —suplicó.

El rey titubeó.

—Son unas mujeres exquisitas —se le ocurrió decir, pues no estaba dispuesto a privar a las hermosas bailarinas de su presa sexual—. Si han tenido la habilidad de hechizarlo, entonces...

—¡Son *churels*![2] ¡Son brujas, mi señor! —protestó Indravati.

Las hermanas dejaron de bailar y se apiñaron en un rincón, agachándose de un modo extraño, mirando esquivas, a un lado y a otro, siseando entre suspiros y sacando la lengua con movimientos viperinos.

—¡Levantad esas faldas! —ordenó el rey.

—¡No! ¡Eso no, señor! —chillaron las hermanas hechiceras—. ¡Eso no!

Pero el rey insistió, y cuando las hermanas se subieron las faldas hasta los tobillos, quedaron a la vista aquellos pies siniestros, parecidos a los bastones de los potentados, como con una contera de hierro abajo, y los dedos separados como garras sobresaliendo por detrás.

Indra desterró a las hermanas de su reino, volvieron al árbol y el hechizo se rompió. Indravati encontró a su marido y a sus sirvientes bajo el árbol, y emprendieron el camino de regreso a su reino, donde todos estaban impacientes y desesperados, porque

2. *Chureyls*, *churails* o *churels* son todos nombres que designan entidades míticas tradicionales de India, Nepal y Pakistán, y sus características abarcan desde lo demoníaco y lo fantasmal a lo mágico y sensual.

llevaban mucho tiempo esperando a los novios, al menos uno o dos meses.

Al fin, los recién casados disfrutaron de los placeres de la cámara nupcial, y la princesa pudo aplicarse desenfrenada al gozo carnal y disfrutar de los placeres sensuales que el príncipe le ofrecía, porque ella le había salvado la vida y la castidad, y ya no necesitaba comportarse con modestia ni inocencia para demostrarle su amor y su lealtad.

Las hermanas siguen allí, en el ficus, con un aspecto que recuerda mucho al de los cuervos. A veces se acercan a otros ficus, pero no podrán morir hasta que encuentren a una aprendiz a quien enseñarle las palabras secretas y profanas con las que las diabólicas *churels* transmiten sus poderes.

La locura de Finn

Cuento irlandés

Un buen día, Finn y los fieles guerreros de su clan, los *fianna,* llegaron a un cruce del río Slaney y se detuvieron a descansar. Mientras estaban allí sentados, se les apareció una joven sobre una roca redonda del río: llevaba un vestido de seda, una capa verde adornada con un broche dorado y una corona de oro, un símbolo de la realeza.

—Guerreros de Irlanda: que uno de vosotros se acerque a hablar conmigo de inmediato —dijo la joven.

Fue Sciathbreac, el portador del escudo, quien se acercó.

—¿Qué quieres de nosotros? —le preguntó.

—Quiero a Finn, hijo de Cumhal —respondió la joven.

Entonces Finn se acercó para hablar con ella:

—¿Quién eres tú? ¿Qué quieres de mí? —preguntó Finn.

—Soy Daireann, hija del dios Bodb Dearg, hijo de Dagda —dijo—. Y he venido porque deseo convertirme en tu esposa, con la condición de que me traigas el regalo de boda que te voy a pedir.

—¿Y qué regalo es ese?

—Debes prometerme que seré tu única mujer durante todo un año, y después, me tendrás que conceder la mitad de tu tiempo.

—No prometeré tal cosa a ninguna mujer del mundo, y a ti tampoco —dijo Finn.

Al oír eso, la joven sacó una copa de plata de debajo de la capa, la llenó con un poderoso brebaje y se la entregó a Finn.

—¿Qué es? —preguntó el guerrero.

—Es hidromiel de los dioses, algo más fuerte que el terrenal —dijo Daireann.

Finn no tenía por costumbre rechazar ningún brindis que se le ofreciese, así que aceptó la copa, bebió de su contenido y, de repente, pareció haber perdido la cordura. Se volvió hacia sus *fianna* y empezó a reprocharles todas las desgracias, equivocaciones y torpezas que habían cometido en las batallas, y todos esos desatinos los decía por culpa de la ponzoña que le había dado a beber la joven.

Y así, los jefes de los *fianna* de Irlanda se levantaron y lo fueron dejando solo; cada cual partió hacia su tierra, hasta que no quedó nadie junto a Finn en aquella colina, salvo Caoilte, que se levantó y fue a buscar a los demás.

—Guerreros de Irlanda, no debéis abandonar a vuestro jefe y señor por culpa de las artimañas y bebedizos de una mujer de las montañas —les dijo Caoilte.

Trece veces salió a buscarlos, y así, poco a poco, los fue llevando de vuelta a la colina. Y al finalizar el día, cuando cayó la noche, aquella amarga locura abandonó por fin la lengua del caballero. Para cuando Caoilte pudo reunir a los *fianna* al completo, Finn ya había recobrado tanto el juicio como la memoria. Al darse cuenta de lo que había ocurrido, pensó en sucumbir a su propia espada y encontrarse con la muerte antes que seguir viviendo así ni un minuto más.

Aquel fue el trabajo más difícil que Caoilte hizo en toda su vida.

La Nixe

Cuento húngaro

Érase una vez un molinero muy rico que tenía todo el dinero y todos los bienes que podía desear. Pero las desgracias llegan de la noche a la mañana y, de repente, el molinero se volvió tan pobre que su molino fue apenas todo lo que le quedó. Se pasaba el día deambulando de aquí para allá, presa de la tristeza y de la desesperación, y, cuando se acostaba por las noches, no podía descansar, así que las pasaba en vela, sumido en amarguras y lamentaciones.

Una mañana se levantó antes del amanecer y decidió salir de casa: pensó que con el aire puro su corazón se libraría de tantas tribulaciones. Mientras paseaba por la orilla de la esclusa del molino, oyó un susurro en el agua y, al mirar, vio a una dama blanca surgiendo de las ondas del estanque.

Comprendió de inmediato que no podía ser otra sino la Nixe de las aguas, y se asustó tanto que no supo si salir corriendo o quedarse donde estaba. Mientras dudaba y titubeaba, la Nixe se dirigió a él: lo llamó por su nombre y le preguntó la razón de su tristeza.

Cuando el molinero oyó la encantadora voz de la Nixe, se armó de valor y le contó lo rico y próspero que había sido toda su vida, hasta hacía muy poco, y que ahora no sabía qué iba a ser de él, con tanta penuria y tanta miseria.

La Nixe lo consoló con dulces palabras y le prometió que lo haría más rico y próspero que nunca, a condición de que le entregara lo más joven de su casa.

El molinero pensó que se refería a alguno de los cachorros o gatitos que tenía, así que le prometió a la Nixe que le daría lo que le había pedido, y volvió a su molino con el corazón lleno de esperanza. En el umbral de casa lo estaba esperando un sirviente, con la noticia de que su esposa acababa de dar a luz a un niño.

El pobre molinero, aterrorizado ante semejante noticia, con gran pesadumbre, fue a ver a su esposa y a su familia para explicarles el fatídico trato que acababa de cerrar con la Nixe.

—Renunciaría a toda la fortuna que me prometió si pudiera salvar a mi hijo —les dijo. Pero nadie supo darle consejo alguno, más allá de vigilar que el niño nunca se acercara al estanque.

El niño creció sano y fuerte, y, entretanto, el molinero también fue prosperando y, en pocos años, amasó más riquezas de las que había tenido en toda su vida. Aun así, no conseguía disfrutar de su fortuna, pues no era capaz de olvidar su pacto con la Nixe, y sabía que tarde o temprano le exigiría que cumpliera con su parte. Pero los años siguieron pasando, el chico creció y se convirtió en un gran cazador, y empezó a trabajar para el señor de aquellas tierras, ya que era el cazador más astuto y audaz que pudiera imaginarse. En poco tiempo se casó con una hermosa joven, y empezaron a vivir juntos, felices y tranquilos.

Un día, cuando salió a cazar, una liebre brincó delante de sus narices y echó a correr por el monte. El cazador estuvo un rato siguiéndola de cerca, hasta que consiguió matarla de un disparo. Luego se puso a despellejarla, sin reparar en que estaba cerca del estanque que desde niño le habían enseñado a evitar. No tardó en terminar de desollar a la liebre y se acercó al agua para lavarse la sangre de las manos. Apenas se había mojado los dedos en el agua cuando la Nixe salió, lo agarró con sus brazos empapados y lo arrastró consigo a las profundidades del estanque.

Al ver que el cazador no volvía a casa aquella noche, su mujer se puso muy nerviosa y, cuando encontraron sus útiles de caza cerca del estanque, enseguida comprendió lo que había sucedido. Estaba tan fuera de sí por la pena que se quedó vagando por los alrededores del estanque, llamando a su esposo sin cesar. Al final no pudo soportar el dolor y el cansancio: se quedó dormida y soñó que paseaba por un prado de flores y que encontraba una cabaña; en su sueño, una vieja bruja que vivía en la choza le prometía devolverle a su marido.

Cuando despertó, a la mañana siguiente, decidió ir en busca de aquella bruja: pasó varios días vagando por los montes, hasta que al final llegó al prado de flores que había soñado y encontró la cabaña de la bruja. La pobre mujer le contó todo lo sucedido, y le confesó que en sueños había visto que la bruja podía ayudarla con sus poderes.

La bruja le aconsejó que volviera al estanque la siguiente noche de luna llena, que peinara sus cabellos negros con un peine de oro, y que luego dejara el peine en la orilla. La mujer del cazador le hizo un regalo a la bruja, le agradeció de todo corazón su ayuda y volvió a casa.

La espera hasta la noche de luna llena se hizo eterna, pero al fin llegó, y en cuanto salió la luna, la joven esposa se acercó al estanque, se acicaló el pelo negro con un peine de oro y, al terminar, lo dejó en la orilla. Observó el agua con impaciencia. Poco después, se levantó una ráfaga de viento y, de repente, una ola enorme arrastró el peine desde la orilla. Por fin, entre las aguas asomó la cabeza de su marido, que la miraba con tristeza. Pero enseguida llegó otra ola, que lo hundió antes de que pudiese articular palabra. El estanque recobró la calma, sin más movimiento que los destellos de la luna, y la mujer del cazador quedó aún más consternada que antes.

Durante días y noches enteras deambuló desesperada, y cuando al fin el cansancio la venció, sumiéndola de nuevo en un profundo sueño, exactamente igual que la vez anterior, volvió a soñar con la vieja bruja. Y así, a la mañana siguiente, volvió al prado florido y fue a la cabaña a contarle sus penas a la bruja. Esta le aconsejó que regresara al estanque la próxima noche de luna llena, que tocara alguna canción con una flauta de oro y, al terminar la melodía, la dejara en la orilla.

En cuanto hubo una nueva luna llena, la mujer del cazador volvió al estanque y, tras tocar la flauta de oro, la dejó con delicadeza en la orilla. Entonces se oyó otra ráfaga de viento, una ola se tragó la flauta y, enseguida, empezó a surgir del agua la cabeza del cazador, que siguió emergiendo más y más hasta que la mitad de su cuerpo quedó fuera. De nuevo, miró con tristeza a su mujer y extendió los brazos hacia ella. Pero llegó otra ola que lo hundió en el agua como la vez anterior. La mujer del cazador, que lo había visto desde la orilla, llena de esperanza y alegría, se sumió en la desesperación cuando vio que otra vez le arrebataban a su marido ante sus propios ojos.

Por fortuna, volvió a tener el mismo sueño una tercera vez, y se dirigió de nuevo a la cabaña del prado en busca de la bruja. Ahora la anciana le dijo que debía volver al estanque la próxima noche de luna llena y, allí, hacer girar una rueca de oro, y que luego dejara la rueca en la orilla.

La mujer del cazador hizo lo que le había aconsejado la bruja: la siguiente noche de luna llena se sentó junto al agua con una rueca de oro y la hizo girar; luego, la dejó en la orilla. Unos minutos más tarde se empezó a oír el poderoso rugir del agua y una ola se llevó la rueca de la orilla. De inmediato, en el estanque asomó la cabeza del cazador, que subió más y más hasta que por fin pudo saltar a la orilla y caer en brazos de su esposa.

Pero, de repente, las aguas del estanque empezaron a subir hasta desbordarse, y la crecida los arrastró con violencia. Desesperada, la joven esposa imploró ayuda a la bruja, pero, en ese momento, el cazador se convirtió en rana y ella en sapo. No fueron capaces de permanecer juntos, porque las fuertes corrientes los separaban cada vez más. Cuando la crecida remitió, ambos recuperaron su forma humana, pero tanto el cazador como su esposa se encontraron separados y en lugares lejanos, y ninguno supo qué había sido del otro.

El cazador decidió convertirse en pastor, y también su esposa se hizo pastora. Durante muchos años, separados, ambos cuidaron de sus rebaños, aunque embargados por la tristeza y la soledad.

Pues bien, resulta que, un buen día, el pastor pasó por las tierras donde vivía su esposa. Le agradó aquel lugar y, además, vio que el pasto era rico y apropiado para sus ovejas, así que fue a por ellas y las llevó allí. El pastor y la pastora se hicieron buenos amigos, pero no se reconocieron por culpa del hechizo.

Una noche de luna llena se sentaron juntos a vigilar a sus ovejas y el pastor se puso a tocar la flauta. La pastora recordó entonces aquella noche de luna llena junto al estanque, cuando tuvo que tocar la flauta de oro. No pudo soportar aquel recuerdo y empezó a llorar desconsoladamente. El pastor le preguntó por el motivo de su llanto, e insistió hasta que ella le contó la historia. En ese momento, las escamas que nublaban sus ojos cayeron por fin, y el pastor pudo reconocer a su esposa, y ella a él. Volvieron a casa llenos de felicidad, y vivieron felices por siempre jamás.

Lorelei

Cuento renano

Hace mucho mucho tiempo, río abajo de las tierras de Caub, se encontraba el reino de las ninfas del agua, justo a los pies del imponente peñón de Lorelei. Sus deslumbrantes palacios se levantaban sobre las aguas de río Rin, rodeados de verdes prados y majestuosos bosques.

Pero, con el tiempo, cada vez más gente iba a vivir a orillas del río, y las aguas se llenaron con tantos bajeles y barcazas que las ninfas tuvieron que abandonar su hogar. Solo una decidió quedarse, porque no soportaba la idea de abandonar su amado río. Solía sentarse en lo alto del risco, donde peinaba sus cabellos dorados bajo la luz de la luna y cantaba dulces melodías con una voz tan hermosa que embrujaba a todo aquel que la oía. Algunos barqueros, al escuchar su dulce voz, no podían resistirse a mirarla, y quedaban tan cautivados por su belleza que desatendían los peligros que acechaban a sus navíos. Y así, muchos barcos quedaron atrapados en los violentos remolinos del río y acabaron hundidos en sus profundidades.

En la Edad Media, cuando en los imponentes castillos del Rin retumbaba el choque de las armas, y se oían los cantos alegres y la algarabía de sus moradores, un joven caballero, hijo del conde Palatino, decidió subir al peñón para ver de cerca a la hermosa ninfa. Partió río abajo en una barca pequeña, acompañado solo de su escudero. Cuando estaba llegando al pie del risco, vio a la doncella sentada en lo alto, iluminada por los últimos rayos del sol de la tarde. Su dulce canto lo embelesó hasta tal punto que olvidó por completo los peligros que corría, y las furiosas aguas del río arrastraron su ligera barca y la estrellaron contra las rocas, donde se hundió y se llevó al joven caballero con ella. Sin embargo, el escudero consiguió salvarse y, cuando volvió a Caub, tuvo que darle al conde la mala noticia.

En un arrebato de pena y rabia, el conde Palatino ordenó a sus guardias que capturasen a la ninfa y la arrojaran al río desde lo alto del peñón. Pero cuando ella vio que los hombres se acercaban, se quitó el collar de perlas que llevaba y lo arrojó al río al tiempo que cantaba sus últimos versos:

Padre, que estás en tu reino de agua,
¡sálvame de la maldad de los hombres!
¡Que los blancos caballos vuelvan a mí!
¡Que el viento y las olas me transporten!

Con estas palabras, del río se levantaron dos olas como dos enormes caballos de espuma. Galoparon hasta la cima del peñón y se llevaron a la ninfa consigo hasta las profundidades. Y allí, la ninfa de Lorelei desapareció para siempre.

Coonlagh y el hada de la bruma

Cuento irlandés (tal y como lo cuenta Pat Ryan)

Hace mucho tiempo, cuando Cahoun de las Cien Batallas era rey de toda Irlanda, llegó el día de celebrar la fiesta de Beltaine. La noche anterior al Primero de Mayo, Cahoun y su hijo Coonlagh Ruadh fueron hasta la colina de Usnach para encender las hogueras e inaugurar así los festejos que celebraban la llegada del verano.

Mientras Cahoun iba caminando por la colina con su hijo Coonlagh, todas las miradas se detenían en ellos, pues no había guerreros más formidables. Además, Coonlagh Ruadh, el Pelirrojo, había conquistado el corazón de todas las damas del lugar, pues su melena era tan roja como el sol al atardecer. Y tenía la piel blanca como la leche. Los ojos, azules como el cielo, y las mejillas, rojas como la sangre de un ternero recién sacrificado. Y así estuvieron paseando el rey y su heredero, su amado hijo, el favorito de Cahoun de las Cien Batallas. Y estuvieron conversando sobre mil asuntos: la música, los pájaros, las mujeres hermosas… Pero mientras disfrutaban de la fiesta se levantó un viento helado, una brisa que venía desde más allá de las tierras de bruma y lluvia, en el oeste. Y con la brisa llegó una voz, más dulce que el canto de los pájaros por las mañanas. Aquella voz decía así: «Coonlagh, Coonlagh Ruadh, ven a mí y conviértete en mi amado. Yo soy para ti, y tú para mí. Ven y te daré mi amor».

Todos quedaron sobrecogidos al oír aquella voz que traía el viento. Y Coonlagh Ruadh también quiso saber quién había hablado, hasta que se quedó mirando fijamente al cielo y sus mejillas palidecieron.

—¿Qué ocurre, hijo mío? ¿Qué ven tus ojos? —le preguntó el rey Cahoun de las Cien Batallas.

—Veo una joven hada más hermosa que cualquier mujer que haya visto nunca. Tiene los cabellos brillantes como el sol del amanecer, los ojos verdes como las colinas. Tiene la piel blanca y suave como la espuma de las olas, las mejillas rojas como pétalos de rosa, y los labios rosados como el coral. Y dice que no quiere a nadie más que a mí —respondió Coonlagh Ruadh.

De nuevo, todos oyeron la voz del hada que aullaba con el viento: «¡Coonlagh Ruadh, ven conmigo, conviértete en mi amado! Que nuestras piernas y brazos se entrelacen como las ramas de los árboles, que nuestros cuerpos se unan y sean uno solo, pues soy solo para ti, y tú para mí. Te llevaré a Tier Na n'Og, la Tierra de la Eterna Juventud, más allá de la bruma y de la lluvia, y allí serás mi esposo».

Cahoun de las Cien Batallas, a pesar de ser el más valiente de los guerreros, tembló de miedo ese día, pues temió que su hijo se fuera con aquella doncella, así que convocó a todos los guerreros, magos, sabios y adivinas de sus tierras, y les ordenó que encendieran sus hogueras, que recitaran sus versos y que lanzaran sus hechizos contra la magia del hada para salvar a su hijo y heredero. Así que los magos, los druidas de Irlanda, avivaron hogueras más altas que los árboles centenarios y, con sus encantamientos, cambiaron el rumbo de los vientos, que arrastraron al hada como si de una nube se tratara. Pero ella, antes de desaparecer, sacó de su seno una manzana de un intenso color dorado y la arrojó a los pies de Coonlagh Ruadh, que la recogió y se la llevó junto al pecho.

Después de aquello, Coonlagh no volvió a hablar, ni siquiera levantaba la mirada, ni volvió a reír o a esbozar una sonrisa durante un año y un día. Tampoco quiso comer nada ni bebió para calmar la sed. Durante un año y un día tuvo la manzana junto a su corazón y, cuando necesitaba tomar algún sustento, se acercaba la manzana a los labios y, con solo un mordisco, quedaba satisfecho. En cuanto volvía a colocar la manzana al lado de su corazón, se volvía a recomponer el mordisco que faltaba.

Así fue durante un año y un día, hasta que volvió a ser Primero de Mayo. Llegó el día de la fiesta de Beltaine a aquellas tierras y de nuevo se encendieron las hogueras para celebrar el comienzo del verano. Como cada año, Cahoun de las Cien Batallas, Gran Rey de Irlanda, subió la colina de Usnach con su hijo heredero, su querido Coonlagh Ruadh. Pero aquella vez, Coonlagh no iba con la cabeza erguida, y no conversaron como suelen hacer los reyes; no hablaron de mujeres, ni de música, ni de leyendas o de las enseñanzas de los sabios. En cuanto llegaron a la cima de la colina, cambiaron los vientos y, de las tierras que están más allá de la bruma y de la lluvia, llegó una brisa que traía una voz dulce como el canto de los pájaros; era una voz que gritaba: «¡Coonlagh! ¡Coonlagh Ruadh! Ven y conviértete en mi amado».

Cahoun de las Cien Batallas sabía que aquella voz era la misma que había oído un año y un día antes, así que convocó a los druidas y ordenó, como entonces, que lanzaran sus hechizos. Pero esta vez fue en vano; no hubo manera de acallar al hada: «¡Coonlagh Ruadh, ven conmigo y conviértete en mi amado! ¡Tú, el más valiente de los guerreros! ¡Tú, el más apuesto de los hombres! ¡Acompáñame en mi barca de cristal, más allá de la bruma y de la lluvia, a Tier Na n'Og, la Tierra de la Eterna Juventud, donde te haré el hombre más feliz del mundo. Allí disfrutarás de todos los placeres; nos entrelazaremos como se entrelazan los sarmientos de la vid y las ramas de los árboles en el bosque. Te llevaré a la isla de las mujeres hermosas, donde te agasajarán con mil delicias, y te convertirás en mi esposo».

El amor de Coonlagh Ruadh por aquella joven era tan grande que se olvidó de su padre el rey, se olvidó de su pueblo, de los monjes y de los hechiceros de la colina de Usnach, y de las fiestas de Beltaine que celebraban la llegada del verano. De un salto bajó desde la cima de la colina a la llanura. Con siete zancadas más cruzó desde el centro de Irlanda hasta la costa del oeste. Cuando llegó a la orilla, se zambulló en el océano, y de siete brazadas llegó a la séptima ola del mar y subió a la barca de cristal, la barca de la joven hada, donde lo esperaba. Sus brazos se entrelazaron y sus labios se fundieron en un dulce beso, rebosantes de alegría. Cahoun de las Cien Batallas y todos sus guerreros, sus magos y su pueblo corrieron a ver cómo el heredero se alejaba navegando hasta desaparecer más allá de la bruma y de la lluvia.

Nadie volvió a ver a Coonlagh Ruadh por aquellas tierras. Cahoun de las Cien Batallas tuvo que engendrar a otro hijo para que fuese su heredero. Pasaron muchos años y se contaron innumerables historias sobre aquella hada. Hasta que un día, en las orillas del oeste de Irlanda, aparecieron unos niños. Tenían los cabellos tan rojos como el sol cuando se pone al atardecer y tan brillantes como el sol del amanecer. Decían que eran los hijos de Coonlagh Ruadh y de la joven hada, que venían de las tierras de Tier Na n'Og, donde nacen la bruma y la lluvia, para contarles a los hijos de la Tierra Media las hermosas historias que habían aprendido en su tierra natal y para cantarles melodías tan dulces como el canto de los pájaros al despertar cada mañana.

Y así fue como las historias de Tier Na n'Og llegaron a nuestras tierras.

La boda de sir Gawain

Cuento inglés

Seguramente crees que eres tú quien toma las decisiones en tu vida, que puedes moldearla como quieras, como el herrero forja el metal. Pero es la vida la que nos moldea a nosotros, y no al revés. Ahora lo veo claro, mientras te cuento esto y recuerdo las historias que me han traído hasta aquí. Ahora entiendo por qué hasta los reyes tienen que vivir conforme a las condiciones que les impone la vida, sin poder elegir ni decidir.

Te contaré una historia para que entiendas que la vida nos sujeta, nos zarandea y nos somete a sus deseos.

Una vez estaba nuestro rey de viaje hacia el norte cuando, de repente, un hombre enorme y peludo con una porra de madera se plantó en su camino, cerrándole el paso. El rey le ordenó:

—Apártate de mi camino y déjame pasar.

—Pasa si puedes —le respondió el hombre.

«Voy a tener que darle una lección a este patán», pensó el rey. Levantó su espada, pero el villano arremetió con el garrote y lo derribó. Y sin saber cómo, el rey de Inglaterra se vio tirado en el barro y a punto de recibir una buena lección. Aquel gigante peludo venció al rey Arturo, que quedó lleno de moratones, y luego lo ató de pies y manos a la panza de su caballo y se lo llevó lejos.

A la mañana siguiente, el rey Arturo se despertó en un rincón de un gran salón adonde lo había llevado su captor. Aquel gigantón peludo lo estaba examinando a fondo, dándole golpecitos con un palo. «Sigues vivo, ¿eh?», dijo para sí, y se sacó del cinturón un cuchillo grasiento y retorcido con el que cortó las ataduras del rey. Arturo intentó estirarse; estaba más tieso que un caballo viejo.

—Ahora serás mi esclavo y obedecerás mis órdenes —le dijo el hombretón peludo.

Y así permaneció durante varias semanas: el rey fue esclavo y estuvo llevando y trayendo todo lo que le pedía aquel amo malhumorado y pendenciero. Al final, Arturo ya no podía soportar aquella vida, pero no veía forma de escapar. Así que se armó de humildad y se arrodilló ante aquel villano, aunque un rey no debe arrodillarse ante nadie, y suplicó a su amo que lo liberara de tan penosa servidumbre.

—Si no quieres aceptar un pago por mi rescate, dime qué es lo que quieres de mí. Si está en mi mano, tendrás lo que desees. Pero, por favor, libérame —suplicó el rey.

El peludo gigantón soltó una de sus carcajadas graves y roncas, de esas que parecen más bien un gruñido, y le respondió:

—Te dejaré marchar, rey, con una condición. Antes de que pase un año y un día, debes traerme la respuesta a una adivinanza. Si no me traes la solución, deberás pagar con tu vida.

El rey Arturo no sabía qué clase de acertijo le podía pedir que resolviera, pero se le daban bien las adivinanzas. Son juegos muy comunes en la corte, así que aceptó encantado aquella condición.

—Bueno, dime, ¿cuál es el acertijo?

—Es muy sencillo, deberás decirme qué es lo que más desean las mujeres —dijo su peludo amo.

—Nos veremos dentro de un año y un día, entonces —concluyó el rey.

En el camino de vuelta a la corte, el rey Arturo fue preguntando a todo el que se encontraba qué es lo que más deseaban las mujeres. «Un buen marido», le decían algunos; «uno rico», decían otros. «Hijos guapos» o «hijas hermosas», respondían estos; aquellos opinaban que las mujeres solo querían ropa o joyas. Algunos decían que halagos y atención. Y muchos aseguraron que las mujeres querían «vivir sin preocupaciones». Pero el rey consideró que ninguna de aquellas respuestas conseguiría satisfacer al gigante peludo.

Cuando llegó a la corte, tampoco encontró a nadie que pudiera darle una respuesta, por eso me pidió a mí que lo ayudara. Él recorrió todo el este; yo, todo el oeste, preguntando, investigando. Al final, cada uno habíamos llenado un libro con las respuestas, pero no había ninguna con la que ambos estuviéramos de acuerdo.

Cuando el rey Arturo partió para cumplir su promesa, se llevó ambos libros consigo, aunque ya no le quedaba ánimo para preguntar a nadie más por aquel acertijo que un año antes le había parecido tan sencillo. Cabalgó solo y en silencio por el bosque lúgubre y oscuro.

En un caminito estrecho y serpenteante, su caballo tropezó. Al levantar la vista, el rey Arturo vio un claro en el bosque, en el que bailaban veinticuatro de esos seres que no deben nombrarse. Espoleó a su caballo para que siguiera avanzando, pero aquellos desaparecieron. Solo quedó allí una figura lánguida y oscura, con aspecto de mujer y cubierta toda de negro, sentada en una roca en medio del claro del bosque. Parecía tan horrible, decrépita y malvada que Arturo sintió un escalofrío e hizo girar con las riendas a su caballo.

Un grito, que fue más un graznido, lo detuvo. La figura se levantó y empezó a hablar. Arturo vio que se trataba, en efecto, de una anciana con aspecto de bruja. El rey avanzó hacia ella para poder escuchar lo que estaba diciendo y, al acercarse, apareció una bruma que se enredó en las patas de su caballo.

—Sois el rey Arturo, y vais camino de un trágico final si no respondéis a la pregunta más difícil que se ha planteado jamás. ¿No es así? —dijo aquella mujer.

—Sí, es cierto, aunque no sé cómo te has enterado.

—Entonces, decidme, rey Arturo, ¿qué es lo que más desean las mujeres? —insistió la bruja.

Arturo volvió a devanarse los sesos en busca de una respuesta que pudiera aplicarse a todas las mujeres y, una vez más, no la encontró.

—No tengo la respuesta —respondió el rey.

—Pero yo os la puedo decir si me concedéis un deseo.

—Te lo concederé —dijo Arturo sin pensar—. Y ahora, dime: ¿cuál es la respuesta al acertijo?

La vieja bruja le susurró la solución al oído; Arturo, al ver que era la respuesta correcta, dejó escapar un suspiro de alivio desde lo más profundo de su corazón.

—Buena mujer, dime, ¿qué es lo que quieres de mí? Oro, joyas, títulos, tierras… Puedes pedirme cualquier cosa.

—No quiero oro ni joyas ni títulos ni tierras. Solo quiero que dentro de un mes, cuando me presente en vuestra corte, me unáis en matrimonio con uno de vuestros caballeros.

Al rey Arturo se le atragantó la respuesta: ¡ninguno de sus caballeros desearía casarse con semejante mujer! Pero antes de poder responder, la mujer se desvaneció en la bruma y el rey se quedó solo en el claro del bosque.

Cuando Arturo llegó a la casa en la que había sido esclavo y donde se había arrodillado ante su amo, no supo cómo actuar. Probó con todas las respuestas que habíamos recabado, pero con todas el peludo gigante se reía y negaba con la cabeza. Al final, a Arturo se le acabaron las respuestas y se quedó en silencio. Prefería afrontar la muerte con tal de no darle la de la bruja y condenar a uno de sus hombres a casarse con semejante criatura.

—Entonces, no has conseguido dar con la respuesta. En ese caso, tendré que conformarme con tu cabeza. Ya veo que tus famosos caballeros tienen el cerebro tan débil como los brazos —le dijo el gigante entre risas y gruñidos.

El rey Arturo no pudo soportar tal burla. Miró a los ojos del gigante y empezó a recitar con calma y deliberación:

Desde que Eva nació, su deseo es y será,
en todo, que se haga su voluntad.

Acto seguido, se dio media vuelta y se alejó cabalgando; el gigante peludo ni siquiera hizo ademán de detenerlo.

Cuando el rey Arturo llegó al palacio y contó lo que le había sucedido, no hubo en toda la corte mujer, ya fuera niña, esposa o viuda, que no estuviera de acuerdo con la respuesta de la vieja bruja. Todos nos alegramos mucho de que el rey estuviera a salvo. Arturo fue el único que no sonrió. Nos contó que, para conseguir la respuesta, había tenido que prometerle a la bruja que podría casarse con uno de sus caballeros.

—Es la persona más repugnante que he visto nunca —nos dijo.

Yo ya había caído en las trampas de la belleza en el castillo de sir Bertilak, y sabía que el gozo de un rostro hermoso suele ser reflejo de nuestra propia vanidad. Me pareció que aquella mujer podía ser buena compañía para mis días y noches de angustia, así que le dije al rey que me casaría con ella de buena gana, todas las veces que hiciera falta, aunque fuera tan despiadada y asquerosa como Belcebú. Y así, se fijó la fecha de la boda y se pusieron en marcha los preparativos del banquete.

Por fin llegó el día y todos en la corte salieron a las calles para dar la bienvenida a la anciana que había salvado al rey. Mi futura esposa llegó a Camelot en un burro viejo, desvencijado y comido por las pulgas; la multitud se echó atrás, espantada ante tal visión. Desde el pelo sucio y enmarañado, con calvas que dejaban ver su cráneo escamoso, hasta los pies huesudos como garras, no había nada en ella que no fuera feo y espeluznante. Su cuerpo escuálido y sin forma ya era bastante horrible, pero era su rostro lo que inspiraba pavor: tenía la piel áspera y arrugada; los ojos, hundidos y amoratados. La nariz, llena de verrugas, le goteaba, y la boca parecía un simple tajo en la cara, pues los labios se habían secado contra aquellos dientes amarillos y podridos. Llevaba un vestido blanco de encaje; parecía una imitación de mal gusto de una novia el día de su boda.

Fue, verdaderamente, una ceremonia lúgubre. Y en el banquete, mientras todos a su alrededor simulaban comer, mi esposa ignoró platos y cubiertos y, con sus uñas afiladas, se hizo con el pan y la carne y se llenó la boca de comida hasta que la salsa le chorreó por la barbilla. Comió tanto como seis personas, y bebió como nueve.

Cuando nos quedamos solos en la alcoba nupcial, yo no podía controlar el temblor de las manos. Me había quedado lívido. Aquella aterradora mujer me agarró del brazo y dijo:

—¿Qué te pasa, cariño? Ven, dame un beso.

Al principio, me repugnó la idea. Pero juro que, cuando me giré para darle un beso, sentí tanta ternura y pena por ella, por cómo la gente la despreciaba como a una alimaña, que dejó de darme asco a pesar de su aspecto. Así que cerré los ojos y besé aquellos labios viejos y resecos. Entonces ella me abrazó diciendo:

—Ven, mírame, esposo mío; ahora somos uno. —Y al oírla abrí los ojos.

Tenía ante mí a una hermosa y joven doncella, de no más de dieciocho inviernos, y tan preciosa que caí de rodillas ante ella.

—Soy yo, tu esposa. Mi padre, el malvado gigante peludo que venció al rey Arturo, me había echado una maldición, y por eso tenía tan terrible aspecto. Tu beso me ha liberado, aunque no del todo. Ahora tendrás que elegir: podrás tenerme siendo joven de día o de noche, pero no todo el tiempo. De las veinticuatro horas del día, doce tendré el odioso aspecto que tenía cuando nos casamos. Piénsalo bien antes de elegir, sir Gawain. Imagina cómo me sentiré durante el día cuando me encuentre entre las damas de la corte si tengo aspecto de bruja, y cómo te sentirás tú si te recibo con ese aspecto cada noche. Piénsalo bien y elige el menor de los males.

Su hermosura me había cautivado hasta tal punto que casi no tuve que pensármelo.

—Esposa mía, eres tú quien debe cargar con el peso de esa terrible maldición. Elige tú por los dos; yo estaré de acuerdo con lo que decidas. Tus deseos son también los míos.

En aquel instante, mi esposa sonrió y me dijo:

—Tu amor ha resuelto el acertijo de mi padre. Me has concedido lo que toda mujer desea, porque has permitido que se haga mi voluntad. Ahora el hechizo se ha roto por completo. Podré conservar esta forma siempre: seré hermosa día y noche.

Así es. Creemos que tomamos nuestras propias decisiones, pero, en realidad, hay fuerzas desconocidas que las toman por nosotros. Al menos para los hombres, pobres mortales, es así como discurre la vida. Incluso para el rey. Hasta para Lancelot, aunque lo maldiga cada vez que respiro…

· SEGUNDA PARTE ·

Viejas y sabias

Te quiero más que a la sal

Cuento escocés

Érase una vez un rey y una reina que tenían tres hermosas hijas, a las que querían con todo su corazón. Pero, por desgracia, la reina contrajo una grave enfermedad que la consumió y la acabó matando. El rey estaba muy apenado por haber perdido a su preciosa reina, y las hijas, muy tristes por haber perdido a su madre.

A pesar del dolor, el rey reunió a las tres niñas y les dijo:

—Hijas mías, vuestra madre ha ido a un mundo mejor y espero que podamos reunirnos con ella algún día. Ahora, lo importante es que seáis felices, y estad seguras de que yo cuidaré de vosotras. Un día, cuando yo ya no esté, una de vosotras será la reina de estas tierras.

Pasaron los años y las tres princesitas fueron creciendo. El rey disfrutaba de la vida, de la caza y del tiro con arco; era un buen rey, muy querido por su pueblo y por sus súbditos. Pero una noche empezó a pensar en el futuro: «Los años pasan y me voy haciendo viejo, y no tengo ningún hijo varón que pueda heredar el trono. Seguro que alguna de mis hijas podría ser una buena reina. ¿Pero cuál? ¿Cuál sería la mejor? Sé que son amables y bondadosas, y las tres tienen un gran corazón. Pero tendré que ponerlas a prueba para descubrir cuál es la más adecuada para sucederme en el trono».

Como el rey estaba siempre ocupado atendiendo las necesidades de sus súbditos y encargándose de la administración del país, no tenía mucho tiempo para estar con sus hijas. Las veía cada día, cenaban juntos y hablaban a menudo, pero nunca tenían conversaciones serias. Por eso, una noche pidió a sus cortesanos y a los sirvientes del palacio que lo dejaran solo con sus hijas, porque aquella noche quería tratar con ellas un asunto de gran importancia. Después de cenar, convocó a las tres princesas, que acudieron al salón del trono y se sentaron junto a él.

—Jovencitas, quiero deciros algo. Como sabéis, ha pasado mucho tiempo desde que vuestra madre murió. Tanto yo como los sirvientes y los nobles de palacio nos hemos esforzado para criaros y educaros bien, para que crecierais como lo que sois: las jóvenes princesas del reino. Nunca hemos hablado de ello, pero esta noche quiero averiguar cuál de vosotras será reina cuando yo ya no esté —les dijo el rey.

A las princesas no les gustó aquel juego y respondieron:

—Padre, no queremos ser reinas, ¡queremos que estés siempre con nosotras!

—No podré estar aquí siempre, hijas mías. Algún día dejaré este mundo y me reuniré con vuestra madre en una tierra lejana, y vosotras tendréis que quedaros aquí solas. No quiero peleas ni disputas entre vosotras. Si tuviera una sola hija, sería diferente. Veréis, hijas mías: si me queréis a mí, también queréis a mi pueblo. Así que esta noche os voy a hacer una prueba: quiero que me digáis cuánto me queréis en realidad —les dijo, dirigiéndose primero a la hija mayor.

—Padre, ¡te quiero más que a todos los diamantes, perlas y joyas del mundo! —respondió la joven.

—Muy bien, buena respuesta. Y tú ¿cuánto me quieres? —preguntó a su segunda hija.

—Te quiero más que a todo el oro del mundo, ¡más que a todas las riquezas de la tierra! —Esa fue su respuesta.

—Estupendo: eso está muy bien —le dijo.

Por último, se dirigió a su hija pequeña, que era buena y hermosa, y tenía solo quince años:

—Y ahora tú, pequeña, dime: ¿cuánto me quieres?

—Padre, yo te quiero más que a la sal —respondió la pequeña.

—¿Más que a la sal? —repitió el rey.

—Sí, padre, te quiero más que a la sal.

El rey se enfadó, ¡se enfadó mucho! Y le respondió:

—Tu hermana mayor me quiere más que a los diamantes y a las joyas, y tu hermana mediana, más que a todo el oro del mundo. ¿Y tú? ¿Tú me quieres más que a la sal? Pues si es eso lo que sientes, ya no te quiero. Mañana, a primera hora, vete del palacio, ¡fuera de aquí! ¡No quiero volver a verte! ¡Me has deshonrado! ¡La sal es lo menos preciado del mundo!

A la mañana siguiente, el rey le repitió que se fuera del castillo, que buscara una manera de ganarse el sustento y que no volviera a aparecer por el palacio. Estaba muy enfadado. Así que la pobre princesa, triste y con el corazón roto, recogió las pocas cosas que tenía, mientras sus hermanas se reían y se burlaban de ella, y se marchó. Tuvo que partir sola y sin compañía, por haber deshonrado a su padre.

La princesa estuvo vagando sin rumbo todo el día y se fue alejando cada vez más. Caminó hasta que llegó a un enorme bosque en el que encontró un pequeño sendero. Decidió seguir aquel camino. «Seguro que llega a algún pueblecito o aldea donde podré encontrar cobijo», pensó.

Sin embargo, el sendero solo conducía a lo más profundo del bosque, muy lejos del palacio. Y allí, mira por dónde, la princesa encontró una pequeña cabaña. «Seguro que aquí encuentro cobijo.»

Se acercó a la cabaña y llamó a la puerta. Cuando esta se abrió, apareció una anciana de largos cabellos grises vestida con harapos que le preguntó:

—¿Qué haces aquí, hija mía?

—Bueno, es una larga historia. Busco un lugar en el que pasar la noche —respondió la princesa.

—¿Pero adónde vas? —preguntó la anciana.

—No voy a ninguna parte, tuve que abandonar mi casa... Mi padre me ha desterrado —le explicó la princesa.

—¿Tu padre?

—Sí, mi padre, el rey.

—¿Tu padre, el rey, te ha desterrado? Anda, será mejor que entres y me cuentes tu historia —respondió la mujer.

Y así, la anciana hizo entrar a la joven princesa en la cabaña y le ofreció algo de comer. La sentó junto a la chimenea, donde dormitaba un gran gato negro. El gato se acercó a la joven y le apoyó la cabeza en la rodilla. Ella lo acarició y él empezó a ronronear como un gatito. Al ver la escena, la anciana le dijo sorprendida:

—Te diré una cosa: aunque tengo pocas visitas y no son muy frecuentes, nadie como tú se había llevado tan bien con mi gato, y mi gato sabe distinguir a la perfección el bien del mal... ¡Tú debes de ser muy buena! Ven, cuéntame tu historia.

Y, en fin, la princesa le contó que su madre había muerto, que había crecido con su padre y había pasado toda su vida en palacio, hasta que su padre le había hecho aquella pregunta tan importante. Le contó todo lo que había ocurrido. Después de escuchar su historia, la anciana le dijo:

—Qué triste. Tu padre necesita aprender una lección.

—Pero no puedo volver. Me han desterrado y mi padre no quiere volver a verme nunca más —respondió la joven.

—Bueno, ¡quizá algún día se alegre de verte! —concluyó la mujer.

En palacio, el rey siguió viviendo con las dos hijas que le quedaban. Como es natural, al rey lo agasajaban con toda suerte de manjares: le traían ternera y cordero asados, y toda la carne le gustaba bien salada. Pero, mira por dónde, un día le pusieron un plato en la mesa y cuando lo probó...

—¡Traedme sal! ¡Necesito sal! —gritó al maestro de guarniciones y al cocinero.

Ellos se acercaron, temblando de miedo, y respondieron:

—Mi señor, no tenemos sal.

—¡Pues yo necesito sal para comer! —añadió el rey.

—Mi señor, hemos buscado por toda la ciudad, hemos preguntado por todas partes y no hemos podido encontrar ni un solo grano de sal —explicó el cocinero.

—Llevaos esto, ¡no puedo comerlo sin sal! ¡Traedme otra cosa!

Aquel día le llevaron platos dulces para cenar. También al día siguiente le llevaron dulces, y al siguiente y al otro. Pero, con el paso de los días, el rey se fue cansando de comer dulces.

—Traedme carne de ternera o asado o cerdo... ¡Traedme algo que pueda comer! Quiero comida, ¡comida de verdad! —gritó el rey.

Los cocineros y los maestros de fogones le llevaron la carne que deseaba, pero todo seguía estando soso. El rey envió a mensajeros, a soldados, a todo el mundo a buscar sal por el país... A las princesas no les importaba, porque les encantaban los dulces. Pero su padre, el rey, no pudo encontrar ni un grano de sal en todo el reino.

Mientras tanto, en la cabaña del bosque, la princesa se había quedado a vivir con la anciana y se habían hecho grandes amigas. La joven cocinaba y limpiaba para ayudar a la mujer, siempre acompañada del gato, su amigo inseparable. La anciana quería a la princesa como nunca había querido a nadie en toda su vida. Un día, la anciana volvió del bosque con una cesta de hierbas. Siempre pasaba mucho tiempo recogiendo hierbas en el bosque, pero aquel día, al llegar, le dijo a la princesa:

—Te diré una cosa: mañana estaré triste.

—Abuelita, ¿por qué vas a estar triste mañana?

—Porque vas a marcharte.

—Pero no quiero dejarte sola, abuela. No tengo adónde ir.

—¡Vas a volver con tu padre!

—No puedo volver a palacio, mi padre me lo prohibió.

—Esta vez no te prohibirá entrar. Ven, dame tu vestido —dijo la anciana, y la joven se quitó el vestido y se lo dio.

La anciana se retiró a la habitación. Se ausentó solo unos minutos, pero, cuando volvió, el vestido estaba lleno de parches y remiendos, como si fueran harapos.

—Ahora, quítate los zapatos —le dijo a la princesa.

Ella se quitó los zapatos. Después, la anciana tomó unas tijeras y le cortó el pelo a la princesa. Por último, se acercó a la chimenea, cogió un puñado de hollín y se lo restregó a la princesa por la cara.

—Ahora, vuelve a palacio con tu padre.

—Pero me desterró, yo no… ¡no puedo volver a palacio!

—¡Debes hacerlo, porque vas a convertirte en la próxima reina! —le dijo la anciana.

—¿Yo? ¿La próxima reina? Una de mis hermanas será reina: ellas son las que quieren a mi padre más que al oro y a los diamantes.

—¡Pero tú quieres a tu padre más que a la sal!

La anciana entró a la cocina, alcanzó una bolsita de tela y la llenó de sal. Se la dio a la joven y le dijo:

—Ahora, guarda esta bolsa y vuelve a palacio. Estoy segura de que se alegrarán de verte.

La princesa sabía que la anciana le decía la verdad; sabía que siempre había sido buena con ella. Antes de irse, le dijo:

—¡Ten presente que volveré!

—¡Vuelve cuando seas reina! Ahora regresa al palacio de tu padre por donde viniste.

Y así, la princesa se despidió de la anciana.

Lo que la princesa no sabía era que la anciana era bruja y había hecho desaparecer hasta la última partícula de sal de todo el reino cuando la princesa le contó su historia. Aunque alguien hubiera llevado sal al palacio, esta se habría desvanecido, porque la bruja había lanzado un conjuro para que no pudiera haber ni un grano de sal cerca del rey.

Para entonces, el monarca ya se estaba volviendo loco. Estaba hastiado de no poder disfrutar de ningún manjar, tanto que habría entregado su reino por un grano de sal. Mira por dónde, dos días más tarde, justo cuando estaba pidiendo sal y quejándose de que iba a morirse de ganas de comer algo salado, apareció en el palacio una joven vagabunda descalza. Los guardias la detuvieron y le preguntaron qué quería.

—Quiero ver al rey.

—¿Y por qué quieres ver al rey?

—Bueno… es que le traigo un regalo.

—¿Y qué regalo puede traerle al rey una vagabunda descalza?

—Le traigo una bolsa de sal —respondió ella.

En cuanto pronunció aquellas palabras, los guardias se apresuraron a llevarla ante el rey, sin pararse a pensar siquiera quién podría ser aquella mendiga.

—Su majestad, traemos a una muchacha que quiere verlo —anunció el guardia.

Allí estaba ella, delante del rey, con el pelo mal cortado, con la cara manchada de hollín, descalza y vestida con harapos, y con una bolsita en la mano.

—¿Quién es esta vagabunda que habéis traído ante mí? —preguntó el rey.

Todos estaban muy emocionados, desde los guardias hasta los cocineros, y respondieron:

—No va a creer lo que ha traído esta joven vagabunda… ¡Le ha traído algo muy especial!

—¿Qué podría ofrecerme esta mendiga? No me falta nada: tengo oro y tengo diamantes, ya tengo de todo. Lo único que me falta es un poco de sal… —protestó el rey.

—Su majestad, esta joven le ha traído una bolsa de sal —confirmó el guardia.

—¡Ah! ¿Me ha traído…? ¡Entregádmela, enseguida! —exclamó el rey.

Ella subió hasta el trono y le ofreció la sal. El rey miró el saquito con ansia, cogió un poco con el dedo y la probó.

—¡Por fin! ¡SAL! ¡El tesoro más maravilloso del mundo! Mejor que los diamantes, las perlas, el oro, o cualquier tesoro de mi reino. Por fin puedo comer en condiciones.

El rey se giró hacia la joven vagabunda y le preguntó:

—¿Qué es lo que deseas, niña? Me has traído la única cosa del mundo que necesitaba… ¿Qué quieres a cambio? ¿Cómo podría recompensarte?

Entonces, ella se dio media vuelta y respondió:

—Padre, no quiero nada.

—¿Cómo? —exclamó el rey.

—Padre, yo no quiero nada más, ¡porque te quiero más que a la sal! —repitió la princesa.

Entonces, el rey comprendió que aquella joven era su hija pequeña. La abrazó fuerte y le dio un beso; se alegraba mucho de verla. Por fin el rey había entendido que, en realidad, para él, la sal era más importante que cualquier tesoro del mundo. Todos en palacio dieron la bienvenida a la princesa. Y cuando el rey murió de viejo, ella heredó el trono y reinó en el país durante muchos años, siempre sin olvidar a su amiga, la anciana del bosque.

Y así acaba esta historia…

El cuento del mercader, la anciana y el rey

Cuento árabe

Érase una vez una familia rica y distinguida de la región de Jorasán. Se había granjeado la envidia de los vecinos del pueblo por todos los privilegios que Alá le había concedido, pero, con el paso del tiempo, su fortuna se fue agotando y los miembros de la familia fueron falleciendo, hasta que, de toda la estirpe, solo quedó una anciana. Cuando ya estaba enferma y decrépita, los vecinos del pueblo no hicieron nada por socorrerla; bien al contrario, la expulsaron de la ciudad diciendo: «Esta vieja no puede seguir viviendo con nosotros, porque cuando le ofrecimos nuestra generosidad, siempre nos contestó con malicia». Así que tuvo que refugiarse en unas ruinas y durante mucho tiempo vivió de las limosnas.

El rey de aquellas tierras era un joven que había tenido que competir por el trono con el hijo de su tío. El pueblo no estaba contento con este rey, pero Alá todopoderoso había sentenciado que fuera él quien venciera a su primo en la disputa. Este monarca, rencoroso y resentido, dejó su reino en manos de un avaricioso visir, que se ocupaba de recaudar el dinero de palacio. El visir ordenó que todos los forasteros que llegaran a la ciudad se presentaran ante él; interrogaba a uno tras otro acerca de su credo y de sus posesiones, y se quedaba con todas las riquezas de aquellos que no daban una respuesta satisfactoria a sus inquisiciones.

Un día pasó por allí un rico mercader musulmán, que no estaba al tanto de nada de esto. Llegó a la ciudad de noche y, al pasar junto a las ruinas donde se refugiaba la anciana, le dio unas monedas, diciendo: «Que Alá te libre de todo mal»; ella respondió con una bendición. Así que el mercader dejó allí sus pertenencias y se quedó con la mujer aquella noche y el día siguiente.

Resulta que unos salteadores de caminos lo habían seguido pensando que podrían despojarlo de sus riquezas, pero no pudieron hacerlo, ya que se había refugiado con la anciana. Para recompensar su hospitalidad, por la mañana el comerciante besó en la frente a la mujer y la colmó de regalos. Entonces ella lo advirtió de lo que les esperaba a los viajeros que entraban en la ciudad y le dijo:

—No quiero que te pase lo mismo que a todos los demás, y temo que te hagan daño si respondes mal a las preguntas que el visir ha ingeniado para arruinar a los ignorantes.

La anciana le explicó el caso y lo que ocurría, y luego añadió:

—Pero no tienes de qué preocuparte. Simplemente llévame contigo al lugar donde te hospedes y, si el visir te hace alguna pregunta misteriosa y difícil, como yo estaré contigo, te iré dando las respuestas.

Así que el comerciante llevó a la anciana bruja a la ciudad, la alojó en el lugar donde se hospedaba y la agasajó respetuosamente.

Al poco tiempo, el visir se enteró de la llegada del mercader a la ciudad, y ordenó que fueran a buscarlo y lo llevaran a su casa. Hablaron largo y tendido de sus viajes y de todas sus aventuras por el mundo, y el mercader fue respondiendo a cada una de las preguntas que se le hacían. Al final, el visir le dijo:

—Voy a hacerte una pregunta muy importante. Si me respondes, no tendrás nada que temer.

El mercader escuchó atentamente sin decir nada. Y el visir le preguntó:

—¿Cuánto pesa un elefante?

El mercader quedó perplejo y no supo responder, a punto de darse por perdido; sin embargo, al final dijo:

—Concédeme tres días de plazo para dar con la respuesta.

El visir le concedió el tiempo que pedía y el mercader volvió a sus aposentos, y le contó lo sucedido a la anciana, que le respondió:

—Mañana al amanecer, ve a ver al visir y dile lo siguiente: «Construye un barco y échalo a la mar. Mete un elefante en el barco y, cuando se vaya hundiendo, marca el punto al que ha llegado el agua. Luego saca al elefante del barco y pon piedras en su lugar, hasta que el barco se hunda lo suficiente y el agua llegue hasta esa misma marca. Para terminar, saca las piedras y pésalas: así podrás averiguar el peso del elefante».

Siguiendo el consejo de la mujer, cuando el mercader se levantó por la mañana, fue a ver al visir y le repitió lo que la anciana le había dicho. Ante tal respuesta, el visir quedó maravillado y decidió hacerle otra pregunta:

—Un hombre ve en su casa cuatro agujeros, y en cada uno de ellos hay una víbora que amenaza con salir, saltarle encima y matarlo. En su casa hay cuatro cañas, y cada agujero no puede taparse sino con las puntas de dos cañas. Dime: ¿cómo podrá tapar todos los agujeros y librarse de las víboras?

Cuando el mercader escuchó semejante pregunta, lo embargó tal preocupación que se olvidó de la alegría de haber contestado a la primera. Y le dijo de nuevo al visir:

—Dame algún tiempo para que pueda pensar la respuesta.

—Vete, pero ¡vuelve con la respuesta o me quedaré con todas tus riquezas! —exclamó el visir.

El mercader volvió con la anciana, que, al ver cómo había cambiado la expresión de su rostro, le dijo:

—¿Qué te ha preguntado ese miserable codicioso?

Él le repitió el acertijo de las cuatro víboras y ella exclamó:

—No temas, ¡yo te sacaré de este apuro!

—¡Que Alá te lo pague con mucha salud! —le dijo el mercader agradecido.

Entonces ella le dio la respuesta siguiente:

—Mañana vuelve al palacio del visir y, con el corazón sereno, dile: «La respuesta a lo que me preguntas es esta: pon las puntas de dos cañas en el primero de los agujeros; luego coge las otras dos cañas, y tapa con sus dos puntas el segundo agujero y, combándolas, tapa con los extremos libres el cuarto agujero. A continuación, coge los extremos de las dos primeras cañas y, combándolas, tapa con ellos el tercer agujero».

Y así, el mercader se dirigió al visir y le repitió la respuesta. Este, maravillado por su sabiduría, le dijo:

—Puedes marcharte. ¡Por Alá!, no te haré más preguntas, porque tu astucia me deja sin argumentos.

Desde aquel momento, el visir lo trató como a un amigo y el mercader lo puso al corriente de la penosa situación de la anciana, a lo que el visir respondió:

—Justo es que los sabios estén con los sabios.

Y así fue como aquella débil anciana salvó la vida y las riquezas del mercader, con astucia y sabiduría.

Los cuatro regalos

Cuento bretón

Érase una vez, en las antiguas tierras de Bretaña, antes conocidas como Cornualles, una mujer llamada Barbaïk Bourhis, que, con la ayuda de su sobrina Téphany, pasaba los días ocupada en el cuidado de su granja. De la mañana a la noche se las veía en los campos o en el establo, ordeñando a las vacas y preparando mantequilla, o dando de comer a las gallinas, siempre trabajando y asegurándose de que los jornaleros de sus tierras trabajaran también. Pero quizá habría sido mejor si Barbaïk se hubiera tomado algo más de tiempo para descansar y pensar en otras cosas, porque enseguida le fue tomando tanto gusto al dinero que solo lo gastaba en la comida y en la ropa indispensables para ella y para Téphany, y nada más. Y en cuanto a los pobres, los odiaba con toda su alma e iba diciendo que unas criaturas tan vagas no merecían vivir en este mundo.

Bueno, entonces, siendo Barbaïk este tipo de persona, es fácil imaginar que se enfadara tanto como se enfadó el día que descubrió a Téphany en el establo hablando con el joven Denis, que no era más que un simple jornalero del pueblo de Plover. Asió a su sobrina del brazo y, llevándosela de allí, le gritó:

—¿Pero no te da vergüenza, muchacha, andar perdiendo el tiempo con un hombre más pobre que las ratas cuando tienes a una docena de pretendientes que con gusto te comprarían anillos de plata si tú quisieras?

—Denis es un buen hombre y lo sabes muy bien. Además, él también está ahorrando y pronto tendrá su propia granja —le respondió Téphany, con la cara colorada de rabia.

—¡Tonterías! —exclamó su tía—. Con lo que gana no podrá ahorrar para una granja hasta que tenga cien años. Antes preferiría verte muerta que casada con un hombre cuya única fortuna es lo que lleva encima.

—¿Qué importa la fortuna cuando uno es joven y fuerte? —preguntó Téphany, pero su tía, escandalizada ante tal desfachatez, apenas la dejó acabar.

—¿Cómo que qué importa la fortuna? —repitió Barbaïk con incredulidad—. ¿De verdad eres tan tonta como para despreciar el dinero? Si eso es lo que te enseña Denis, te prohíbo que hables con él. Y te diré más: si se le ocurre volver a aparecer por aquí, lo echaré a patadas de la granja. Ahora vete a lavar la ropa y tiéndela para que se seque.

Téphany no se atrevió a desobedecer, pero bajó al río muy triste y apenada. «Tiene el corazón más duro que estas piedras», pensó. «Mil veces más duro, porque al menos la lluvia horada las piedras, pero mi tía no cedería aunque le suplicara cien años. Hablar con Denis es lo único que me alegra la vida. Si ya no puedo verlo, más me vale entrar en un convento.»

Con esos pensamientos en la cabeza, llegó a la orilla y se dispuso a sacar del cesto toda la ropa que tenía que lavar. El golpe de un bastón la obligó a levantar la mirada y vio delante de ella a una ancianita; no la había visto jamás por allí.

—¿Quiere sentarse y descansar un poco, abuela? —le preguntó Téphany mientras apartaba el montón de ropa.

—Cuando el cielo es tu único techo, descansas donde te place —respondió la ancianita con voz temblorosa.

—¿Tan sola está? ¿No tiene amigos que puedan acogerla en sus casas? —le preguntó Téphany apenada.

La anciana negó con la cabeza.

—Hace mucho que murieron. Los únicos amigos que me quedan son desconocidos de buen corazón.

La chica permaneció callada y, un momento después, sacó una rebanada de pan y un poco de tocino que tenía reservado para su propia cena.

—Tome esto. Al menos hoy cenará bien.

La anciana lo aceptó y miró fijamente a Téphany.

—Aquellos que ayudan al prójimo merecen que se les ayude. Todavía tienes los ojos enrojecidos porque la avariciosa Barbaïk te ha prohibido que hables con ese joven de Plover. Anda, alégrate: eres una buena muchacha, así que voy a darte algo que te permitirá verlo una vez al día.

—¿Usted…? —murmuró Téphany, sorprendida al descubrir que la mendiga conocía todos sus asuntos, pero la anciana no le prestó atención.

—Toma este broche de cobre —continuó la anciana—. Cada vez que te lo pongas en el vestido, la señora Bourhis se verá obligada a salir de casa para irse a contar sus berzas. Mientras tengas el broche puesto, serás libre, y tu tía no volverá hasta que lo dejes de nuevo en su estuche. —Y luego, la anciana se levantó, hizo una leve reverencia a modo de saludo… y desapareció.

La muchacha se quedó allí, inmóvil como una piedra. Y si no fuera porque tenía el broche en la mano, habría pensado que se trataba de un sueño. Pero, por eso mismo, comprendió que la anciana que se lo había regalado no era una persona corriente, sino un hada, una criatura sabia capaz de predecir lo que ocurriría en el futuro. De repente, Téphany reparó en la ropa que había dejado en el suelo y, para recuperar el tiempo perdido, empezó a lavarla con todo su empeño.

A la noche siguiente, cuando llegó la hora a la que Denis solía esperarla entre las sombras del establo, Téphany se puso el broche en el vestido. En ese mismo instante, la tía Barbaïk se puso sus zuecos, cruzó el huerto y continuó por los campos hasta llegar a la parcela donde crecían las berzas. La joven, con el corazón tan alegre como sus pasos, salió de casa corriendo y pasó una velada feliz con Denis. Y así fue durante muchos días. Pero, al final, Téphany se dio cuenta de algo, algo que la entristecía mucho.

Al principio parecía que, cuando estaban juntos, a Denis se le pasaba el tiempo volando, como a ella. Pero cuando ya le había enseñado todas las canciones que conocía y le había contado todos sus planes para convertirse en un hombre rico y poderoso, se quedó sin nada más que decir, pues a Denis, como a tantas otras personas, le encantaba hablar de sí mismo, pero no escuchar a los demás. Algunas veces ni siquiera iba a verla, y al día siguiente le decía a Téphany que había tenido que ir a la ciudad por negocios. Aunque ella no se lo reprochó nunca, no se engañaba, y se daba cuenta de que a Denis ya no le importaba como antes.

Con el paso de los días, Téphany empezó a sentir un gran pesar en su corazón, y sus mejillas cada vez estaban más mustias. Una noche, después de esperarlo en vano, cogió un cántaro, se lo colocó en el hombro y bajó despacio a la fuente. A mitad de camino se encontró al hada que le había regalado el broche. La anciana prodigiosa se quedó mirando a Téphany, dejó escapar una risita pícara y le preguntó:

—¿Por qué mi hermosa doncella está tan triste como la otra vez, a pesar de que ve a su amado siempre que le apetece?

—Se ha cansado de mí —respondió Téphany a punto de llorar—, y pone excusas para no venir. ¡Ay, abuelita! No basta con poder verlo, necesito ser capaz de entretenerlo para que se quede conmigo. Es tan inteligente… ¡Ayúdame a ser tan lista como él!

—¿Es eso es lo que quieres…? —exclamó la anciana—. Bueno, coge esta pluma. Cada vez que te la pongas en el pelo, serás tan sabia como el mismísimo Salomón.

Ruborizada de alegría, Téphany volvió a casa y se prendió la pluma en la cinta azul que llevaba en el pelo, como todas las chicas de esa parte del país. Un instante después, oyó los alegres silbidos de Denis y, cuando su tía se fue a contar berzas, la joven corrió a su encuentro. Denis quedó embelesado ante la elocuencia de Téphany; parecía que no hubiera nada en este mundo que no supiera, y no solo cantaba a la perfección todas las canciones de Bretaña, sino que incluso era capaz de componer canciones nuevas. ¿De verdad aquella era la misma joven tímida que parecía tan impaciente por aprender todo lo que él le enseñaba? ¿O era otra persona? Quizá se había vuelto loca de repente, o estaba poseída por un espíritu maligno. En cualquier caso, él volvía una noche tras otra, y todos los días descubría que su amada cada vez era más sabia.

Muy pronto, los vecinos empezaron a rumorear y a sospechar, porque Téphany no había podido resistirse al placer de usar la pluma con quienes la despreciaron por sus pobres vestidos y había empezado a burlarse de todos ellos. Por supuesto, en el pueblo se enteraban de sus burlas y, al oírla, decían: «Qué mal carácter tiene esta moza. Pobre del hombre que se case con ella y descubra que es ella quien va a llevar las riendas del caballo».

Denis no tardó mucho tener la misma opinión que los vecinos. Y como le gustaba ser el centro de atención allí adonde iba, pronto empezó a temer la elocuencia de Téphany y, en vez de reírse como antes cuando ella se burlaba de los demás, ahora se ruborizaba y se sentía incómodo, pensando que en cualquier momento la víctima podría ser él.

Así siguieron las cosas hasta que, una noche, Denis le dijo a Téphany que no podía quedarse con ella, porque había prometido asistir a un baile que se celebraba en el pueblo vecino.

Téphany no pudo evitar un gesto de decepción; había estado trabajando todo el día y contaba con pasar una hora con Denis. Hizo todo lo que pudo para convencerlo de que se quedara, pero no sirvió de nada y al final se enfadó.

—Ah, ya sé por qué tienes tantas ganas de ir al baile. ¡Es porque va Azilicz de Penenru! —le dijo Téphany.

Azilicz era la chica más encantadora de los alrededores, y Denis y ella se conocían desde que eran niños.

—Ah, sí, Azilicz estará allí —respondió Denis, que se alegraba de verla celosa—. Y, por supuesto, uno iría donde hiciera falta para verla bailar.

—¡Pues vete! —gritó ella, y se metió en casa dando un portazo.

Se sentó junto a la chimenea, triste y sola, y se quedó mirando fijamente las ascuas rojas. De un tirón, se arrancó la pluma del pelo, se cubrió la cara con las manos y empezó a llorar desconsoladamente. «¿De qué me sirve la inteligencia si los hombres solo buscan la belleza? Eso es lo que debería haber pedido, pero ya es demasiado tarde, Denis no volverá nunca más.»

—Ya que tanto lo deseas, te concederé la belleza —dijo una voz a su lado. Y cuando la muchacha levantó la mirada, se encontró con la anciana apoyada en su bastón.

—Ponte este collar: mientras lo lleves, serás la mujer más hermosa del mundo —continuó el hada.

Téphany soltó un gritito de alegría y asió el colgante. En cuanto se lo puso, fue corriendo a mirarse en el espejo que había colgado en un rincón. ¡Por fin! Esta vez no temía compararse ni con Azilicz ni con ninguna otra chica, porque estaba segura de que su pelo rubio y su piel de porcelana ya no tenían rival. Al verse en el espejo, tuvo una idea: se apresuró a ponerse su mejor vestido y sus zapatos más elegantes, y se fue corriendo al baile.

Por el camino, se encontró con un lujoso carruaje en el que viajaba un joven.

—¡Qué doncella tan encantadora! —exclamó al ver acercarse a Téphany—. ¡Vaya!, ¡no hay en todo el país una joven como esta! ¡Esta muchacha, y solo esta, será mi esposa!

El carruaje era bastante grande y cerraba el camino, así que Téphany, muy a su pesar, se vio obligada a quedarse allí quieta. Sin embargo, miró al joven a la cara y le dijo:

—Siga su camino, noble señor, y yo seguiré por el mío. No soy más que una pobre campesina que solo sabe vender leche, acarrear heno y hacer girar la rueca.

—Puede que solo seas una campesina, pero yo puedo convertirte en una gran dama —dijo el caballero, tomándole la mano e intentando meterla en el carruaje.

—Pero yo no quiero ser una gran dama: yo solo quiero casarme con Denis —contestó, desembarazándose de su mano y saltando la zanja que separaba el camino de los trigales donde esperaba poder esconderse. Por desgracia, el joven se percató de sus intenciones e hizo una señal a sus lacayos, que la agarraron y la metieron en el carruaje. Cerraron la portezuela de un golpe y los caballos emprendieron la marcha al galope.

Al cabo de una hora llegaron a un espléndido castillo y, como Téphany no quiso moverse, la levantaron entre varios lacayos y la llevaron a un gran salón. Al mismo tiempo, hicieron llamar a un sacerdote para que celebrara la ceremonia del matrimonio. El joven caballero intentó arrancarle una sonrisa hablándole de todas las riquezas que tendría cuando se convirtiera en su esposa, pero Téphany no lo escuchaba, porque solo estaba pensando en buscar un modo de escapar. No parecía tarea fácil. Las tres puertas principales estaban enrejadas, mientras que la galería por la que la habían llevado estaba cerrada con un portillo de madera. La campesina aún llevaba la pluma del hada en el pelo y, con su ayuda, pudo entrever en las rendijas de la madera un tenue rayo de luz. Tocó el broche de cobre que llevaba en el vestido y todo el mundo salió del castillo a contar berzas; y, mientras todos estaban fuera, ella empujó la portezuela y salió del lugar sin saber adónde iría a parar.

Para entonces ya había caído la noche y Téphany estaba muy cansada. Por suerte, vio que se encontraba a las puertas de un convento y entró a preguntar si podía pasar allí la noche. Pero la portera le respondió con brusquedad que aquel no era lugar para mendigos y le dijo que se marchara, así que la pobre muchacha siguió avanzando penosamente y poco a poco por el camino, hasta que una luz y los ladridos de un perro le confirmaron que se encontraba cerca de una granja.

Delante de la casa había un grupo de gente: dos o tres mujeres y los hijos del granjero. Cuando la esposa supo que Téphany tan solo necesitaba una cama para pasar la noche, se le ablandó el corazón. Estaba a punto de invitarla a entrar cuando los chicos, embelesados ante la belleza de Téphany, empezaron a discutir por agasajarla. De las palabras pasaron a los golpes, y las mujeres, asustadas con tanto alboroto, la tomaron con Téphany y empezaron a insultarla. Ella huyó corriendo hacia el camino con la esperanza de poder ocultarse en la oscuridad de la arboleda, pero un instante después oyó los pasos de aquellas gentes que la perseguían. Tenía tanto miedo que le temblaban las piernas, pero de repente se acordó del colgante. Con un fuerte tirón rompió el cierre y lo lanzó al cuello de un cerdo que estaba gruñendo en una zanja; entonces oyó cómo las pisadas dejaban de perseguirla y se dirigían hacia el cerdo: el encantamiento había desaparecido.

Téphany siguió caminando sin saber muy bien adónde se dirigía, hasta que, para su sorpresa y alegría, se dio cuenta de que se encontraba cerca de su casa. Durante varios días estuvo tan cansada y apesadumbrada que apenas podía con las labores de la casa y, para empeorar las cosas, Denis casi nunca iba a verla. Decía que estaba muy ocupado y que solo los ricos podían permitirse perder el tiempo en conversación.

A medida que pasaban los días, Téphany estaba cada vez más pálida y macilenta, tanto que todos a su alrededor se dieron cuenta, menos su tía. Casi no podía ni con el cántaro de agua, y aunque seguía yendo al manantial por la mañana y por la tarde, el esfuerzo de llevárselo al hombro casi siempre era más de lo que podía soportar.

—¿Cómo he podido ser tan tonta? —se decía cuando bajaba a la fuente al atardecer, como cada día—. No debí pedir ver a Denis siempre que quisiera, pues se cansó pronto de mí; ni tener tanta labia, pues se acabó asustando; ni siquiera belleza, pues no me trajo más que problemas. Debí pedir riqueza; eso nos habría hecho la vida más fácil a todos. Ay, si pudiera pedirle otro deseo al hada… ¡esta vez sería más lista y sabría elegir mejor!

—Estás de enhorabuena —le respondió la voz de la anciana, que, al parecer, estaba de pie al lado de Téphany—. Cuando vuelvas a casa, busca en tu bolsillo derecho y encontrarás una cajita. Frótate los ojos con el ungüento que contiene y verás que dentro de ti hay un tesoro de valor incalculable.

Téphany no entendió nada de lo que la anciana quiso decirle, pero corrió a la granja lo más rápido que pudo y, una vez allí, empezó a buscar con alegría en su bolsillo derecho. Por supuesto, encontró la cajita que contenía el preciado ungüento. Justo cuando se estaba frotando los ojos con él, su tía Barbaïk Bourhis entró por la puerta. Desde que se había visto obligada a dejar de trabajar por aquella obsesión de contar berzas, sin saber por qué, su granja se estaba echando a perder, y tampoco podía conseguir que ningún jornalero se quedara a trabajar allí por culpa de su mal genio. Por eso, cuando vio a su sobrina tan tranquila mirándose al espejo, Barbaïk estalló de la rabia y le dijo:

—¡Ah! ¡Así que esto es lo que haces mientras yo estoy fuera trabajando los campos! ¡No me extraña que la granja esté hecha un desastre! ¿No te da vergüenza comportarte así, muchacha?

Téphany intentó balbucear alguna excusa, pero su tía estaba como loca de rabia y su única respuesta fue darle una bofetada. Téphany se sintió a la vez tan dolida, aturdida y nerviosa que no pudo contenerse, se dio media vuelta y empezó a llorar desconsoladamente. Para su sorpresa, se dio cuenta de que cada una de sus lágrimas era una perla redonda y brillante. Barbaïk, que también se percató de tal maravilla, soltó un grito de asombro y rápidamente se puso de rodillas para recoger las perlas del suelo.

Aún estaba recogiéndolas cuando la puerta se abrió y entró Denis.

—¡Perlas! ¿Son perlas de verdad? —exclamó al tiempo que se arrodillaba junto a Téphany, y al mirarla vio que había otras, aún más hermosas, que seguían cayendo por sus mejillas.

—Que no se entere nadie del pueblo, Denis. Por supuesto, tú puedes quedarte con tu parte, pero nadie más se llevará ni una sola perla —le dijo Barbaïk, que luego se dirigió a su sobrina—: ¡Sigue llorando, querida, sigue! Es por tu bien y por el nuestro.

Barbaïk iba recogiendo las perlas en su delantal y Denis, en su sombrero. Pero Téphany ya no podía soportarlo; sentía que se asfixiaba ante tanta avaricia y lo único que quería era salir de aquella casa. Aunque Barbaïk la cogió del brazo para detenerla y siguió diciéndole palabras tiernas para que continuara llorando, Téphany reunió todas sus fuerzas para reprimir las lágrimas y se secó los ojos.

—¿Ya has terminado? ¿Tan pronto? —gruñó Barbaïk con un gesto de decepción—. Venga, querida, inténtalo de nuevo. ¿Crees que serviría de algo si la abofeteo un poquito? —añadió, dirigiéndose a Denis, que negó con la cabeza.

—Ya está bien para ser la primera vez. Voy a acercarme al pueblo a preguntar cuánto vale cada perla.

—Entonces me voy contigo —respondió Barbaïk, que nunca se fiaba de nadie y vivía con miedo a que la engañaran. Y así, los dos se fueron y dejaron a Téphany sola en casa.

Ella se quedó sentada en una silla, muy quieta y con las manos entrelazadas, como si estuviera escondiendo algo. Al final, levantó la mirada que había tenido clavada en el suelo, y descubrió al hada en un rincón oscuro, junto a la chimenea: la observaba con una mirada burlona. La joven temblaba, pero se levantó de un salto, cogió la pluma, el broche y la cajita y se los entregó a la anciana.

—Aquí tienes tus regalos. Para ti, son todos tuyos. No quiero volver a verlos, y ya he aprendido la lección que tenías que enseñarme. Que otros tengan riqueza, belleza o ingenio, pero yo solo deseo ser la pobre campesina que he sido siempre, la que se esfuerza y trabaja por aquellos a los que quiere.

—Pues sí, has aprendido la lección —asintió el hada—. Y ahora podrás llevar una vida tranquila y casarte con el hombre al que amas. Al fin y al cabo, no estabas pensando en ti, sino en él.

Téphany nunca volvió a ver a aquella anciana. Con el tiempo, perdonó a Denis por haber vendido sus lágrimas, y él aprendió a ser un buen marido, como le correspondía.

Habetrot

Cuento angloescocés

Érase una vez una chiquilla alegre y despreocupada del condado de Selkirk que prefería holgazanear por el campo recogiendo flores que llenarse los dedos de ampollas hilando en la rueca. Su madre era una gran hilandera, pero las lecciones que le daba no servían de nada y, al final, perdió la paciencia y encerró a la niña en su habitación, le trajo siete husos y una rueca, y le dijo:

—Ahora, hija mía, me vas a hilar estas siete madejas en tres días, o verás lo que es bueno.

La dejó allí encerrada, llorando a lágrima viva.

La jovencita sabía que su madre hablaba en serio, así que el primer día estuvo trabajando en la rueca hasta muy tarde, aunque lo único que consiguió fue que le dolieran los dedos de retorcer las hebras, que se le secaran los labios de humedecerlas, y menos de cuatro palmos de hilo áspero y desigual que nadie en su sano juicio usaría para tejer. Aquella noche la muchacha lloró hasta quedarse dormida. A la mañana siguiente se despertó muy temprano; el sol estaba radiante y se oía el dulce canto de los pájaros. Miró el triste trozo de hebra que había hilado y pensó: «De nada sirve seguir aquí, será mejor que salga a tomar el aire». Bajó con mucho cuidado las escaleras, pasó rozando el dosel de la cama de su madre, quitó el pestillo de la puerta de la cocina y salió corriendo hacia el valle. Estuvo jugueteando por allí, recogiendo prímulas y disfrutando del canto de los pájaros, hasta que, de repente, se detuvo a pensar que, por mucho que se entretuviera, al final tendría que volver a casa y su madre la estaría esperando muy enfadada. Entonces vio un pequeño montículo y se sentó en una piedra lisa y suave que había al lado, junto al arroyo, y no pudo evitar ponerse a llorar. La piedra tenía un agujero, uno de esos agujeros estrechos y profundos que hace el agua en la roca. La gente dice que, por estos agujeros, una puede ver a las hadas, y, sea como fuere, la chica empezó a oír un ruido que provenía de aquel agujero, una especie de zumbido y unas vocecitas muy agudas que tarareaban una extraña melodía. De repente, levantó la mirada y vio a una extraña mujercita que trabajaba concentrada en su rueca y humedecía la hebra con unos labios tan fuertes que parecían hechos para hilar.

—Buenos días tenga, mi señora —dijo la muchacha, que siempre era amable y educada.

—Que lo sean también para ti, querida —respondió la mujer, que parecía contenta de verla.

—¿Para qué tiene esos labios tan grandes? —le preguntó la niña, como curiosa que era.

—Para humedecer la hebra e hilar, mi niña.

—Eso debería estar haciendo yo, pero no sirve de nada: no consigo que me salga nada decente —empezó a decir la chiquilla, y acabó por contarle todo lo que le había pasado.

—No te preocupes, cariño; tráeme la lana y te la hilaré en menos de tres días, a tiempo para cuando la quiere tu madre —le prometió aquella amable señora. La jovencita volvió corriendo a casa y regresó con las madejas en un instante.

—Señora, no me ha dicho aún cómo se llama ni dónde debo esperarla para recoger los ovillos… —empezó a decir la muchacha, pero la mujer cogió las siete madejas y desapareció.

La niña estaba perpleja y desconcertada, y se sentó en la piedra a esperar. El sol calentaba con fuerza. Pronto se quedó profundamente dormida y no se despabiló hasta que se puso el sol y la noche empezó a refrescar. Se despertó con el mismo zumbido y las mismas vocecitas de la vez anterior, pero en esta ocasión se oían con más fuerza y salía un rayo de luz del agujero de la piedra. Así que se arrodilló y miró por el agujero. Y vio, allí abajo, en el fondo, una enorme caverna y una serie de criaturas extrañas, cada una sentada en su respectiva rueca, todas hilando como locas. Todas tenían unos labios grandes y fuertes, los pulgares planos y las espaldas encorvadas, y la señora con la que había hablado iba paseando entre ellas. Una de las hilanderas estaba sentada un poco apartada, y parecía ser la menos agraciada; su nombre era Scantlie Mab, o al menos así es como la llamaba el hada mayor.

—Ya casi han acabado, Scantlie Mab —dijo el hada mayor y empezó a reírse a carcajadas—. ¡No sabe esa niña de las trenzas que mi nombre es Habetrot! Hilad toda esa lana y traédmela sin tardar, porque tengo que entregársela a la muchacha a la puerta de su casa.

Así supo la niña dónde debía esperar a la señora. Fue corriendo a casa y, cuando solo llevaba allí unos minutos, Habetrot se le apareció y le dio siete ovillos de lana hilados a la perfección.

—Oh, ¿cómo puedo agradecérselo? —dijo la chiquilla.

—No le digas a tu madre quién ha hilado estas madejas y, si me necesitas, bastará con que me llames —le dijo Habetrot justo antes de desvanecerse en la oscuridad.

Aquella noche, su madre se había ido a dormir antes que de costumbre, porque había pasado todo el día trabajando y cocinando morcillas —o «salchichas negras», como las llaman en esa parte del país—, y allí, colgando de una viga, había dejado siete morcillas bien hermosas para que se fueran curando. La chica tenía más hambre que un cazador, ya que no había comido nada desde el desayuno del día anterior. Dejó las siete madejas impecables donde su madre pudiera verlas en cuanto se levantara y, justo después, encendió el fuego y sacó la sartén de freír, en la que preparó una de las morcillas, y se la comió, aunque lo único que consiguió fue tener aún más hambre. Así que decidió preparar una segunda morcilla, y luego otra, y luego otra... hasta que, de repente, se dio cuenta de que se las había comido todas. Entonces, subió de puntillas las escaleras de su alcoba, sin hacer ruido, y se quedó profundamente dormida en cuanto puso la cabeza en la almohada.

A la mañana siguiente, su madre se levantó temprano, abrió las cortinas del dosel y vio las siete madejas perfectamente hiladas, mejor incluso que si las hubieran hecho las hilanderas más famosas del país. Asombrada, se frotó los ojos..., pero ¿dónde estaban las deliciosas morcillas que había dejado colgadas la noche anterior? No quedaba ni una a la vista, solo una sartén negra al lado del fuego.

Como si se hubiera vuelto loca, salió corriendo al camino, aún en camisón, cantando y gritando:

Mi niña me hiló siete madejas; siete, siete madejas hiló.
Mi niña comió siete morcillas; siete, siete morcillas comió.
Y luego anocheció.

Cantaba tan alto que despertó a su hija, que se levantó de la cama y empezó a vestirse a toda prisa. Y mientras la madre cantaba, el que se acercaba por el camino no era otro que el joven terrateniente de aquellos campos, que le preguntó:

—¿Qué está cantando a gritos, buena señora?

La mujer siguió cantando:

Mi niña me hiló siete madejas; siete, siete madejas hiló.
Mi niña comió siete morcillas; siete, siete morcillas comió.

Y luego añadió:

—Y si no me cree, señor, entre y véalo usted mismo.

Así que el joven señor entró con ella en la cabaña y, cuando vio las siete madejas hiladas a la perfección, ordenó que se presentara ante él la hilandera, y, en cuanto la vio, le pidió que se casara con él.

El terrateniente era un joven apuesto, valiente y de buen corazón, así que la muchacha aceptó encantada. Había solo una cuestión que la inquietaba, y era que el señor no dejaba de hablar de las finas y hermosas madejas que podría hilar cuando se convirtiera en su esposa.

Un día, la joven bajó a la piedra horadada y llamó a Habetrot. El hada ya sabía lo que necesitaba la chica, y lo único que le dijo fue:

—No te preocupes, cariño: tráenos a tu prometido y todo se arreglará.

Siguiendo el consejo de Habetrot, al día siguiente, antes del anochecer, la pareja se acercó a la piedra horadada, y allí escucharon el canto de Habetrot. Al acabar la canción, se abrió una puerta secreta en el montículo que había junto a la piedra. El joven estaba asombrado y desconcertado ante aquellas extrañas criaturas que lo rodeaban, y preguntó a su prometida:

—¿Por qué todas tienen esos labios deformes?

—Pregúntaselo tú mismo —respondió la muchacha.

Y cada una de aquellas criaturas respondió murmurando entre dientes:

Hilamos e hilamos; hilamos sin cesar.

—Sí, así es: todas eran muy hermosas al principio —dijo Habetrot—, pero las hilanderas siempre acaban así. A tu querida le ocurrirá lo mismo algún día, por muy bella que sea ahora, porque le gusta muchísimo hilar.

—¡Eso jamás! —respondió el joven caballero—. A partir de hoy, no volverá a tocar una rueca, ¡nunca!

—Como usted quiera, señor —respondió la muchacha.

Y desde entonces disfrutó de la vida paseando por el campo con su esposo, montando a caballo junto a él, alegre como un pajarillo. Y así Habetrot pudo tejer cada tallo de lino que crecía en aquellas tierras.

Desafortunada

Cuento siciliano

Hubo una vez un buen rey en España que se casó con una buena reina, y tuvieron siete hijas maravillosas. Vivían todos felices, felicísimos, hasta que un día el rey de un reino vecino entró en el país con su vasto ejército. El rey de España y su pueblo lucharon con gran valentía, pero al final resultaron vencidos, al rey se lo llevaron cautivo, y la reina y sus siete hijas tuvieron que huir a una aldea lejana, donde vivían miserablemente en una humilde cabaña. Intentaron ganarse la vida haciendo bordados y cosas parecidas, pero, por algún motivo, aunque sus labores eran impecables y delicadísimas, nadie tenía interés alguno en comprar nada, y la mayoría de los días la reina y las siete princesas apenas tenían para comer.

Una tarde de verano, cuando las princesas habían salido al bosque a recoger fresas silvestres y la reina estaba sola en la cabaña preparando un caldo para la cena, una vieja gitana llamó a la puerta y le ofreció unos encajes bastante burdos y vulgares a cambio de un poco de comida o de dinero.

—Bueno, venerable anciana —le dijo la reina—: puedo ofrecerle un tazón de sopa y mi hospitalidad, pero ahora mismo no tengo nada de dinero. Soy la desafortunada reina de España; se llevaron cautivo a mi marido y ahora vivo aquí con mis siete hijas en la más triste miseria. Pero pase, descanse, y, si le apetece un tazón de caldo, se lo daré con gusto.

La gitana entró y se sentó junto a la chimenea. Apuró su tazón de caldo y luego se quedó sentada allí, mirando fijamente al fuego, murmurando algo ensimismada. Al cabo de un rato, dijo:

—Mi reina, a algunas mujeres como yo se nos ha concedido el don de ver el pasado y el futuro, y de adivinar las causas de ciertos sucesos, de la buena o de la mala fortuna que cambia el curso de la vida de los mortales, el origen de la suerte o el remedio para los males. Y en tu familia hay una joven sin suerte; es una de tus hijas la desafortunada, la razón de toda la miseria en la que estáis sumidas. Su destino está maldito. Tendrás que alejarte de ella si quieres recuperar a tu rey y vuestro reino.

—¿Cómo? —gritó la reina—. ¿Deshacerme de una de mis hijas?

—Así es, mi señora, no hay más remedio.

—¿Pero cuál de ellas? —exclamó la reina—. Todas son muy buenas, ¡y las quiero a todas por igual! ¿Cómo voy a saber cuál es la que nos trae la mala suerte?

—Es muy sencillo —respondió la gitana—. Esta noche, cuando tus hijas estén profundamente dormidas, coge una vela y ve pasando por cada una de sus camas. Tres de tus hijas estarán durmiendo tumbadas sobre el lado derecho, con las manos juntas bajo las mejillas. Otras tres estarán durmiendo del lado izquierdo, con los brazos cubiertos por la colcha. Pero una de ellas estará durmiendo boca arriba, con las manos cruzadas sobre el pecho. Esa es a la que debes expulsar de vuestra vida, porque sobre ella pesa la maldición de un destino infausto y la mala suerte la sigue dondequiera que va.

Dicho esto, la anciana se fue y dejó a la reina completamente desconcertada.

En fin, al cabo de un rato, las siete princesas fueron llegando.

—No hemos podido encontrar ni una fresa, ¡ni una! —se lamentaron—. Alguien ha debido de ir al bosque antes que nosotras y se las ha llevado todas. Ay, ¿por qué todo nos va tan mal? ¿Por qué? *¿Por qué?*

—No os preocupéis —las consoló la reina—, puede que mañana tengamos más suerte.

Aun así, las princesas insistieron en que siempre tenían mala suerte. Luego se tomaron el caldo en silencio y, al terminar, cada una de ellas le dio las buenas noches a su madre con una reverencia, como princesas bien educadas que eran, y se fueron a dormir.

La reina se quedó sentada un buen rato con la mirada clavada en el fuego de la chimenea mientras pensaba en las palabras de la gitana. Al final, con un profundo suspiro, encendió una vela y entró en la alcoba donde las siete princesas dormían profundamente en sus siete camas. La reina se fue acercando de puntillas a todas las camas para ver cómo dormían sus preciosas hijas: tres dormían del lado derecho, con las manos juntas bajo las mejillas; otras tres, del lado izquierdo, con los brazos cubiertos por la colcha; pero la séptima, la más joven, estaba durmiendo boca arriba y con las manos cruzadas sobre el pecho.

—Ay, hija mía, mi niña querida, ¿de verdad tendré que apartarte de nosotras? —susurró la reina, y empezó a llorar.

Las lágrimas de la reina fueron a caer en las manos de la princesa, que se agitó en sueños; al final se despertó y abrió los ojos.

—Madre, ¿por qué lloras?

—¿No tenemos motivos suficientes para llorar, hija mía? Yo, reina, y vosotras, mis princesas, viviendo como campesinas en esta cabaña ruinosa…

—Pero no puedes estar llorando por eso —respondió la princesa—. De ser así, habrías estado llorando desde hace tiempo. Estoy segura de que hoy ha pasado algo mientras estábamos en el bosque. Dime, ¿qué ha ocurrido?

—¡No, no, no…!

Pero la princesa no aceptó un no por respuesta y siguió insistiendo hasta que, al final, la reina tuvo que contarle que había hablado con una gitana y lo que esta le había dicho. Cuando acabó de contárselo, la princesa abrazó fuerte a su madre y la colmó de besos.

—Madre querida, será mejor que te vayas a dormir. Por la mañana lo pensaremos, que con la luz de la mañana se ven más claras las cosas —aconsejó la princesa.

Así que la reina se fue a la cama. Y en cuanto se quedó dormida, la princesita se levantó con mucho cuidado, se vistió en silencio, preparó un hatillo con un par de cosas y abandonó la cabaña.

—Adiós, madre querida, y adiós, mis queridísimas hermanas —dijo en un susurro—. Vuestra hermana, la desafortunada, se marcha para que la suerte vuelva a ponerse de vuestra parte.

La princesa desafortunada se pasó la noche vagando por el campo y, al amanecer, llegó a una casita encantadora con jardín que había al lado del camino. Se asomó a una ventana y vio a varias mujeres trabajando: algunas tejían en el telar, otras en la rueca, y otras bordaban encajes.

—Tal vez aquí me puedan dar trabajo —pensó, y llamó a la puerta.

Una de las damas se levantó del telar y le abrió la puerta.

—Señora, ¿pueden darme trabajo? —preguntó la princesa.

—Claro que sí: necesitamos una sirvienta. ¿Cómo te llamas?

—Desafortunada.

—Muy bien, Desafortunada. Pasa. Somos muy fáciles de contentar… si trabajas bien.

Y, en fin, la princesa entró en la casa y la señora la puso a trabajar: barrer, limpiar, cocinar. Todo lo hacía de buena gana y la primera semana fue de maravilla. Al cabo de unos días, la señora de la casa le dijo lo siguiente:

—Desafortunada, mis hermanas y yo vamos a ir a ver a unos amigos, y no volveremos hasta mañana. Echa bien el cerrojo de la puerta principal y el de la puerta de atrás por dentro; yo las cerraré por fuera. Podemos fiarnos de ti, ¿verdad? Vigila que nadie entre a robar las sedas, los encajes y las telas que hemos confeccionado.

—Por supuesto, mi señora. Puede confiar en mí —respondió la princesa.

Y con esto, las mujeres partieron. Cerraron con candado por fuera, y la princesa echó los cerrojos por dentro, y pasó el resto del día limpiando y abrillantando hasta que todo quedó reluciente. Cuando cayó la noche, se fue a dormir, satisfecha con su trabajo y pensando en lo contentas que se pondrían las señoras cuando volvieran. Y en un abrir y cerrar de ojos, se quedó dormida...

Pero, a eso de la medianoche, la despertaron unos ruidos extraños que venían de la planta de abajo: unos murmullos, jadeos, el sonido de la tela al rasgarse y el ras ras ras de un tijereteo oxidado. Se levantó de un brinco, se apresuró a encender una vela y corrió escaleras abajo. Y al llegar, ¡horror! ¿Qué era aquello? Se encontró a una vieja arpía allí, junto a un montón de encajes rasgados y telas destrozadas... Sí, todo el delicado trabajo de sus señoras ahora no era más que un montón de harapos, pisoteados por aquella vieja bruja.

La horrible arpía empezó a reírse a carcajadas.

—Ja, ja, ja... ¡Ja, ja, ja!

Y aunque Desafortunada se apresuró a arrebatarle las tijeras, la bruja apagó la vela con un soplido y desapareció. Pero *cómo* pudo salir de allí, si atravesó las puertas cerradas o las rejas de la ventana, ¿quién puede explicarlo?

Llorando amargamente, la princesa iluminó la habitación con varias velas y se dispuso a recoger los trozos de tela y los retales de encaje. ¿Qué iban a pensar las señoras cuando volvieran? ¿Qué iban a decir?

Pues esto fue lo que le dijeron:

—¡Vaya niña ruin y sinvergüenza! ¿Así es como nos pagas la hospitalidad y haberte tratado tan bien?

Le dieron una buena paliza y la echaron de la casa; así que de nuevo se encontró vagando por los caminos; sin saber —ni importarle— adónde ir. Después de caminar sin rumbo todo el día, al caer la tarde llegó a una aldea y, a la entrada, se fijó en una tiendecita donde vendían pan, vino y frutas. Como llevaba todo el día sin comer nada, tenía muchísima hambre, aunque nada con lo que pagar. Pero mientras miraba con avidez todas las delicias que había en el escaparate, la tendera, que la había visto a través del cristal, se asomó a la puerta y le dijo:

—Pequeña, ¿tienes hambre?

—¡Ay, sí, señora, sí!

—Pues entra. Malo será que no tengamos algo que darle de comer a una pobre niñita hambrienta como tú.

Y así, Desafortunada entró con la dueña, que le dio un trozo de pan, queso y un vaso de vino. Cuando terminó de comer, la princesa le dio las gracias por todo y se levantó para seguir con su camino.

—¿Y dónde vas a ir? —le preguntó la tendera.

—Pues no… No lo sé… —respondió entonces la pobre Desafortunada.

—Pero está anocheciendo —dijo la tendera—, y los caminos no son seguros para una jovencita como tú. Si quieres dormir aquí, en la trastienda, puedo prepararte unos sacos para que descanses en ellos.

Desafortunada volvió a darle las gracias de todo corazón. Después se acomodó en los sacos y enseguida se quedó dormida, con las manos cruzadas sobre el pecho.

Al poco rato, llegó el marido de la tendera.

—¿Quién es esa muchacha que está durmiendo en los sacos? —preguntó.

—Ah, pues una pobre chiquilla que me ha dado pena.

—Bueno, espero que tenga buenas intenciones —dijo el marido.

Y él y su mujer se fueron a dormir.

Todo estuvo tranquilo hasta la medianoche. Entonces, una vieja arpía entró atravesando el escaparate y empezó a coger las hogazas de pan y, con manos como garras, las deshizo en migajas y las esparció por el suelo de la tienda. Luego volcó las cestas de las frutas y las verduras y empezó a dar vueltas por la tienda para pisotearlas, y así estuvo hasta que el suelo de la tienda quedó cubierto con la pulpa de todo lo que antes había en las cestas. ¿Y qué más? Pues bajó a la bodega y quitó los tapones de los barriles, y el sótano quedó anegado en varios palmos de vino y cerveza. Satisfecha, la vieja bruja salió a través del escaparate para desvanecerse de nuevo en la oscuridad, dejando solo ruina tras de sí.

Y todo esto ocurrió sin que se oyera un solo ruido.

Pero cuando el tendero se levantó a la mañana siguiente y vio aquel desastre, agarró una escoba y despertó a Desafortunada a palos. Estaba tan furioso que apenas era capaz de decir nada:

—¡Tú… tú… tú…! ¡Fuera! ¡Fuera de aquí antes de que te eche a patadas! ¡Y si vuelvo a verte por aquí, te voy a… te voy a…!

Desafortunada no esperó a que le dijera lo que pensaba hacerle. Salió corriendo de la tienda y siguió corriendo hasta salir de la aldea, cada vez más lejos. Corrió hasta llegar a los confines del reino y pasar a otro, y siguió corriendo hasta que estuvo tan exhausta que se desmayó y cayó al lado de un camino.

Transcurrió todo un día, y luego se puso el sol, y Desafortunada permaneció toda la noche allí tendida, como si estuviera muerta, al lado del camino. Cuando a la mañana siguiente los primeros rayos del sol empezaron a darle en la cara, la princesa volvió en sí, abrió los ojos y miró a su alrededor. Las alondras cantaban en los árboles, y cerca se dejaba oír también el borbotear de un arroyo. ¡Lo que daría por beber un poco de agua! Se incorporó y saltó un murete para llegar a un prado por el que discurría un riachuelo de aguas cristalinas.

A la orilla del riachuelo, haciendo la colada, había una mujer encorvada que, al oír los pasos de Desafortunada, levantó la mirada para ver quién era. Aquella señora resultó ser el aya

Francesca, la mismísima niñera que había cuidado a Desafortunada y había jugado con ella cuando era niña.

—¡Mi aya! ¡Mi aya! ¡Mi querida aya Francesca!

—¡Mi querida princesita!

Y allí, al lado del río, se abrazaron y se dieron muchos besos.

—Pero ¿qué te ha pasado, querida? ¿Qué haces aquí sola, tan macilenta y con esos harapos?

Desafortunada le contó al aya Francesca todo lo que le había pasado, y la niñera, que llevaba una cesta con la merienda, le ofreció comida y bebida.

—Ahora trabajo de lavandera para el príncipe de este reino —le contó—. Ven conmigo a casa; puedes quedarte en mi cabaña hasta que vengan tiempos mejores. Y sí, vendrán tiempos mejores, querida, ¡ya lo creo que vendrán! Venga, ahora ayúdame a terminar la colada para que acabemos antes y podamos volver a casa. Aunque claro, ¡lavar ropa no es trabajo para un princesa!

—Aya mía, he hecho todo tipo de tareas desde que me viste por última vez —respondió Desafortunada, y cogió una de las camisas del príncipe para aclararla en el arroyo.

Pero, ay, Dios mío, ¿qué pasó? Que la camisa dio un respingo y se retorció, y se fue flotando en las aguas del arroyo hasta que se enganchó en unas zarzas, y cuando Desafortunada fue a sacarla del espino, se hizo un tremendo desgarrón en la tela.

—Pues sí: va a ser cierto que eres verdaderamente Desafortunada —le dijo entonces el aya Francesca—. Creo que tienes una maldición. ¡Pero no te apures, querida! Vas a vivir conmigo, yo voy a cuidar de ti y no tendrás que trabajar. Además, tengo alguna idea para enderezar ese malhadado destino tuyo…

Así pues, Desafortunada se fue con el aya Francesca y vivió con ella en su casa. Siempre y cuando la joven no hiciera ninguna tarea, todo iba bien. Pero en cuanto intentaba ayudar en lo más mínimo… Si intentaba fregar la vajilla, se le rompía en las manos; si probaba a zurcir las medias del aya Francesca, solo conseguía que los agujeros se hicieran aún más grandes; si se ponía a barrer la cocina, una ráfaga de aire entraba por la puerta y volvía a llenarla de polvo. Así que al final el aya Francesca le dijo:

—Déjalo, ¡déjalo todo! Mejor sal a que te dé el sol, anda.

Pero en cuanto la princesa salió a tomar el sol, el cielo se llenó de nubarrones y enseguida empezó a llover. Cuando volvió a entrar, su niñera le dijo:

—Ya veo que tu mala suerte nos persigue, pero ¡conseguiremos vencerla! ¡Porque *mi* destino es bien distinto!

Al cabo de unos días, el aya Francesca preparó dos deliciosos pasteles, los puso en una cesta y le dijo a Desafortunada:

—Coge estos dos pasteles y ve a sentarte a la orilla del mar y llama a *mi* destino. Tienes que repetir tres veces, alto y claro: «¡Oh, destino de mi aya Francesca! ¡Oh, destino de mi aya Francesca! ¡Oh, destino de mi aya Francesca!». A la tercera llamada, mi destino saldrá del mar y se acercará a ti. Entrégale uno de estos pasteles y dale las gracias de mi parte, y luego, muy educadamente, acuérdate, pregúntale dónde puedes encontrar a tu destino.

Así se hizo. Desafortunada cogió los pasteles, se acercó a la orilla del mar y repitió tres veces: «¡Oh, destino de mi aya Francesca! ¡Oh, destino de mi aya Francesca! ¡Oh, destino de mi aya Francesca!». Apenas había acabado de pronunciar estas palabras cuando una doncella hermosa y resplandeciente emergió sonriendo entre las olas del mar. Entonces, la princesa Desafortunada sacó uno de los pasteles de la cesta y, mientras se lo ofrecía a aquella hermosa doncella, le explicó:

—Mi aya Francesca me ha enviado con estos pasteles para expresar humildemente su agradecimiento. Oh, dulce destino de mi dama Francesca, ¿podría hacerme el enorme favor de decirme dónde puedo encontrar a mi destino?

La hermosísima dama sonrió y le respondió:

—Toma el estrecho camino de carreteros que pasa por el pinar y cruza la arboleda. En ese bosquecillo te toparás con una vieja bruja sentada junto a un pozo, bajo unos espinos. Ella es tu destino. Salúdala con amabilidad y ofrécele un pastel. Verás que es muy maleducada y que rechazará el pastel; aun así, déjalo a sus pies antes de irte.

Desafortunada volvió a darle las gracias a aquella encantadora dama. Cruzó el pinar y se abrió camino en la arboleda hasta que llegó donde estaba la vieja bruja, sentada junto a un pozo y bajo unos espinos. ¡Y, ah, qué bruja tan espantosa! ¡Tan sucia, con aquellos ojos vidriosos, babosa y repugnante! Desafortunada tembló al verla y estuvo a punto de salir corriendo. Pero se recompuso y le hizo una reverencia diciendo:

—Destino mío, aquí te traigo este pastel como ofrenda, si tienes a bien aceptarlo.

—¡Largo de aquí! ¡Llévatelo! ¡Llévatelo! —gritó la vieja bruja—. *¡No quiero nada de ti!*

Después escupió en el suelo y se dio media vuelta, así que a la princesa Desafortunada no le quedó más remedio que dejarle el pastel en el suelo.

Triste y compungida, volvió a casa y le contó lo ocurrido al aya Francesca, que escuchó sus infortunios mientras doblaba la colada. Al acabar la historia, se echó a reír y le dijo:

—Nunca te des por vencida, querida niña. ¡Ya verás como conseguiremos ganarnos a esa vieja bruja!

El aya colocó en una cesta la ropa que con tanto esmero había doblado y se apresuró a llevarla a palacio. Una vez allí, el príncipe la colmó de halagos por su trabajo:

—Aya Francesca, ¡eres una verdadera joya! ¡Cada día que pasa trabajas mejor! Ven, tengo un regalo para ti. —Y le dio dos monedas de oro.

Y ¿qué hizo el aya Francesca con ellas?

Pues fue a la ciudad y compró un vestido bien elegante, enaguas finas, un pañuelo bien fino, una esponja, una pastilla del mejor jabón, un peine y un cepillo, y un frasco de perfume. Luego volvió a casa con sus compras y se las dio a Desafortunada.

—Y ahora, querida mía, es el momento de visitar de nuevo a tu destino. Le guste o no, quiera o no quiera, haz lo siguiente:

quítale los harapos que lleva, lávala bien, de la cabeza a los pies, cepíllala, péinala y perfúmala, y luego vístela con esta ropa que he comprado. Sin duda te gritará y te golpeará, pero tú sé firme, sé firme, y continúa con tu tarea sin prestar atención a sus alaridos. No es más que una anciana sin fuerzas, mientras que tú eres joven y fuerte. Y cuando al fin esté bien lavada, perfumada y le hayas puesto este vestido digno de una doncella, entrégale este pastel y dile: «Destino mío, yo, Desafortunada, te deseo lo mejor. Y por favor, te lo ruego, ¡concédeme un nombre nuevo!».

Y así, Desafortunada cargó con todo aquello, cruzó el pinar y atravesó la arboleda en la que estaba su destino, sentada bajo un arbusto. Se abalanzó enseguida sobre la anciana, la desnudó, sumergió la esponja en el pozo y empezó a lavar a la repugnante bruja de pies a cabeza, mientras la vieja chillaba y forcejeaba e insultaba a Desafortunada con todas las palabras malsonantes que se le pasaban por la cabeza. Pero cuando la princesa terminó de secarla y de perfumarla, y empezó a ponerle su nuevo vestido, tan fino y elegante, la anciana dejó de gritar y se le escapó una risilla. Y por momentos parecía que rejuvenecía, y empezó a adquirir el aspecto de un hada, hasta que, cuando la princesa terminó de vestirla y empezó a peinarla, sus cabellos grises ya brillaban como el oro: ¡y allí estaba, riendo, y disfrutando del pastel!

De nuevo, Desafortunada le hizo una reverencia y le dijo:

—Destino mío, yo, Desafortunada, te deseo lo mejor. Y por favor, te lo ruego, ¡concédeme un nombre nuevo!

—¡Ajá! Así que eso es lo que quieres, ¿eh? —le respondió la hermosa bruja entre risas—. Está bien: por el bien que me has hecho, te daré un nombre nuevo; desde hoy, serás Fortunata. Toma, Fortunata, este es tu regalo bautismal —dijo, y le entregó una cajita.

Fortunata, que no cabía en sí de alegría, le dio las gracias a su destino, cogió la cajita, se despidió y volvió a casa con su aya Francesca.

—Pues vamos a ver qué te ha regalado tu destino, querida mía —le dijo el aya.

Abrieron juntas la cajita.

¿Y qué había dentro? Solo un trocito de esos galones de oro que llevan los soldados en sus casacas de gala.

—Yo no diría que esto es un gran regalo, precisamente... —dijo el aya Francesca.

Guardó la cajita en un armario y se marchó deprisa a palacio, por si el príncipe tenía algún encargo que hacerle.

Cuando llegó, el príncipe llevaba puesto su uniforme más espléndido. En la solapa de la casaca relucían todas sus medallas e insignias, pero él no hacía más que dar vueltas de aquí para allá, perplejo y desconcertado. Al verla, se llevó las manos a la cabeza y le dijo:

—Aya Francesca, ¡qué desgracia! Me falta un trozo de galón dorado de la manga, y en toda la ciudad no queda ni un pedacito de tela de oro para repararlo. Tengo que pasar revista a mis tropas, pero ¿cómo voy a presentarme en estas condiciones?

—No creo que lo noten, alteza —respondió ella.

—*¡Que no lo notan!* —gritó el príncipe—. *¿Que no lo notan?* ¿Qué más me da si lo notan o no? ¡Lo noto yo! ¿Cómo voy a exigir que mis tropas vayan siempre impecables si yo, que soy su comandante, me presento ante ellos en estas condiciones desastrosas?

—No hay problema que no tenga solución —dijo el aya Francesca.

La mujer volvió a casa corriendo, cogió la cajita que le había regalado el destino a la princesa Fortunata y se lo llevó al príncipe. Este abrió la caja y observó su contenido. En efecto, era exactamente el mismo tipo de galón dorado que le faltaba en la manga.

—Mi maravillosa aya Francesca, te pagaré con el peso en oro de esta caja y del galón que tenía dentro —le dijo el príncipe, y enseguida pidió que le trajeran una balanza. En uno de los platos de la balanza colocó la cajita con el galón dentro, y en el otro, una moneda de oro. Pero el peso del oro no sobrepasó el de la cajita, así que el príncipe añadió una segunda moneda. Como aquello tampoco fue suficiente para igualar el peso de la caja, puso una tercera moneda, y luego añadió una cuarta, y una quinta, y una sexta; pero la balanza seguía sin moverse. Pidió que le trajeran una bolsa de oro, pero ni siquiera con la bolsa de oro consiguió equilibrar la balanza.

—Aya Francesca, ¿cómo es posible? ¿Puedes explicarme este misterio? —le preguntó desesperado.

—No, pero puedo traer a quien quizá pueda explicarlo —respondió la mujer, que de nuevo volvió corriendo a su casa.

—Ven, mi niña, ven conmigo —le dijo a Fortunata—. ¡El príncipe pregunta por ti!

La dama cogió a la princesa de la mano y la llevó ante el príncipe. Fortunata, como siempre tan hermosa y algo tímida, y con un vestido un tanto desaliñado, le hizo una elegante reverencia al príncipe y permaneció en silencio.

—¿Quién eres? ¿Cómo te llamas? —quiso saber el príncipe.

—Soy la hija menor del rey de España, majestad —contestó la princesa—, el rey que sus enemigos se llevaron cautivo. Ayer mi nombre era Desafortunada, pero esta mañana mi destino me ha dado un nombre nuevo: me ha dicho que de hoy en adelante debo llamarme Fortunata.

—Encantadora Fortunata, ven, cuéntame tu historia —le pidió el príncipe.

La princesa le contó todo lo que le había sucedido, y el príncipe contestó:

—Esto hay que aclararlo inmediatamente.

El príncipe hizo llamar a las señoras costureras con las que Fortunata había trabajado y, cuando se presentaron ante él, les preguntó:

—¿En cuánto valoráis los daños que sufrieron vuestras telas y vuestro encaje la noche del desastre?

Estas le respondieron que las pérdidas ascendían a doscientas monedas de oro, y el príncipe se las pagó y les dijo:

—La pobre joven a la que golpeasteis y echasteis de vuestra casa es hija de un rey. Reflexionad y arrepentíos. Y ahora, ¡fuera de aquí!

Aquellas mujeres salieron de palacio avergonzadas. Después, el príncipe hizo llamar al tendero cuyos productos se habían echado a perder. También al tendero le pagó por los daños y lo echó del palacio. Luego, convocó a su ejército, y emprendió la marcha con la intención de combatir contra el enemigo del rey de España. El príncipe logró la victoria en aquella batalla y el ejército enemigo se dio a la fuga, pudieron rescatar al rey de prisión y su reino le fue devuelto.

También la reina, la madre de Fortunata, y sus seis hermanas abandonaron la humilde cabaña en la que habían pasado tantas penurias y volvieron al palacio con el rey.

Y después… bueno, después, ¿qué? Por supuesto, Fortunata se casó con el príncipe. Todo el mundo fue feliz por fin, incluida el aya Francesca, que fue a vivir al palacio como aya principal, y, siempre ajetreada, reía y cantaba mientras hacía sus tareas y cuidaba de los preciosos hijos de Fortunata.

Los hechizos voladores de Biddy Early

Cuento irlandés

Érase un hombre de Flagmount que bajó al pueblo de Bridge a por cerdos —era la época de las ferias—. Fue para comprar tres crías, y tres crías compró. Pero en aquella época no había transporte y, como ya se sabe, el cerdo no tiene mucha facilidad para caminar. A la vuelta pasó con los cerdos por Feakle y por Kilbarron y, como es natural, los tres animales estaban rendidos a mitad de camino, solo un poquito antes de llegar donde Biddy. Había una casa al lado del camino con un letrero que decía «Gleeson», y entró para ver si había algún sitio donde pudiera dejar a los cerdos aquella noche. Pero, claro, por aquel entonces nadie tenía grandes pocilgas; como mucho, una pequeña cuadra para una vaca y un burro. Así que el dueño del lugar le dijo:

—Pruebe un poco más adelante, donde Biddy Early. Está solo a un tiro de piedra, por ese camino. Vaya a ver. Puede que ella le pueda ayudar.

Subió entonces el hombre hasta donde Biddy y…

—Dios mío, pobre hombre, tus cerdos estarán muertos... —dijo, pero el hombre aún no le había contado nada.

—Pues sí: ahí los tengo, en el camino, y no hay manera de que se levanten.

—Ah, siéntate y toma una taza de té. Los cerdos estarán bien. —El hombre se sentó, ella le preparó un té y estuvieron hablando.

—Bueno, voy a hacer algo por ti —dijo Biddy—. Voy a ayudarte.

Y un rato después, cuando se tomó el té, el hombre se levantó y ella le dio tres pastillas, no muy grandes. Bien podrían haber sido trozos de papel, poco importaría: cualquier cosa que ella le hubiera dado seguramente habría arreglado el problema, fuera lo que fuera. Luego le dio otra pastilla para él. La mujer se había metido en la habitación, mientras él terminaba el té, para prepararle todo aquello.

—Ahora, cuando vuelvas, levántales el rabo a los cerdos, y a cada uno le metes una píldora ahí debajo —dijo—. Y puede que en la siguiente curva del camino tengas que bajarte los calzones y hacer lo mismo.

Y, en efecto, cuando ya estaban girando por la curva del camino, ¡los tres cerdos echaron a volar! ¡Casi no tuvo tiempo de bajarse los pantalones para llevar a cabo la operación! Y así, los cuatro salieron volando hacia Flagmount. ¡Y no pararon hasta que aterrizaron en el pueblo!

Así era Biddy Early, ¡toma ya!

· TERCERA PARTE ·

Brujas enamoradas: mujeres posesivas y esposas fieles

La Morrigu

Cuento irlandés

Una noche, mientras Cuchulain dormía plácidamente, un estridente grito del norte lo despertó, y fue tal el sobresalto, que cayó de la cama al suelo. Salió de su tienda y se encontró con Laeg, que estaba enyugando los caballos al carro.

—¿Por qué estás haciendo los preparativos para partir? —le preguntó extrañado.

—Porque he oído un grito que venía de las llanuras del noroeste —respondió Laeg.

—De acuerdo, iremos a ver qué es —asintió Cuchulain.

Y así, avanzaron un buen trecho hasta que se encontraron con otro carro, tirado por un caballo bermejo. En el carro viajaba una mujer: tenía las cejas rojas. Y su vestido también era rojo, y hasta la capa que la cubría y caía hasta el suelo entre las dos ruedas del carro era roja. A la espalda llevaba una lanza gris.

—¿Cómo te llamas? ¿Y qué vienes a buscar a estas tierras? —le preguntó Cuchulain.

—Soy la hija del rey Buan, y vengo a buscarte y a ofrecerte mi amor, pues me han contado todas tus grandes hazañas.

—No has elegido un buen momento —dijo Cuchulain—. Estoy tan consumido y agotado por las penurias de la guerra que no me quedan fuerzas para estar pensando en mujeres.

—Tendrás mi ayuda en todo lo que emprendas —replicó la mujer—; estoy aquí para protegerte, y puedo ayudarte a acabar con esta guerra.

—No es asunto de ninguna mujer protegerme ni ayudarme en mi tarea —respondió Cuchulain.

—En ese caso, si no aceptas mi ayuda —dijo—, seré tu enemiga. Llegará el día en el que tendrás que enfrentarte a un guerrero tan fuerte como tú; y ese día te acosaré de todas las formas posibles, por agua y por tierra, hasta que caigas vencido.

Furioso, Cuchulain desenvainó su espada y avanzó hacia ella con paso firme, pero, en un instante, el carro, la mujer y el caballo desaparecieron, y lo único que quedó ante él fue un cuervo negro sobre una rama. Por eso supo Cuchulain que había estado hablando con la Morrigu.

Poco después, Loch, hijo de Mofebis, fue a ver a la reina Maeve, que le pidió que fuera él quien emprendiera la batalla contra Cuchulain al día siguiente.[3] Loch le respondió:

—No lo haré, pues no sería justo enfrentarme a un guerrero tan joven al que ni siquiera le ha crecido la barba todavía. Pero sé de alguien que puede hacerlo: se trata de mi hermano Long, hijo de Emonis; seguro que puedes llegar a un acuerdo con él.

Así, Long fue a ver a Maeve, y ella le prometió una magnífica recompensa si se enfrentaba y acababa con Cuchulain: armaduras para doce hombres, un nuevo carruaje, a Findabair como esposa

3. Cuchulain o Cú Chulainn es un héroe o semidiós del Ciclo del Úlster. En este cuento se narra un episodio entretejido en las hazañas bélicas de la saga: Cuchulain era el único defensor del Úlster frente a los ejércitos de otras tres (o cuatro) provincias irlandesas comandadas por la reina Maeve o Maeb. Conforme a las reglas del heroísmo épico, los grandes guerreros no se enfrentan a jóvenes imberbes.

y el derecho a asistir a todas las fiestas del castillo de Cruachan. Long aceptó y partió a la batalla, pero Cuchulain lo mató.

Entonces, Maeve reunió a sus mujeres y les dijo:

—Id a ver a Cuchulain y decidle que se ponga algo en la barba, ya que no hay en todo mi campamento ni un solo guerrero digno que quiera salir a luchar contra alguien joven e imberbe como él.

Al oír esto, Cuchulain cogió un puñado de moras y se frotó su jugo por la cara a modo de barba. Acto seguido, salió a la colina para que los guerreros de Irlanda pudieran verlo. Cuando lo vio Loch, hijo de Mofebis, dijo:

—¿Lo que veo es la barba de Cuchulain?

—Eso es lo que veo yo, sin duda alguna —respondió Maeve.

—En ese caso, es hora de que me las vea con él.

Su primer encuentro tuvo lugar junto a la llanura en la que había muerto Long.

—Vayamos al campo que hay más arriba —le pidió Loch, que no pensaba luchar en el mismo lugar donde había muerto su hermano.

Así, el combate empezó en un poco más arriba. Mientras luchaban, Morrigu se le apareció a Cuchulain en forma de ternera blanca con orejas rojas; junto a otras cincuenta terneras, unidas de dos en dos con cadenas de bronce blanco, se precipitaron por la colina. Pero con un solo movimiento de su espada, Cuchulain la hirió en un ojo.

Luego, Morrigu bajó por el arroyo transformada en una anguila negra y, saliendo del agua, se enredó en las piernas de Cuchulain. Mientras él intentaba librarse de ella y la golpeaba contra una de las rocas verdes de la colina, Loch aprovechó para herirlo. Por último, Morrigu adoptó la forma de una loba gris y sujetó a Cuchulain por el brazo derecho. De nuevo, mientras intentaba liberarse del animal, Loch aprovechó para herirlo. Furioso, Cuchulain cogió el Gae Bulg, la lanza que le había regalado la diosa guerrera Aoife, e hirió de muerte a su adversario.

—Oh, gran Cuchulain, solo te pido una cosa antes de morir —le rogó Loch.

—¿Qué es lo que deseas?

—No te pido que me perdones la vida —dijo el vencido—, pero, te lo suplico, deja que me levante y que al morir caiga con la cara sobre la tierra, y no mirando hacia los hombres de Irlanda. Así, nadie podrá decir que caí cuando huía o que me di la vuelta porque me había rendido.

—Sí, eso te lo concederé —contestó Cuchulain—, pues lo que pides es digno de un gran guerrero.

Y después Cuchulain volvió a su campamento.

Sin embargo, aquel día, Cuchulain se sintió más abatido y desanimado que nunca por estar luchando solo contra las cuatro provincias de Irlanda. Y decidió pedirle a Laeg que fuera a Conchubar y les dijera a los hombres del Úlster que Cuchulain, hijo de Dechtire, estaba cansado de luchar un día tras otro, y de estar herido y magullado, y de que nadie de su pueblo ni sus amigos fueran a ayudarlo.

Al día siguiente, Maeve envió a luchar contra él a seis combatientes juntos, tres hombres y tres mujeres que además sabían de encantamientos, y de nuevo los venció a todos. Tiempo atrás habían acordado que Maeve nunca enviaría a más de un guerrero a la vez, y ahora que había roto su palabra, Cuchulain no tendría piedad. Decidió enfrentarse al ejército de Maeve con su honda, pero para entonces todos sabían de sus habilidades con el arma, y no quedaba en el ejército caballo, perro u hombre que se atreviera a plantarle cara a Cuchulain, así que se dio por finalizada la batalla.

Pasó el tiempo, pero Morrigu no se había olvidado de Cuchulain. Las heridas que le había infligido en el campo de batalla seguían abiertas, y solo él tenía el poder de sanarlas. Así pues, decidió que era hora de curarlas, y se le apareció con el aspecto de una anciana que ordeñaba leche de una vaca con tres ubres. Cuando Cuchulain pasó a su lado, estaba sediento y le pidió algo de beber. Ella le dio a beber la leche de una de las ubres y, después de bebérsela, él le dijo:

—A la salud de quien me la ha dado.

Con sus palabras, el ojo herido de Morrigu sanó. Luego, le dio la leche de otra de las ubres, y él repitió las mismas palabras. Por último, le dio a beber la leche de la tercera ubre.

—Que te bendigan todos los dioses y todas las almas de estos campos —le agradeció él.

De este modo, todas las heridas de la gran reina Morrigu se curaron.[4]

4. En otros lugares se explica que la anciana tenía las mismas heridas que habían sufrido la ternera, la anguila y el lobo, y que con cada saludo del héroe, la diosa sanaba. En este ciclo heroico, los dos personajes se vuelven a encontrar en el final glorioso del «Aquiles irlandés».

La piel pintada

Cuento chino

Érase una vez un hombre llamado Wang que vivía en la provincia de T'ai-Yuan. Una mañana, mientras paseaba, se encontró con una muchacha que llevaba un hatillo y caminaba con premura. Parecía que le costaba avanzar, así que Wang aceleró el paso para alcanzarla; al acercarse, se dio cuenta de que era una hermosa joven de unos dieciséis años. Cautivado por su belleza, le preguntó adónde iba tan temprano y sin nadie que la acompañara.

—Usted no podría aliviar mi angustia. ¿Por qué se molesta en preguntar? —le respondió la joven.

—¿Y qué es lo que te angustia? —insistió Wang—. Te aseguro que haré todo lo que esté en mi mano para ayudarte.

—Mis padres eran tan avariciosos que me vendieron a una familia rica como concubina. La esposa de la familia era muy celosa, y me pegaba y me maltrataba a todas horas. No podía soportarlo más, así que me he escapado.

Wang le preguntó de nuevo adónde se dirigía, pero ella respondió que una fugitiva nunca tiene un destino fijo.

—Mi casa no está muy lejos —dijo Wang—. ¿Quieres refugiarte allí?

Ella aceptó de buena gana, así que Wang la ayudó con el hatillo y la llevó a su casa. Cuando llegaron, al ver que no había nadie, la joven le preguntó dónde estaba su familia; él respondió que aquella habitación no era más que la biblioteca.

—Es un lugar muy bonito —dijo la joven—. Pero si de verdad quiere salvarme la vida, no debe contarle a nadie que estoy aquí.

Wang le prometió que no desvelaría su secreto, y así, durante unos días, la joven se quedó en la biblioteca sin que nadie supiera de su existencia. Sin embargo, Wang acabó por contárselo a su esposa, y ella, por miedo a que la muchacha perteneciera a alguna familia influyente, le aconsejó que la echara de allí, aunque él le respondió que jamás haría tal cosa.

Un día, Wang tuvo que ir a la ciudad, y se encontró con un monje taoísta, que le preguntó qué le había pasado.

—No me ha pasado nada —respondió Wang.

—¡Vaya! Te han embrujado, ¿cómo puedes decir que no te ha pasado nada?

Pero Wang insistió en que así era, por lo que el monje se alejó murmurando: «¡Vaya idiota! Algunos no se dan cuenta de que tienen a la muerte delante de sus narices». Al oír esto, Wang se asustó y pensó en la muchacha que tenía en su casa, pero se tranquilizó convenciéndose de que una joven tan bonita no podía ser una bruja, de ninguna manera, y empezó a temerse que el monje solo quisiese sacarle dinero.

Cuando volvió a casa, la puerta de la biblioteca estaba cerrada, no había forma de entrar, lo cual le hizo sospechar que algo no iba bien. Decidió entrar por la puerta principal, pero al llegar a la biblioteca por la parte interior, se encontró con que también estaba cerrada a cal y canto. En silencio, se acercó cautelosamente a la pared para mirar por la ventana. Lo que vio allí dentro fue un demonio horripilante, con la cara verde y los dientes afilados como una sierra. El demonio había estirado una piel humana sobre la cama y la estaba pintando con una brocha. Cuando terminó, dejó la brocha a un lado, cogió la piel y la sacudió, igual que se sacude un abrigo; luego se echó la piel sobre los hombros y ¡pam!, ¡ahí estaba de nuevo la muchacha!

Wang estaba aterrorizado. Salió corriendo a buscar al monje, avergonzado, sin saber muy bien dónde podría dar con él. Al final, lo encontró en el campo, se arrodilló ante él y le rogó que lo salvara.

—Para expulsarla de tu casa, veamos… —dijo el monje—. La criatura debe de estar en peligro si está utilizando una piel tras la que esconderse. En cualquier caso, un monje como yo no soportaría hacerle daño a un ser vivo.

Al final, le dio una escoba a Wang y le explicó que tenía que colgarla en la puerta de la habitación. Por último, acordaron volver a verse en el templo de Ch'ing-ti cuando todo acabara.

Wang volvió a casa, pero no se atrevió a entrar en la biblioteca. Colgó la escoba en la puerta de la sala, se alejó y al poco rato oyó unas pisadas al otro lado de la puerta. Como no se atrevía a moverse, le pidió a su esposa que se asomara; y la mujer vio a la muchacha allí plantada, observando la escoba y temiendo pasar por debajo. Al principio, apretó los dientes y se alejó, pero un rato después volvió furiosa, maldiciendo al monje: «Ah, maldito monje: no vas a asustarme. ¿Te crees que voy a soltar lo que ya casi está al alcance de mi mano?». Acto seguido, rompió la escoba en pedazos, abrió la puerta de un golpe y se dirigió sin más a la cama de Wang para abrirle el pecho y sacarle el corazón. Con el corazón de su víctima en la mano, abandonó la casa.

La esposa de Wang dio un grito y su sirvienta se acercó con una luz, pero Wang ya estaba muerto y su cadáver era un espectáculo horroroso. La mujer, muerta de miedo, casi no se atrevía a llorar, temerosa de hacer el más mínimo ruido. Al día siguiente, le pidió al hermano de Wang que fuera a ver al monje. Este, al enterarse, no pudo soportar la ira. «¿Para esto tuve compasión de ti, condenado demonio?»

El monje acompañó al hermano de Wang a la casa. La joven había desaparecido sin dejar rastro y nadie sabía dónde podía estar, pero el monje levantó la cabeza, miró a su alrededor y les dijo:

—Afortunadamente, no ha ido muy lejos.

Preguntó quién vivía en la casa que había un poco más al sur, y el hermano de Wang respondió que aquella era su casa; el monje aseguró que encontrarían al demonio allí. El hermano de Wang, muerto de miedo, dijo que no podía ser.

—¿Habéis recibido la visita algún desconocido recientemente? —insistió el monje.

El hermano de Wang respondió que no estaba seguro, ya que había estado en el templo de Ch'ing-ti, pero se acercó a su casa a preguntar. Poco después volvió y contó que una anciana había ido por allí buscando trabajo y ofreciéndose como sirvienta de la casa, y que su esposa la había contratado.

—Es ella —aseguró el monje.

El hermano de Wang añadió que la vieja aún seguía allí y todos juntos se encaminaron a su casa. Cuando llegaron, el monje sacó su espada de madera, se plantó en mitad del patio y gritó:

—Demonio de las profundidades, ¡devuélveme mi escoba!

Al oírlo, la nueva sirvienta se asustó e intentó escapar por la puerta, pero el monje la derribó de un golpe; cuando cayó, se le desprendió la piel humana y reveló su espeluznante forma demoniaca. Así se quedó, tendida en el suelo y gruñendo como un cerdo, hasta que el monje empuñó su espada de madera y le cortó la cabeza. Entonces su cuerpo se transformó en una densa columna de humo que se arremolinaba y ascendía desde el suelo. El monje cogió una calabaza hueca y la arrojó en medio de aquella humareda; se oyó un ruido de succión y la columna entera fue aspirada por la calabaza. El monje le puso el tapón enseguida, se aseguró de que estuviera bien cerrada y la metió en su bolsa. También enrolló la piel, que estaba entera, con sus cejas, sus ojos, sus manos y sus pies, y la guardó como si fuera un pergamino. Cuando estaba a punto de marcharse, la esposa de Wang lo detuvo y, con lágrimas en los ojos, le suplicó que le devolviese a su marido la vida. El monje le respondió que no podía hacer tal cosa, pero la esposa de Wang se le echó a los pies y de nuevo imploró su ayuda entre lágrimas y lamentaciones. Él permaneció un rato en silencio, reflexionando, hasta que al final dijo:

—Mi poder no es suficiente para hacer lo que me pides. Yo no puedo resucitar a los muertos, pero te diré quién puede hacerlo; si se lo pides de la manera apropiada, lo conseguirás.

La mujer de Wang le preguntó de quién se trataba, y el monje contestó:

—En el pueblo hay un loco que vive en el barro y entre la basura. Ve y póstrate ante él; ruégale que te ayude. Si te insulta, no te enfades.

El hermano de Wang conocía al hombre del que hablaba, así que se despidió del sacerdote y se encaminó al pueblo con su cuñada. Encontraron al pobre desgraciado delirando junto al camino, tan sucio y maloliente que apenas podían acercarse a él. Cuando la mujer de Wang se acercó y se puso de rodillas, el loco la miró con desprecio y le gritó:

—¿Me amas, hermosa mía?

La mujer de Wang le explicó por qué había ido a verlo, pero él simplemente soltó una carcajada y dijo:

—Puedes conseguir muchos maridos más. ¿Por qué molestarse en resucitar a uno que ya está muerto?

La esposa volvió a suplicarle que la ayudara y él replicó:

—Es muy raro: la gente acude a mí para resucitar a los muertos, como si yo fuera el rey de las regiones infernales.

A continuación, empezó a darle palos a la esposa de Wang con su bastón, y ella los soportó sin rechistar ante una multitud de curiosos que se iban congregando poco a poco. Después, sacó una píldora repugnante y le dijo a la mujer que debía tragársela, pero llegados a este punto ella se descompuso y parecía que iba a ser incapaz de hacerlo. Sin embargo, al final lo consiguió, y entonces el loco se levantó gritando:

—¡Cuánto me quieres! ¡Cuánto me quieres! —Y se alejó sin prestarle más atención a la mujer. Lo siguieron hasta un templo mientras seguían suplicándole, pero cuando entraron había desaparecido y todo esfuerzo por encontrarlo fue en vano.

Abrumada por la ira y la vergüenza, la esposa de Wang volvió a casa y, entre amargos llantos por su marido muerto, se arrepintió de lo que había hecho y deseó solo morir. Al cabo de un rato, recordó que había de preparar el cadáver, pues ninguno de sus criados se atrevía a acercarse, y se puso manos a la obra para cerrar la terrible herida que había matado a su marido.

Mientras trabajaba en aquella penosa tarea, interrumpida solo por sus propios sollozos, sintió que un bulto le subía por la garganta, hasta que poco a poco salió con un pequeño estallido y cayó justo en la herida de su marido muerto. Cuando se acercó a mirar qué era, vio que se trataba de un corazón humano, que allí mismo empezó a palpitar, desprendiendo un vapor cálido, como el humo. Emocionada, cerró la carne y la piel de su marido sobre el corazón y sujetó la herida con todas sus fuerzas para que no se abriera. Pero muy pronto se cansó y vio que el vapor de la vida empezaba a escaparse por las comisuras, así que rasgó un trozo de seda y la ató para sujetar la herida. También intentó activar la circulación masajeándole todo el cuerpo y cubriéndolo luego con ropa. Por la noche retiró todo lo que cubría la herida y vio que su marido respiraba por la nariz. A la mañana siguiente, Wang estaba vivo de nuevo, aunque con la mente algo confusa, como si acabara de despertar de un sueño, y sentía un dolor en el corazón. En la zona de la herida quedaba una cicatriz del tamaño de una moneda, que desapareció poco después.

Lilith y la brizna de hierba

Cuento judío

Érase una vez un judío al que Lilith había seducido y que había quedado locamente prendado de sus encantos. Sin embargo, estaba profundamente preocupado por ello, así que decidió ir a ver al rabino *tzadik* Mordecai de Neschiz para pedirle ayuda.[5]

Pero el rabino, gracias a su clarividencia, supo que el hombre venía a verlo, y avisó a todos los judíos de la ciudad de que no lo dejaran entrar en sus casas ni le ofrecieran un lugar en el que pasar la noche. Cuando el hombre llegó, no pudo encontrar ningún sitio donde dormir, así que salió de la población y se acostó en el pajar de un granero. A medianoche, Lilith se le apareció y entre sueños empezó a susurrarle:

—Mi amado, baja de ese pajar y ven conmigo.

—¿Por qué iba a bajar yo? —le preguntó el hombre—. Siempre eres tú la que vienes conmigo.

5. *Tzadik* es un término hebreo perteneciente al ámbito de la religión (judaísmo rabínico) y cuya traducción equivaldría a «justo» o «santo».

—Amado mío, siento una aversión absoluta hacia la hierba, y en ese pajar hay una brizna de hierba —contestó Lilith.

—En ese caso, ¿por qué no me dices dónde está? —dijo el hombre—. Así podré apartarla y podrás subir al pajar conmigo.

En cuanto Lilith le señaló la brizna, el hombre la cogió y se la ató alrededor del cuello, y así consiguió salvarse de sus garras para siempre.

Hija de la Luna, hijo del Sol

Cuento siberiano

De la mañana a la noche, el Sol recorre el cielo en su trineo de oro. Al amanecer, el oso polar tira de él; al mediodía, es el reno Buck quien lo lleva; y al atardecer, el reno Doe. Muchas son las tareas del Sol: mantener con vida a todas las criaturas, alimentar a los árboles y conservar verde el musgo, iluminar los días y dar vigor a los pájaros, a las bestias y al pueblo sami para que todos crezcan y se multipliquen.

Hacia el crepúsculo, cuando el Sol ya está cansado, se sumerge en el mar, y lo único que quiere es dormir y descansar para recuperar su fuerza para el día siguiente. Pero una noche, cuando el reno Doe casi había llevado al Sol a su lecho de agua, Peivalke, el apuesto hijo del Sol, dijo:

—Padre, ya es hora de que me case.

—¿Ya has elegido esposa? —le preguntó el Sol, algo cansado.

—Todavía no. Le he probado mis botas de oro a todas las doncellas terrenales, pero ninguna podía caminar con ellas. Son muy torpes y tienen los pies demasiado pesados; no pueden seguirme al cielo.

—Entonces es que no has buscado bien —le respondió el Sol, bostezando—. Mañana hablaré con la Luna. He oído que tiene una hija y, aunque son más pobres que nosotros, la hija de la Luna ya vive en el cielo y sería una esposa digna para ti.

A la mañana siguiente, el Sol empezó a salir en cuanto amaneció, precisamente cuando su vecina la Luna estaba a punto de irse a descansar.

—Dime, pálida amiga, ¿no es cierto que tienes una hija? He encontrado un marido digno de ella; será una joven muy afortunada, pues se trata de mi hijo Peivalke.

El resplandeciente rostro de la Luna empezaba a desvanecerse.

—Mi hija es aún muy joven. Es tan leve que cuando la abrazo casi no siento su presencia, y hasta una brisa ligera podría llevársela volando. ¿Cómo va a casarse una criaturita tan mínima con tu hijo?

—Eso no importa —dijo el Sol—. Mi hogar es espacioso y rebosa de abundancia. La alimentaremos bien y pronto se pondrá grande y fuerte. Vamos, tráela ante mi hijo.

—¡Oh, no! ¡De ninguna manera! —gritó la Luna horrorizada, y cogió una nube blanquecina con la que envolvió a su hija a toda prisa—. Tu Peivalke le abrasaría su delicada piel. Además, ya está prometida con Nainas, el soldado de la Aurora Boreal. Míralo ahí abajo, cómo serpentea imponente sobre el océano.

—¡Ah, así que es eso! —respondió el Sol con desprecio—. ¿Rechazas a mi hijo por unos miserables rayos de colores? Para que te enteres, mi humilde compañera, el que concede la vida a todas las criaturas soy yo. Yo soy el todopoderoso.

—En realidad, vecino, solo tienes la mitad del poder —murmuró la luna muy bajito—. Al atardecer tus poderes menguan. ¿Y qué pasa con las noches oscuras? ¿Y los largos inviernos? ¿Dónde está tu poder entonces? Nainas también brilla en invierno y, gracias a sus alegres destellos, las noches son menos tristes.

Al oír aquello, el Sol se enfadó aún más.

—Casaré a mi hijo con tu hija, ¡ya lo verás! —dijo con una llamarada.

Los truenos recorrieron los cielos, el viento aulló lastimero, las olas se levantaron blancas de rabia en el océano y las montañas temblaron pavorosas. Los renos se reunieron para protegerse y las tribus de los sami se resguardaron, temblando de miedo, en los rincones de sus refugios estivales.

La Luna se escondió en la oscuridad de la noche. «Debo mantener a mi hija apartada de la ira del Sol», pensó. Desde lo alto del cielo avistó una isla diminuta en medio de un lago, en la que vivía una pareja de ancianos. «Les confiaré a mi hija: allí estará a salvo», se dijo la Luna.

El Sol no tardó en cansarse de su enfado: los truenos cesaron, el viento dejó de quejarse y las olas se calmaron en el mar. Casi al mismo tiempo, el anciano y su mujer se encaminaban hacia el bosque para arrancar cortezas de abedul, con las que hacían sandalias. A mitad de camino, se sorprendieron al oír una vocecita muy débil por encima de sus cabezas que parecía gritar: «*¡Niekia, Niekia!* ¡Ayuda, ayuda!».

Y allí, en la rama de un abeto, vieron una cuna plateada que se mecía dulcemente. El anciano intentó alcanzarla con la mano y, cuando consiguió bajarla, descubrieron que había un bebé dentro. Un bebé que era como cualquier otro, si no fuera porque brillaba como la luz de la luna y un halo de palidez plateada envolvía su piel.

La pareja de ancianos volvió a casa con la cuna, ambos muy felices por la suerte que habían tenido. La cuidaron con ternura, la criaron como si fuera su propia hija, y la niña siempre fue muy obediente. Aun así, cada noche, antes de irse a dormir, salía de la cabaña, miraba la Luna con su pálido rostro, levantaba los brazos y brillaba aún más. A veces, cuando estaba juguetona, decía: «*¡Niekia, Niekia!*», y se desvanecía por unos instantes, y solo quedaba en el aire el eco de su alegre risa.

Así que los ancianos la llamaron Niekia.

Pasó el tiempo, Niekia fue creciendo y se convirtió en una joven alta y esbelta, con un rostro resplandeciente y rubicundo como las moras de los pantanos, y el pelo rubio, trenzado como si fuera de hilos de plata. Además de todas sus tareas, la encantadora doncella de la Luna también aprendió a hacer colchas con piel de reno, y a bordarlas con abalorios e hilo de plata.

Con el paso del tiempo, el Sol se enteró de que en la isla del lago vivía una doncella distinta a las hijas comunes de los hombres, así que envió a su hijo Peivalke a buscarla. Y en cuanto el radiante hijo del Sol vio a la muchacha plateada, se enamoró locamente de ella.

—Joven de la tierra, pruébate estas botas de oro —le pidió Peivalke.

Niekia se sonrojó, pero hizo lo que le pedía. Pero en cuanto se puso las botas, gritó de dolor:

—¡Ah! ¡Me queman los pies! ¡Están ardiendo!

—Te acostumbrarás —le dijo Peivalke, y sonrió para tranquilizarla.

Pero ella se evaporó ante sus ojos, convirtiéndose en una tenue niebla, y las botas de oro se quedaron vacías en el suelo.

Envuelta en sus trémulos rayos de luz de luna, Niekia se escondió en el bosque hasta que cayó la noche. Cuando la Luna al fin apareció en el cielo, Niekia siguió la luz de su madre por el bosque y por la tundra helada hasta que, al fin, cuando empezaba a amanecer, llegó a la orilla del océano y encontró una cabaña solitaria en un terreno baldío. Entró en la cabaña sin pensárselo y se encontró con que estaba vacía, y tan sucia que llenó un cubo de agua del mar de inmediato y se puso a limpiar. En cuanto acabó la tarea, se transformó en un viejo huso, se colgó en la pared y se quedó dormida.

Cuando las sombras del crepúsculo llegaron a la orilla, Niekia se despertó por el ruido de unas fuertes pisadas y vio que un grupo de guerreros entraba en la cabaña, todos con armaduras de plata, a cada cual más fuerte y apuesto. Eran los rayos de la Aurora Boreal, encabezados por su hermano mayor, Nainas.

—Qué limpia está nuestra cabaña —exclamó Nainas—. Parece que ha venido a visitarnos una buena dueña; siento su mirada sobre nosotros, pero no consigo ver dónde se esconde.

Los hermanos se sentaron a cenar y, cuando terminaron, se pusieron a fingir combates entre ellos, a cruzar sus sables, que desprendían destellos rojos y blancos que vibraban y ascendían como rayos hacia el cielo. Luego, cansados de luchar, los hermanos cantaron canciones sobre los audaces y resplandecientes guerreros de la Aurora: uno tras otro fueron elevándose hacia el cielo, hasta que Nainas se quedó solo en la cabaña.

—Y ahora, mujer —dijo—, por favor, déjate ver. Si eres de una edad respetable, serás como una madre para nosotros. Si eres de mediana edad, serás nuestra hermana. Y si todavía eres joven, serás mi esposa.

—Estoy aquí. Juzga por ti mismo —respondió una suave voz a su espalda.

Al volverse, vio una silueta esbelta y encantadora a la tenue luz del amanecer. Supo entonces que se trataba de la cautivadora hija de la Luna.

—¡Niekia! ¿Quieres ser mi esposa? —le preguntó.

—Sí, Nainas —respondió ella, con una voz tan leve que apenas pudo oírla.

En ese preciso instante, empezó a asomar la cabeza del Sol y el primer rayo del amanecer rasgó el cielo.

—Espérame aquí, Niekia —dijo Nainas, que tuvo que marcharse enseguida.

Así, una noche tras otra, Nainas y sus hermanos volvían volando a la cabaña de la orilla, practicaban con la espada y, al amanecer, se iban volando otra vez.

—Por favor, quédate conmigo aunque solo sea un día —le rogaba Niekia a Nainas.

—No puedo hacer eso —le respondía Nainas—. Debo librar la batalla de los cielos al otro lado del océano. Si me quedara, el Sol me atravesaría con sus rayos de fuego.

Un día, mientras esperaba en aquella solitaria cabaña, Niekia estuvo pensando en cómo retener a su querido Nainas. En la soledad, empezó a cantar una canción para su amado.

Alto como las montañas,
y el pelo cubre sus hombros
como las colas de ardillas.
Pero cuando llega el alba,
se marcha y me deja sola.
¡Ay qué largos son los días!
Y luego llega la noche:
lo veo desde mi cabaña.
Por fin se acerca mi amado.
Cuando encuentro su mirada
se me derrite el corazón,
como la nieve en verano.

Al terminar de cantar, Niekia tuvo una idea: podía hacer una capa con piel de reno y bordar en ella las estrellas y la Vía Láctea. Así lo hizo y, antes de que volvieran los guerreros de la Aurora, cubrió el techo de la cabaña con la capa de reno bordada.

Cuando cayó la noche, Nainas y sus hermanos volvieron a casa. Como siempre, se entretuvieron con las espadas, cenaron, cantaron y se tumbaron a descansar. Nainas durmió profundamente. Cuando empezó a amanecer, abrió los ojos varias veces pero, como veía un cielo cubierto de estrellas y la Vía Láctea, creyó que todavía era de noche, demasiado temprano para levantarse.

Niekia salió sigilosamente de la cabaña algo después del amanecer, pero olvidó cerrar la puerta de la cabaña; de repente, Nainas abrió los ojos y vio que por la puerta abierta entraba la luz resplandeciente de la mañana; también vio al oso polar tirando del trineo de Sol por el cielo. De inmediato avisó a sus hermanos y salieron corriendo de la cabaña.

Pero ya era tarde.

El Sol lo había visto: lanzó uno de sus rayos de fuego y lo derribó. Cuando la pobre Niekia se dio cuenta de lo que había hecho, ya era demasiado tarde: corrió hacia Nainas y lo resguardó del Sol con su cuerpo. Gracias a eso, Nainas consiguió ponerse en pie y salió volando hacia el cielo para ponerse a salvo, pero el Sol agarró a Niekia por las trenzas, la abrasó con su mirada de fuego y llamó a su hijo Peivalke.

—Puedes quemarme hasta convertirme en cenizas, pero nunca me casaré con tu hijo —gritó la hija de la Luna entre sollozos.

El Sol, furioso, lanzó a Niekia a los brazos de su madre. La madre Luna consiguió cogerla y la abrazó contra su pecho, donde sigue manteniéndola a salvo hasta nuestros días.

Si miras a la Luna con atención, verás la silueta del rostro resplandeciente de Niekia sobre el pecho de su madre. Niekia sigue allí, suspirando por su amado Nainas, y cada día, al atardecer, se queda mirando el pálido resplandor de la batalla de la Aurora Boreal sobre el océano.

El enamorado y el *Sutra del loto*

Cuento japonés

Érase una vez un hombre que iba caminando una noche por la avenida de Suzaku, en Kioto, cuando se encontró con una mujer de extraordinaria belleza. Intentó entablar conversación con ella y a la mujer no pareció desagradarle; de cerca, aún la encontró más atractiva. El hombre no pensaba dejar pasar aquella oportunidad, así que la colmó de dulces zalamerías, tanto que al poco casi había conseguido lo que tanto anhelaba.

Al principio, la mujer intentó detenerlo.

—Ahora que estamos tan cerca, te aseguro que me encantaría llegar hasta el final. Pero ten en cuenta que, si lo hacemos, morirás —le advirtió.

Pero el hombre estaba demasiado excitado como para escucharla, y siguió abrazándola hasta que, al final, ella cedió.

—De verdad que no soy capaz de rechazarte… Está bien, ya que insistes tanto, haré lo que deseas y luego moriré en tu lugar.

Si quieres mostrarme tu gratitud, copia el *Sutra del loto*[6] con una dedicatoria para mí.

El hombre no pareció tomarse aquello en serio y, al final, consumó su deseo. Se quedaron abrazados toda la noche, tumbados y charlando como amantes. Al amanecer, la mujer se levantó y le pidió al hombre su abanico.

—Lo que te dije antes iba en serio, ¿sabes? Voy a morir en tu lugar. Si quieres pruebas, ve a los jardines de palacio y acércate a mirar en el pabellón Butoku. Ya verás —le dijo, y se marchó.

Esa misma mañana, el hombre fue al pabellón Butoku, donde encontró a una zorra muerta en el suelo con su abanico cubriéndole el rostro. Se sintió tan apenado que, desde aquel momento, cada siete días completaba una copia del *Sutra del loto* con una dedicatoria por el alma de la zorra. Cuarenta y nueve noches después, soñó que la mujer se le aparecía, rodeada de ángeles, y le anunciaba que, gracias al poder de las Enseñanzas, volvería a nacer en los Cielos de Tōri.[7]

6. El *Sutra del loto* es uno de los textos budistas más importantes; en él se fundamentan las principales variantes del budismo japonés.

7. El Tōri o Tōrii es una puerta sagrada del sintoísmo, una religión de carácter naturalista que convive con el budismo japonés.

La historia de Aristómenes

Cuento grecolatino

Había ido a Macedonia por negocios, como quizá ya sepáis, y, después de diez meses, me encontraba de regreso a casa con una suma de dinero considerable cuando, justo antes de llegar a la ciudad de Larisa, me abordaron unos bandidos en un valle agreste y me lo quitaron prácticamente todo, menos la vida. Pues bien, al final conseguí escapar y, casi sin resuello, llegué a la ciudad. Acudí a la posada de Meroë, una mujer que, aunque ya no era joven, seguía siendo extraordinariamente bella. Cuando le conté mi triste historia y le confesé cuánto deseaba volver a casa tras mi larga ausencia, fingió sentir una profunda compasión, me cocinó una cena fabulosa por la que no me cobró nada, e insistió en que durmiera con ella.

Pero desde el momento en el que me metí en su cama por primera vez, mi espíritu enfermó y mi fuerza de voluntad empezó a desfallecer. Al principio, cuando todavía tenía fuerzas para trabajar y ganarme el pan, le daba lo poco que ganaba cargando bultos; pero luego, cuando me fui debilitando, acabé dándole hasta la ropa que aquellos amables ladrones me habían dejado para cubrir mi desnudez. Ya veis en qué condiciones me habían dejado la mala suerte y los encantos de una mujer.

—Dios mío, te mereces todo esto y más, si eso es posible, por haber abandonado tu casa y a tus hijos, ¡y por haberte convertido en el esclavo de una vieja zorra como esa! —me dije.

—¡Calla, calla! —exclamó mi amigo, poniéndose el dedo índice en los labios y mirando aterrorizado a un lado y a otro, temiendo que alguien nos hubiera escuchado—. No digas ni una sola palabra en contra de esa mujer prodigiosa, o tu lengua será tu ruina.

—Ah, ¿sí? —le respondí—. ¿Pero qué clase de posadera es? Por lo que dices, cualquiera pensaría que es toda una emperatriz con poderes sobrenaturales.

—Te lo digo en serio, Aristómenes —respondió con voz siniestra—. Esta Meroë, si quiere, puede echar abajo el cielo o elevar la tierra, petrificar el agua que corre por los arroyos o disolver las rocas de las montañas, despertar a los espectros de los muertos o destronar a los dioses, apagar las estrellas que brillan en el cielo o iluminar el Inframundo.

—Ven aquí, Sócrates, ¡me hablas como si esto fuera un melodrama! Ten piedad de mí, anda. Baja el telón del teatrillo y cuéntame la historia con sencillez, que yo me entere.

—¿Te convencería con una sola muestra de sus poderes? ¿O necesitas dos ejemplos, o más? Su habilidad para hacer que los hombres se enamoren locamente de ella (y no solo los griegos, sino los indios, y los egipcios de oriente y occidente, e incluso, si le apetece, los habitantes míticos de las Antípodas) no es más que una prueba ínfima de su poder. Si quieres saber de lo que es capaz, te contaré algunas de las grandes hazañas que ha ejecutado en presencia de testigos fiables. Para empezar, uno de sus amantes se atrevió a tener una aventura con otra mujer; Meroë solo tuvo que pronunciar una palabra y el hombre se transformó en castor.

—¿Y por qué en castor?

—Porque los castores, cuando se asustan y tienen miedo de que los cacen, se arrancan los testículos a mordiscos y los dejan tirados en la orilla del río para despistar a los sabuesos con su olor, y Meroë esperaba que a él le pasara lo mismo. Luego está la historia del viejo posadero, su vecino y rival, a quien transformó en rana; ahora el pobre señor pasa la vida nadando en sus cubas de vino, o se esconde entre los posos, y con un croar ronco parece que les dice a sus viejos clientes: «¡Subid! ¡Venid aquí!». También está el abogado al que una vez le tocó procesarla; como castigo, hizo que le salieran cuernos de carnero, y ahora se pasea todos los días por el tribunal, defendiendo sus casos con eruditas refutaciones, siempre con esos cuernos horribles que le salen de la frente. Y, por último, cuando la esposa de uno de sus amantes habló mal de ella, Meroë la condenó a un embarazo interminable, lanzándole un hechizo al vientre para impedir que el niño pudiera nacer. Esto pasó hace unos ocho años, y hasta ahora la pobre mujer no ha cesado de hincharse más y más, hasta tal punto que parece que lleva un pequeño elefante en la barriga.

—¿Pero qué pasó cuando la gente se enteró de todo esto?

—Bueno, pues hubo una asamblea pública: todos estaban muy indignados y decidieron lapidarla al día siguiente. Pero a Meroë le bastó ese día de margen, igual que cuando el rey Creonte desterró a Medea de Corinto. (No sé si recuerdas que Medea le regaló a la nueva novia de Jasón un vestido maravilloso que se convirtió en llamas cuando se lo puso, y pronto todo el palacio fue consumido por el fuego, y la nueva princesa y el mismo rey Creonte perecieron abrasados.) Pero Meroë, según me confesó a la mañana siguiente, estando borracha, lo que hizo fue excavar una fosa en la que llevó a cabo cierto ritual. Con el siniestro poder de los espíritus que había invocado, hechizó las puertas y postigos de todas las casas de Hípata para que nadie pudiera salir a la calle durante los dos días siguientes, ni aunque hicieran agujeros en las paredes de las casas. Al final, la ciudad entera tuvo que suplicarle desde las ventanas que liberara a los ciudadanos y le prometieron que, a cambio, nunca volverían a molestarla, e incluso que la defenderían de cualquiera que quisiera hacerle daño. Solo entonces mostró compasión y revocó el hechizo. Pero sí se acabó vengando del hombre que había organizado la reunión contra ella: a medianoche, hizo desaparecer su casa entera —las paredes, el suelo y hasta los cimientos, con él dentro— y la despachó a una ciudad que estaba a más de cincuenta estadios. La ciudad estaba en lo alto de una colina tan árida que sus gentes dependían del agua de la lluvia para cualquier cosa, y los edificios estaban tan apiñados que no quedaba espacio para aquella casa, así que Meroë la colocó a los pies de la colina, fuera de las murallas de la ciudad.

—Mi querido Sócrates —dije—, todas esas historias son fascinantes y terribles, y empiezo a estar algo asustado. Es más: estoy muerto de miedo. Imagina que esos espíritus le cuentan a tu vieja amiga todo lo que hemos estado hablando esta noche… Mira, ¿qué te parece si nos vamos a dormir ya? Aún es pronto, pero podríamos levantarnos temprano por la mañana, escapar de este agujero y huir tan lejos como nos permitan los pies.

Mientras yo hablaba, el pobre Sócrates se quedó dormido de repente y empezó a roncar bien fuerte: la consecuencia natural de una buena comida y de abundante vino en un hombre que se encuentra muy cansado. Cerré con llave la puerta de la alcoba, empujé la cabecera de mi cama contra la bisagra, enderecé el colchón y me tumbé. Durante un buen rato no pude dormir por culpa de las extrañas historias que me había contado Sócrates, pero, alrededor de la medianoche, cuando ya estaba durmiendo tranquilamente, me despertó un estrépito repentino y la puerta se abrió de golpe, con tanta fuerza que parecía que una cuadrilla de ladrones hubiera embestido contra ella. La cerradura, el quicio y las bisagras cedieron a la vez, y mi cama, que no era más que una vieja yacija de campaña comida por los gusanos, con una pata rota y demasiado pequeña para mí, salió volando por los aires y cayó del revés, conmigo debajo.

Las emociones son algo contradictorio. Ya sabéis: a veces uno llora de alegría. Pues bien, después de despertar de una forma tan terrible, lo único que se me ocurrió fue reírme y burlarme de mí mismo: «Bueno, Aristómenes, ¡te han convertido en tortuga!». Aunque me habían tirado de un golpe, me sentía bastante seguro debajo de la cama y saqué la cabeza por un lado para ver qué pasaba, como una tortuga que se asoma por debajo del caparazón. Enseguida entraron dos viejas horribles; una de ellas llevaba en la mano una antorcha encendida, y la otra, una esponja y una espada desenvainada. Se quedaron junto a Sócrates, que seguía durmiendo, y una le dijo a la otra:

—Mira, hermana Pantia, aquí está el hombre que elegí para que fuera mi amante. Lo hice con tanta condescendencia como cuando la diosa Diana eligió al pastor Endimión, o cuando Júpiter, dios del Olimpo, eligió al pequeño Ganímedes.[8] Y mira que le di noches ardientes. Pero nunca supo corresponder mi pasión juvenil, y me engañaba día y noche. Pero ahora lo he pillado: no solo se atreve a difundir rumores sobre mí, ¡además planea escaparse! Se cree que es como Ulises, ¿no? Y esperará que me ponga a llorar y a sollozar como Calipso cuando despertó sola en su isla.

Luego me señaló y dijo:

—Y ese joven que nos mira desde debajo de la cama es Aristómenes; por su culpa mi Sócrates se ha portado tan mal. Pero si cree que se me va a escapar y va a librarse de mí, está cometiendo el error más grande de su vida. Se va a arrepentir demasiado tarde de todo eso tan horrible que ha dicho de mí, y de andar chismorreando.

En aquel momento me recorrió un sudor frío, y me puse a temblar de una forma tan violenta que, con mis espasmos, la cama empezó a traquetear y a bailar encima de mí. Entonces Pantia le dijo a Meroë, porque la que habló solo podía ser Meroë:

—Hermana, ¿lo descuartizamos aquí mismo? ¿O primero le atamos un cordel a sus partes íntimas y lo colgamos de una viga para ver cómo se le cercenan lentamente?

—No, no, querida, ¡nada de eso! Vamos a dejarlo por ahora. A mi querido Sócrates mañana le va a hacer falta un esclavo para que le cave un hoyito en cualquier parte.

Antes de acabar la frase, le giró la cabeza a Sócrates sobre la almohada y pude ver cómo le pasaba la espada por el lado izquierdo del cuello, hasta la empuñadura. Empezó a manar sangre a borbotones, pero tenía una redoma en la que fue recogiendo cada gota que salía. Aunque le habían rebanado la tráquea,

8. Ambos mitos reflejan los caprichos sexuales de los dioses; en cuanto al primero, la pasión por Endimión se atribuye principalmente a Selene en la mitología griega, y luego a Diana en la versión romana.

Sócrates soltó algo parecido a un grito, o un gorjeo indescifrable, y luego ya no hizo nada. Para completar aquel sacrificio ritual, como supongo que hacía de forma habitual, aquella encantadora mujer metió la mano en la herida, hurgando en lo más profundo del cuerpo de mi amigo. Estuvo buscando a tientas en su interior y, al cabo, sacó el corazón. Luego, Pantia cogió la esponja y cubrió la herida con ella mientras murmuraba:

Esponja, esponjita, que vienes del mar salado,
¡no te acerques al arroyo aventurado! [9]

Luego se acercaron a mí, apartaron la cama, se pusieron de cuclillas y se quedaron mirándome a la cara fijamente durante un buen rato.

Después se marcharon, y en cuanto cruzaron el umbral, la puerta se levantó sola; la cerradura, los quicios y los goznes se recolocaron milagrosamente en su posición original. Me quedé postrado en el suelo, desnudo, helado y apestoso, empapado en orines. «Así es como debe de sentirse un recién nacido —me dije—. ¡Pero qué distinto su porvenir! Yo ya no tengo toda la vida por delante, sino por detrás. Puedo darme por muerto, como un criminal que va de camino de la cruz. ¿Qué va a ser de mí mañana cuando amanezca y encuentren el cadáver de Sócrates degollado? Nadie creerá lo que cuente. Seguro que me dicen: "Al menos deberías haber gritado para pedir ayuda, si no eras capaz de enfrentarte a aquellas mujeres"; o: "¿Cómo ha podido un hombre fuerte como tú permitir que le corten el cuello a un amigo delante de sus propios ojos sin decir ni una palabra?".»

Pero la noche estaba llegando a su fin, así que pensé en escabullirme de la posada antes de que empezara a amanecer y en largarme

9. El humanista Diego López de Cortegana (1455-1524), que tradujo este episodio del *Asno de oro,* de Apuleyo, compone así estos versos: «Tú, esponja, nacida en la mar / guarda que no pases por ningún río».

de allí cuanto antes. Cogí el hatillo con mis pertenencias, aparté el tranco de la puerta y metí la llave en la cerradura, pero aquella vieja puerta tan amigable que durante la noche se había abierto de buena gana para que entraran mis enemigas, ahora se negaba a dejarme salir, y tuve que girar la llave de un lado a otro treinta veces y traquetear con fuerza el picaporte para conseguirlo. Una vez fuera, cuando salí al patio, grité:

—¡Portero! ¿Dónde estás? Abre las puertas, que tengo que salir antes del amanecer.

Estaba tumbado en el suelo, desnudo, junto a la puerta, y aún medio dormido exclamó:

—¿Quién va? ¿Quién quiere salir a estas horas de la noche? Seas quien seas, ¿no sabes que los caminos están plagados de bandidos? Puede que tú estés cansado de vivir o tengas algún delito sobre tu conciencia, pero ¿no pensarás que soy tan bobo y que tengo la cabeza tan hueca como para arriesgar mi vida por ti y abrir las puertas para que puedan entrar?

—¡Pero ya casi ha amanecido! —protesté—. Y, además, ¿qué daño pueden hacerte a ti unos bandidos? Desde luego eres bobo si les tienes miedo: ¡ni una cuadrilla de diez luchadores profesionales podría robarle algo a un hombre que está completamente desnudo!

Entonces gruñó, se dio media vuelta en el suelo y me preguntó soñoliento:

—¿Cómo sé que no has asesinado al hombre con el que viniste ayer por la tarde... si te vas corriendo así a estas horas tan intempestivas?

Nunca olvidaré cómo me sentí cuando dijo aquello. De repente vi el infierno abrirse ante mí y al viejo perro Cerbero de las tres cabezas gruñir hambriento. Estaba convencido de que Meroë se había contenido y no me había degollado solo porque tenía la cruel intención de que me crucificaran. Volví a mi habitación, decidido a quitarme la vida como mejor me pareciera. Pero ¿cómo iba a hacerlo? Con lo único con lo que contaba era mi cama, así que empecé a hablar con ella y le dije: «Escucha, cama, mi cama querida, eres la única amiga de verdad que me queda en este mundo cruel, compañera de sufrimientos y única testigo de mi inocencia; por favor, cama mía, concédeme un instrumento digno y puro que me ayude a acabar con mi desgracia. ¡Ahora lo único que deseo es morir, querida cama!».

Para anticiparme a su respuesta, empecé a desatar un trozo bastante largo de la cuerda con la que estaba atado el armazón de la yacija, amarré uno de sus extremos a una viga que sobresalía de la ventana y, con el otro, hice un nudo corredizo. Luego subí a la cama, pasé el cuello por el nudo corredizo y aparté la cama de una patada.

Mi intento de suicidio fue un fracaso. La cuerda estaba demasiado vieja, estaba podrida y se rompió con mi peso. Acabé estampado contra el suelo. Jadeando y medio ahogado, fui rodando hasta el cadáver de Sócrates, que yacía en su colchón. Y en aquel preciso instante, entró el portero gritando:

—¡Eh, tú! Hace un momento querías salir de la ciudad a toda prisa: ¿qué estás haciendo ahí, revolcándote en ese colchón y gruñendo como un cerdo?

Antes de que yo pudiera articular respuesta, Sócrates se incorporó súbitamente, como si se hubiera despertado de repente —no tengo muy claro si pudo ser por mi caída o por los vozarrones roncos del portero— y dijo muy serio:

—Muchas veces he oído a los viajeros quejarse de los porteros y de sus malas maneras, y, ¡vaya!, tienen toda la razón. Estaba yo descansando tranquilamente y viene este condenado, irrumpe en nuestra habitación y se pone a gritarnos... (seguro que tiene la intención de robarnos algo mientras estamos distraídos), y me arruina el sueño más profundo que he tenido en varios meses.

Al oír la voz de Sócrates, di un salto de alegría y alivio, y exclamé:

—No, no... Eres el mejor portero del mundo, ¡y, además, honrado como nadie! Pero, mira, mira, ¿ves? Aquí está el hombre al que, en tu sopor de borracho, me acusabas de haber matado: ¡mi amigo, al que quiero como si fuera mi hermano o mi propio padre!

Abracé a Sócrates y le di un beso, pero me apartó enfadado y dijo:

—¡Puaj! ¡Apestas como una cloaca!

Y empezó a hacer desagradables suposiciones de cómo había podido acabar así, hecho un desastre. En mi asombro y confusión, inventé alguna excusa tonta —he olvidado cuál— y cambié de tema en cuanto pude. Luego lo cogí de la mano y exclamé:

—¿A qué estamos esperando? ¿Por qué no nos vamos ya y aprovechamos el aire fresco del amanecer?

—Claro, ¿por qué no? —contestó con un resoplido.

De nuevo, me eché el hatillo al hombro, pagué al portero, y Sócrates y yo nos pusimos en camino.

Cuando ya estábamos bastante alejados de la ciudad y el sol de la mañana bañaba toda la campiña, me fijé bien en el cuello de Sócrates para ver por dónde había entrado la espada, si es que aquello había ocurrido de verdad. Pero no se veía ni una sola marca y pensé: «Pues vaya con Sócrates. ¡Está mejor que nunca y sin un solo rasguño! Ni herida, ni esponja, ni siquiera una cicatriz que indique por dónde entró la espada hace solo un par de horas. ¡Qué sueño tan vívido y extraño! Se me descompuso la cabeza de tanto beber». Y luego dije en voz alta:

—Los médicos tienen razón. Si comes demasiado antes de dormir y bebes hasta no poder más, luego tienes pesadillas. Seguro que por eso dormí tan mal anoche después de nuestro banquete; tuve un sueño tan terrorífico que todavía me siento como si estuviera manchado con sangre humana.

Sócrates me respondió entre risas:

—¡Claro que sí! ¿Sangre? ¡Sangre no...! La pura verdad es que empapaste la cama... y aún hueles. Pero te voy a dar la razón en lo concerniente a la causa de las pesadillas. Yo también tuve una terrible anoche, ahora que me acuerdo: soñé que me cortaban el cuello, todavía recuerdo la sensación de agonía por la herida, y luego alguien me arrancaba el corazón. Fue una experiencia tan indescriptible que me mareo solo de pensarlo. Mira, me tiemblan tanto las rodillas que voy a tener que sentarme. ¿Tienes algo de comer?

Abrí mi alforja y saqué un poco de pan y queso.

—¿Qué te parece si desayunamos debajo de ese plátano que hay ahí? —le pregunté.

Cuando nos sentamos, me di cuenta de que Sócrates empezaba a perder su buen aspecto y, aunque comía con un hambre voraz, tenía la cara amarilla como la madera de boj. Yo debía de estar casi igual de pálido, porque la visión de aquel par de brujas se había apoderado de mi espíritu, y todos los terrores de la noche anterior volvieron a acosarme de repente. Cogí un bocado de pan, pero se me quedó atravesado en el gaznate y no era capaz de tragármelo ni de escupirlo. Cada vez estaba más angustiado. ¿Iba a sobrevivir Sócrates? Para entonces ya había alguna gente por allí, y, cuando dos hombres viajan juntos y uno de ellos muere de forma misteriosa a mitad de camino, es natural que el otro resulte sospechoso. Sócrates comió cantidades ingentes de pan y casi un queso entero, y luego se quejó de que tenía sed. A unos pasos, algo apartado del camino, corría un arroyo ameno junto a las raíces de nuestro árbol. El agua era brillante como la plata, clara como el cristal y mansa como si fuera un lago.

—Ven, Sócrates —le dije—. El agua parece deliciosa: ven y bebe toda la que quieras.

Se levantó y caminó por la orilla, bajando hasta que encontró un sitio que le pareció adecuado. Allí se puso de rodillas, agachó la cabeza y se dispuso a beber con ansia. Pero en cuanto tocó el agua con los labios, la herida del cuello se le abrió por completo, y la esponja salió de un salto y cayó al agua, con un pequeño hilillo de sangre. Y él habría ido detrás si yo no lo hubiera agarrado de una pierna y lo hubiera arrastrado hasta la orilla. Un instante después, ya estaba totalmente inerte.

Tras un funeral apresurado, cavé una tumba en aquel terreno arenoso y dejé su cuerpo en el lugar de su eterno descanso, junto al arroyo. Luego, temblando de miedo y febril, corrí desesperado por los montes, cambié de dirección continuamente, tropezando una y otra vez, buscando las tierras más agrestes y desoladas…

Y así acaba la historia de Aristómenes.

Alá y la vieja bruja

Cuento centroafricano, del Congo

Érase una vez dos jóvenes de camino a un baile. Iban cantando y de muy buen humor cuando, de repente, se cruzó en su camino una vieja que les suplicó:

—¡Por favor, llevadme a cuestas!

—Ni hablar. ¡Apestas y tienes unas heridas asquerosas! —respondió uno de los muchachos.

El otro, que se llamaba Alá, sintió lástima por ella y permitió que se subiera a su espalda. Pero en cuanto la vieja bruja se encaramó, empezó a pellizcarlo y a darle patadas en los costados con los pies sucios. No mucho después, al muchacho ya le dolía todo el cuerpo y acabó vagando sin rumbo, mientras ella empezaba a apoderarse de su energía. Después de varias horas caminando, al joven el hambre empezaba a roerle el estómago y lamentó su infortunio. También tenía mucha sed, tanta que notó un profundo dolor en la garganta. Al fin, llegaron a un río y Alá suplicó:

—Señora, bájese para que pueda beber un poco.

—Puedes beber conmigo en tu espalda —respondió la vieja, así que la tuvo encima mientras bebía.

Varias horas después encontraron un búfalo sin vida tendido en la hierba. Alá volvió a pedirle:

—Señora, bájese para que pueda desollar a este animal. Encenderé un fuego y así podremos cocinar la carne y comerlo.

—Adelante, puedes desollarlo sin que me baje —contestó la vieja.

—¿Pero no quiere comer? —preguntó Alá.

—Claro que sí, y por eso vas a ponerme unos buenos pedazos de carne sobre tus hombros —dijo la anciana.

Alá siguió deambulando por la sabana con la mujer a cuestas durante tres meses, hasta que, al final, se desplomó y quedó tendido en el suelo. La vieja bruja se bajó de la espalda del joven y se quedó mirándolo fijamente, durante un buen rato. Cuando quedó convencida de que estaba muerto, se marchó. Entonces, Alá se levantó y echó a correr; corrió todo lo que pudo para salvar la vida y la libertad. La vieja hechicera se dio la vuelta y lo vio alejarse, pero era demasiado tarde para alcanzarlo. La bruja se desmembró brazos y piernas, y salió rodando detrás de él como rueda una piedra río abajo cuando bajan las lluvias.

Alá llegó a casa. Su hermana lo vio y gritó:

—¡Madre! ¡Alá ha vuelto!

—No se bromea con una madre de luto.

Pero era el mismísimo Alá, solo que estaba muy débil. Sacrificaron un buey para que se lo comiera, luego a otro, y otro más... seis en total, hasta que el chico recuperó sus fuerzas.

De repente, apareció la vieja bruja reclamando su montura. Fueron amables con ella, le dieron un taburete y le rogaron que esperara sentada hasta que su *corcel* estuviera listo. Mientras tanto, se apresuraron a cavar un hoyo, lo cubrieron de hierba, y pusieron un caldero de agua a calentar en el fuego. Una vez que estuvo todo listo, le dijeron:

—¿No le gustaría darse un baño?

La anciana pasó por encima de donde habían dejado la hierba —a secar, le dijeron, para empajar el tejado—. Una persona más amable no habría pisado aquella hierba, pero ella sí lo hizo y, al pasar por donde estaba el hoyo, cayó dentro. Enseguida le echaron el agua hirviendo encima para matarla y luego cubrieron el agujero con tierra.

Poco a poco, Alá fue recobrando sus fuerzas. Todos estuvieron de acuerdo en que aquella vieja era una bruja muy peligrosa que le había absorbido toda la energía a Alá, y en que él había tenido mucha suerte al conseguir escapar.

El anillo de la reina

Cuento pomerano, de la antigua Prusia

Érase una reina que salió a pasear por los valles. Era muy hermosa, pero estaba tremendamente triste, pues muchos meses atrás, el rey, su amado esposo, había tenido que ir a la guerra, y en todo ese tiempo la reina no había recibido noticias de él.

«Pero no puede estar muerto —se decía la reina—. Si hubiera muerto, lo sabría.»

Después de estar un rato paseando, por aquí y por allá, la reina se sentó junto a un pozo a descansar. Tenía por costumbre ir a ese lugar, ya que allí mismo el rey le había dado su último beso antes de partir a la batalla. También allí el rey le había puesto en el dedo un anillo de diamantes y le había dicho:

—Cuida bien de este anillo, míralo mucho y, cada vez que lo hagas, recuerda cuánto te quiero.

Ahora que estaba sentada junto al pozo, la reina se quitó el anillo del dedo y se lo puso junto a la mejilla diciendo: «Anillo querido, ¡día y noche pienso en quien me lo dio! Anillo mío, dime: ¿dónde está mi rey?».

Y entonces, ay, Dios mío, ¿qué pasó? Pues que a la reina se le resbaló el anillo de la mano y cayó al pozo.

«¡Mi anillo! ¡Mi anillo!», gritó la reina, y se asomó para mirar en el pozo. Era bastante profundo, y el anillo había caído en el agua y se había ido al fondo. ¿Qué iba a hacer ahora? Volvió a asomarse, pero no conseguía ver el anillo, ni siquiera el más mínimo destello de sus diamantes. «¡Ay, mi anillo! ¡Ay, mi anillo!», decía sin parar de llorar.

Entonces, una enorme rana verde salió trepando del pozo.

—¿Por qué lloras, preciosa reina? —le preguntó.

—¡Mi anillo! ¡Es por mi anillo! —sollozaba la reina—. Se me ha caído al pozo y no puedo... No voy a poder recuperarlo.

—Pero seguro que la reina es rica: puede comprarse otro anillo —dijo la rana.

—¡No, no y *no!* —gritó la reina—. No hay un anillo igual: porque este me lo regaló mi amado esposo antes de partir a la guerra.

—¿Y por eso tiene tanto valor? —preguntó la rana.

—¡Para mí tiene más valor que cualquier otra cosa en todo el mundo! —contestó la reina.

—Muy bien. Pues si me das lo que te pido, volveré a bajar al pozo y te traeré el anillo.

—¡Te daré cualquier cosa que me pidas! —exclamó la reina.

—¿Me lo prometes? —preguntó la rana.

—Te lo prometo —aseguró la reina.

Y así, la rana saltó al pozo, se sumergió hasta el fondo y enseguida volvió a salir con el anillo en una de sus patas palmeadas. ¡Cómo brillaba! ¡Y cómo reía la reina, aunque en sus mejillas aún había lágrimas.

—¡Oh, gracias! ¡Gracias, querida rana! Y ahora, dime, ¿qué es lo que deseas?

—Solo quiero que me des un beso en la boca.

—¡Ah! ¡No puedo darte eso...!

—¿Por qué no?

—Pues porque… eres… —«Porque eres viscoso y horrible», iba a decir la reina, pero no podía ser tan desagradecida, así que le respondió—: Es que una reina no puede besar a nadie más que a su esposo, el rey.

—En ese caso, tendré que volver a dejar el anillo donde lo encontré —le contestó la rana, y cuando estaba a punto de saltar de nuevo al agua, la reina exclamó:

—¡No, no! ¡Te besaré! ¡Te daré tu beso!

Enseguida cogió a la rana entre las manos, cerró los ojos y le dio un beso en aquella boca fría y enorme…

—Ahora, ¡abre los ojos, querida! —le pidió una voz entre risas.

¿Pero de quién era aquella voz? ¡Era la voz de su marido, el rey! Así es: la rana había desaparecido y en su lugar estaba el rey, su amado esposo, que enseguida fue a abrazarla. Y esta fue la historia que le contó:

Al terminar la guerra, querida, volvía de camino a casa, al frente de nuestras tropas, que habían salido victoriosas, cuando perdimos el camino por culpa de una densa niebla. Mis hombres cabalgaron por aquí y por allá buscando el sendero correcto; podía distinguir sus voces y el ruido de los cascos de los caballos, que se alejaban cada vez más, y, cuando se disipó la niebla, ya era de noche y me encontré completamente solo frente a una cabaña en lo más profundo del bosque. Descabalgué y me acerqué a la cabaña para preguntar si podía pasar la noche allí, y me encontré con una hermosa damisela que tejía con hilo de plata sentada en un taburete de marfil delante de una rueca de oro.

—¿Y qué vas a darme a cambio si te dejo pasar la noche aquí? —me preguntó aquella hermosa joven.

—Lo que me pidas y lo que pueda darte —le dije.

—Te será muy fácil darme lo que te pido —dijo la muchacha—. Lo único que quiero es un beso.

—Pero eso no te lo puedo dar —le respondí—. Yo no beso a nadie más que a mi amada reina.

Y entonces, la mujer se levantó de su taburete de marfil, pero ya no era una bella joven, sino una bruja espantosa.

—¿Y tú te haces llamar rey? —gritó—. ¡No eres más que una rana de sangre fría!

Luego me golpeó con su bastón y mis extremidades empezaron a menguar, mi cuerpo se encogió, se me ensanchó la boca y noté que se me abultaban los ojos. Sí: me había convertido en rana.

—No eres más que una rana, ¡y una rana serás hasta que una mujer encantadora, por su propia voluntad, te bese en esa boca asquerosa que tienes! —gritó, y luego me cogió por una pata y me arrojó fuera de la cabaña.

—Yo no beso a nadie más que a mi amada reina —repetí mientras me arrastraba y me iba adentrando en el bosque.

Y así dio comienzo mi agotador viaje de regreso a casa. Pasaron muchos días y muchas noches, atravesé numerosos reinos. Viajaba de día y por las noches descansaba escondido en un rincón de algún majestuoso palacio o de alguna humilde casa de campesinos. He visto a muchas mujeres encantadoras, desde reinas y princesas de alta cuna hasta humildes jovencitas del campo. Quizá, si se lo hubiera pedido, alguna habría tenido piedad de mí y me habría besado. «Pero no: nunca he besado a ninguna mujer que no fuera mi amada reina, y nunca besaré a nadie más que a ella —me dije—. Y aunque me lleve el resto de mi vida, conseguiré llegar donde me está esperando.»

Y así, querida mía, esta pobre ranita siguió su viaje, pasando por grandes ciudades, por páramos desiertos, por ríos de corrientes violentas y por bosques impenetrables; siguió y siguió hasta que, por fin, llegó a su hogar, a su reino. Y el resto ya lo sabes, querida.

En aquel momento, el rey volvió a ponerle el anillo a la reina y, cogidos de la mano, volvieron a palacio, donde vivieron felices por siempre jamás.

· CUARTA PARTE ·

Transformaciones

La sonrisa de una anciana

Cuento japonés

En las montañas de Minase había un antiguo lago al que la gente de los alrededores solía ir a cazar; era un lugar que solían frecuentar grandes bandadas de aves acuáticas. Sin embargo, algo en aquel estanque parecía atrapar a los cazadores de forma misteriosa, y muchos acababan muertos.

Un día, tres hermanos que trabajaban en la guardia personal del emperador jubilado, en el palacio que tenía cerca del río Minase, iban dispuestos a cazar cuando alguien les advirtió de que no debían acercarse al estanque. Aun así, uno de los tres, Nakatoshi, no quiso creer aquella superchería y pensó que sería indigno negarse a desafiar los peligros que le deparara aquel estanque, así que se armó de valor y siguió su camino impertérrito, acompañado únicamente de un joven sirviente.

Ya había anochecido, y estaba tan oscuro que apenas se podía distinguir el camino, pero Nakatoshi consiguió atravesar los montes, encontró el lago y se quedó esperando en la orilla, bajo las ramas de un pino. Bien entrada la noche, el agua empezó a agitarse y un fuerte oleaje cubrió el lago. Nakatoshi, asustado, colocó una flecha en su arco. Luego, de entre las olas, surgió una esfera luminosa que se elevó sobre el pino; en cuanto Nakatoshi tensó el arco, la esfera de luz volvió a sumergirse en el lago. Solo volvía a salir cuando el joven destensaba el arco o quitaba la flecha. El juego se repitió varias veces, hasta que Nakatoshi comprendió que el arco no le serviría de nada: lo dejó en el suelo y probó a desenvainar su espada. Esta vez, la esfera luminosa se acercó tanto que pudo distinguir, entre los destellos, la sonrisa de una anciana.

La luz estaba muy cerca y veía aquel rostro con tanta claridad que soltó la espada y lo atacó con sus propias manos. Aquella criatura intentó arrastrarlo al lago, pero él se aferró a las raíces del pino y pudo resistir hasta que consiguió desenvainar una daga y clavársela. Entonces la luz se apagó.

Una bestia peluda cayó muerta a los pies de Nakatoshi. Al verlo, comprendió que se trataba de un tejón. Llevó el cadáver del animal a sus dependencias, en el palacio de Minase, y se fue a dormir. A la mañana siguiente, sus hermanos entraron para preguntarle cómo había ido la excursión.

—¡Mirad lo que cacé! —gritó Nakatoshi, y les arrojó a los pies el cuerpo inerte del tejón.

Ellos quedaron vivamente impresionados.

La Doncella Roja

Cuento irlandés

Aquel día los *fianna* se hallaban en Almhuin sin mucho que hacer. Era una mañana de bastante niebla y Finn temía que la pereza se apoderara de sus hombres, así que se levantó con presteza y les dijo:

—¡Preparaos! Nos vamos de caza a Gleann-na-Smol.

Todos protestaron y dijeron que había demasiada niebla para cazar, pero fue inútil: era su deber hacer lo que Finn les mandara. Así pues, se prepararon y emprendieron camino a Gleann-na-Smol. Aún no se habían alejado demasiado cuando la niebla se disipó y salió un sol resplandeciente.

Cuando se encontraban al borde de un bosquecillo, vieron a una extraña criatura que se acercaba rauda como el viento, y, pisándole los talones, venía la Doncella Roja.[10] La criatura tenía los pies afilados, cabeza de jabalí y unos cuernos bien largos, pero

10. La Doncella Roja (Red Woman o Rusla) es un personaje bien conocido de la mitología escandinava e irlandesa. Debe su nombre a su vocación sanguinaria.

el resto de su cuerpo era el de un ciervo, y a cada lado llevaba flotando una luna reluciente. Al ver aquello, Finn se detuvo y les dijo a sus hombres:

—*Fianna* de Irlanda, ¿habéis visto alguna vez una bestia así?

—Pues no, nunca —le respondieron—. Quizá lo mejor sería que soltáramos a los perros para que fueran a por ella.

—Esperad hasta que hable con la Doncella Roja, pero no dejéis que la bestia se acerque.

Pensaron entonces cortarle el paso a la bestia, pero apenas consiguieron obstaculizar su avance, se abrió paso entre ellos y siguió su camino. Cuando la Doncella Roja los alcanzó, Finn le preguntó cómo se llamaba la bestia a la que iba persiguiendo.

—No lo sé —dijo—, aunque llevo tras su rastro desde que me alejé de la orilla del lago Dearg hace un mes, y desde entonces no le he perdido la pista. Por las noches, las dos lunas que lleva a los lados van dejando una estela brillante por el campo. Debo perseguirla hasta que caiga; de lo contrario, no solo yo perderé la vida, sino también mis tres hijos, que son los mejores guerreros del mundo.

—Si quieres, podemos matar a esa bestia —dijo Finn.

—Ni se os ocurra intentarlo —dijo la mujer—. Yo soy más veloz que vosotros y no he sido capaz de alcanzarla.

—No la dejaremos escapar hasta que sepamos qué clase de bestia es —insistió Finn.

—Si tú o tus hombres intentáis ir tras ella, os ataré de pies y manos —advirtió la mujer.

—Tus palabras son demasiado severas —continuó Finn—. ¿No sabes que soy Finn, hijo de Cumhal, y que los ochenta guerreros que me acompañan nunca han sido vencidos?

—Poco me importáis tú y tus hombres —exclamó la Doncella Roja—. Si mis tres hijos estuvieran aquí, en un momento acabarían con vosotros.

—Aún no ha llegado el día en el que las amenazas de una mujer hayan conseguido detenerme o asustar a mis guerreros

—respondió Finn, e hizo sonar su cuerno—. ¡Vamos, hombres y perros: vamos a por esa bestia!

En cuanto Finn acabó de pronunciar aquellas palabras, la mujer se transformó en una serpiente de agua y atacó a Finn; lo habría matado allí mismo de no haber sido por Bran, que cogió a la serpiente y desembarazó a su jefe arrojándola a un lado. Pero entonces la serpiente se enroscó en torno al cuerpo de Bran, a quien habría aplastado hasta la muerte si Finn no la hubiera amenazado con su afilada espada.

—Apártate —dijo la mujer serpiente—, si no quieres que la maldición de una mujer solitaria recaiga sobre ti.

—Estoy seguro de que si pudieras arrebatarme la vida, lo harías. Ahora será mejor que te apartes de mi vista —amenazó Finn—, y que no vuelva a verte jamás.

Así, la serpiente volvió a adquirir su forma humana y se alejó, adentrándose en el bosque.

Mientras Finn había estado hablando y peleando con la Doncella Roja, los *fianna* habían salido en persecución de la bestia, y Finn los había perdido de vista. Aun así, Bran y él fueron en su búsqueda. Bien avanzada la tarde dieron con parte de sus guerreros, que aún seguían el rastro de la criatura. Aunque ya casi había anochecido, las dos lunas de la bestia brillaban lo suficiente para que resultara imposible perderla de vista, así que continuaron tras ella. Alrededor de la medianoche, cuando casi la habían alcanzado y ya la acechaban, la criatura empezó a dejar un rastro de sangre, y, en un instante, Finn y sus hombres estaban empapados de rojo de pies a cabeza. Pero eso no los amedrentó, y prosiguieron con la persecución hasta que, cuando estaba a punto de amanecer, divisaron a la bestia a los pies de Cnoc-na-righ. Cuando llegaron a la falda de la montaña, la Doncella Roja los estaba esperando.

—No habéis alcanzado a la bestia —les dijo.

—No la hemos alcanzado, pero sabemos dónde está —respondió Finn.

La mujer sacó un bastón druida, dio un golpe en un risco de la montaña y, al momento, ante ellos se abrió una puerta enorme por donde salía una dulce melodía.

—Adelante —les indicó la Doncella Roja—. Por aquí encontraréis a esa criatura portentosa.

—Estamos manchados de sangre —replicó Finn—. No debemos presentarnos así ante nadie.

La mujer se llevó un cuerno a los labios, lo hizo sonar, y acto seguido diez muchachos se presentaron ante ella.

—Traed agua para que se laven, ochenta atuendos limpios, y un buen traje y una corona de piedras preciosas para Finn, hijo de Cumhal.

Los jóvenes se ausentaron un momento, y luego volvieron con agua y con las prendas que les había pedido. Cuando los *fianna* al completo se hubieron lavado y vestido, la Doncella Roja los condujo a un gran salón iluminado a la vez por el sol y la luna, que brillaban uno a cada lado. Después pasaron a otra sala inmensa, y, aunque Finn y sus hombres habían visto lugares grandiosos antes, nunca habían contemplado algo tan majestuoso como lo que vieron en aquella sala: un rey sentado en su trono dorado, vestido de verde y oro, con sus consejeros sentados a ambos lados, y un grupo de músicos tocando la dulce melodía que habían oído desde fuera. Nadie habría sido capaz de adivinar el color de sus atuendos, pues reflejaban todos los colores del arcoíris. En el centro de la sala también había una mesa enorme repleta de todo tipo de manjares, a cada cual más apetecible.

El rey se levantó para dar la bienvenida a Finn y a sus hombres, y los invitó a que se sentaran a su mesa; comieron y bebieron hasta la saciedad, de lo cual tenían gran necesidad, después de tan larga persecución. Luego, la Doncella Roja se levantó y dijo:

—Rey de la Montaña, si tal es tu deseo, a Finn y a sus hombres les gustaría ver a esa criatura prodigiosa, pues han pasado mucho tiempo siguiéndola de cerca, y por eso han llegado hasta aquí.

Entonces, el rey dio un golpe en su trono dorado y detrás de él se abrió una puerta. De allí salió la bestia, que se detuvo ante el rey, le hizo una reverencia y dijo:

—Es hora de que vuelva a mi reino. No existe en el mundo nadie tan rápido como yo, ya sea por mar o por tierra; quien quiera acompañarme que lo haga ahora, pues ha llegado el momento de partir.

Sin más, la bestia salió de la montaña rápida como una ráfaga de viento, y todos los que allí se encontraban fueron corriendo tras ella. Finn y sus *fianna* no tardaron mucho en dejar atrás al resto y ponerse a la cabeza de la persecución. Cada vez se acercaban más, hasta que, alrededor del mediodía, Bran consiguió que la bestia tropezara y cayera. Luego la obligó a caer de nuevo y el animal prodigioso empezó a bramar; pero sus fuerzas enseguida empezaron a flaquear. Por fin, cuando se estaba poniendo el sol, la bestia se desplomó muerta, y Bran estaba allí cuando cayó.

Pero cuando Finn y sus hombres llegaron, en lugar de una bestia, ante ellos yacía el cuerpo de un príncipe. Al poco, apareció la Doncella Roja y dijo:

—Gran rey de los *fianna*, el hombre que habéis matado es el rey de los *firbolg*,[11] y pronto sus gentes traerán la ruina a esta tierra; entonces, tú y tu pueblo no tendréis salvación. Yo me marcho a la Tierra de la Juventud, y puedo llevaros conmigo si así lo deseáis.

—Te lo agradecemos de todo corazón, pero no abandonaríamos nuestra tierra ni aunque nos ofrecieran a cambio el mundo entero, incluida la Tierra de la Juventud —respondió Finn.

—Está bien —continuó la Doncella Roja—. Pero volvéis a casa con las manos vacías después de haber salido a cazar.

—Es probable que encontremos algún ciervo en Gleann-na-Smol —dijo Finn.

11. Se trata de unos antiguos (y míticos) pobladores de Irlanda, de los que se decía que habían vivido en Grecia antes de volver a la isla.

—Hay un ciervo magnífico a los pies de aquel árbol. Haré que se levante para vosotros —propuso la mujer de rojo.

Después lanzó un aullido y el ciervo se espantó y huyó.

Finn y sus hombres corrieron tras él hasta que llegaron a Gleann-na-Smol, pero no consiguieron alcanzarlo. De nuevo, la Doncella Roja se les apareció y les dijo:

—Debéis de estar cansados de correr tras el ciervo. Llamad a vuestros perros para que descansen y yo soltaré al mío para que alcance al ciervo.

Finn hizo sonar el cuerno que llevaba colgado y en un instante todos sus perros volvieron junto a él. La mujer sacó el suyo, un perrito de caza blanco como la nieve de las montañas, y le ordenó que siguiera al ciervo. Poco después, su perro ya había alcanzado y matado a aquel ciervo; enseguida volvió junto a su dueña y, de un salto, desapareció bajo la capa de la Doncella Roja. Finn estaba maravillado, pero antes de que pudiera preguntarle nada, la mujer se había desvanecido. En cuanto al ciervo, Finn estaba seguro de que tenía algún tipo de encantamiento, así que lo dejó allí.

Y así fue como aquella noche los *fianna* volvieron a Almhuin cansados y con las manos vacías.

La mujer que convirtió a su marido en serpiente

Cuento norteamericano, de la tribu india de los cochitíes

Había cuatro hermanas en la tierra de Cochití. Vivían juntas. La mayor estaba casada. Una noche, su marido durmió con ella. A la noche siguiente, durmió con su hermana. La tercera noche, con la tercera hermana, y la cuarta noche, con la cuarta. Después de la cuarta noche ya se había acostado con las cuatro hermanas y todas estaban embarazadas. La gente empezó a hablar. Decían: «¿Quién se habrá acostado con esas muchachas?». Ni siquiera su esposa sabía quién había dejado embarazadas a sus hermanas.

Cuando los bebés nacieron, llegaron los cuatro a la vez. Eran unos niños muy pequeños, todos igualitos al cuñado de las hermanas. La gente seguía murmurando: «El marido de la mayor se ha acostado con todas». Su esposa se enteró de las habladurías. «No sabía que mi esposo se había acostado con todas mis hermanas; ha perdido el juicio —se dijo enfadada—. Me las pagará.» La esposa tenía un amuleto con una piedra preciosa. No le dijo a nadie lo que iba a hacer. Un día salió con su marido y se acercaron a la orilla de un arroyo. «Mira, he encontrado una piedra preciosa», le dijo. «Déjame ver.» «La he encontrado yo.» Pero a él le gustaba y la quería. Ella le dijo: «Ponte allí. Si consigues atraparla, es tuya». Le lanzó la piedra. Él fue corriendo y la cogió. En cuanto tocó la piedra, se transformó en serpiente. Su esposa le dijo: «¡Fuera! ¡Fuera! ¡Que tengas buena suerte! Me engañaste y me trataste muy mal. Ahora solo podrás comer harina de maíz y polvo». La mujer volvió a su casa. Luego se marchó y no volvió a ver a sus hermanas. Nadie supo adónde se fue.

Kertong

Cuento chino

Érase una vez un granjero que vivía en Suzhou, y era tan laborioso que no solo mantenía maravillosamente sus tierras de cultivo y de pastoreo, sino que su casa también estaba siempre impecable. La gente del pueblo se reía de él, y le decían que no le hacía falta esposa. La única tarea de la que no se ocupaba él mismo era la limpieza de su barril de agua; para ello tenía un caracol enorme allí «instalado», por así decirlo. A pesar de su prosperidad, algunas veces el granjero se ponía de mal humor, porque le habría gustado tener a alguien con quien compartir su vida, alguien que lo esperara por las noches y que se alegrara de verlo cuando volvía a casa.

Una luminosa mañana de sol, durante la cosecha de otoño, no tuvo tiempo de lavar los platos ni de ordenar la casa antes de ir al campo. Aquella noche, cuando volvió, comprobó con enorme sorpresa que los platos estaban limpios, la casa en orden y, además, había una olla de arroz caliente en el fogón.

«¡Es imposible! —se dijo—. ¡Estoy seguro de que cerré la puerta con llave cuando salí esta mañana! ¿Quién ha podido entrar y hacer todo esto?» Buscó por toda la casa, pero no había nadie. «Si yo creyera en las hadas, me atrevería a pensar que...»

Pero no se detuvo a meditar mucho tiempo; estaba tan cansado de trabajar todo el día que después de cenar se fue a la cama y se quedó dormido.

A la mañana siguiente se levantó con el canto del gallo, como de costumbre. Pero antes de desperezarse supo que alguien había estado allí, porque, cuando entró en la cocina, encontró el desayuno preparado y el almuerzo bien ordenado en una cesta. De nuevo, estuvo buscando por toda la casa, pero no encontró nada ni a nadie. Pensativo, salió a trabajar al campo, y dejó la casa desordenada, pero la puerta cerrada con llave.

Al regresar, se encontró de nuevo la casa en orden y la cena lista, igual que la noche anterior. Desde aquel día, no tuvo que volver a cocinar ni a limpiar su casa. Un ayudante misterioso lo hacía todo por él.

Una mañana despertó antes del amanecer, antes de que cantara el gallo, y se quedó tumbado pensando en el desayuno que —seguro— encontraría en el fogón. Fue entonces cuando oyó ruidos en la cocina, se levantó con cuidado y se acercó sigilosamente a la puerta. Allí, delante del fuego, vio la esbelta figura de una joven.

Se frotó los ojos incrédulo y quiso entrar, pero como no iba prestando mucha atención, tropezó con un taburete. Sobresaltada, la muchacha huyó por el patio sin mirar atrás. Él corrió tras ella tan deprisa como pudo, pero cuando salió, ya no había ni rastro de la joven; solo se oyó una especie de *kertong,* un leve chapoteo, cerca del barril de agua. Aunque buscó con atención hasta en el último rincón del patio, de la muchacha no quedaba ni su sombra. Supo entonces que debía de tratarse de una criatura mágica.

El granjero tenía una tía anciana que sabía de cosas de hadas, duendes y otros seres mágicos, y recordó que una vez le había contado cómo conseguir que los seres que adquirían forma humana la conservaran para siempre: debían ingerir comida de los humanos. Por intentarlo no se perdía nada.

Con esa idea, el granjero se quedó toda la noche despierto, esperando detrás de la puerta de la cocina, hasta que, por la mañana temprano, oyó un ruido procedente del jardín, y un instante después vio a la joven entrar en la cocina. En cuanto ella concentró toda su atención en la comida que estaba preparando, él salió de su escondite de puntillas, se le acercó y la sujetó entre sus brazos. Sin decir ni una palabra, le puso una bola de arroz en la boca y la obligó a tragársela.

—¡Mi hada! ¡Mi querida doncella del mundo de las hadas! —exclamó.

—Suéltame —dijo la joven tímidamente— o no volveré nunca más.

—¿Pero me prometes que no vas a desaparecer?

—Está bien...

Más tranquilo, el granjero soltó a la joven, y ella se dio media vuelta para verlo de frente. Al ver lo hermosa que era, el hombre no pudo contener su alegría, y se quedó mirándola un buen rato hasta que consiguió recobrarse; luego, aún algo agitado, le dijo de la manera más cortés que supo:

—Querida criatura del mundo de las hadas, por favor, siéntate.

—No soy un hada ni un duende —dijo ella con tono áspero—, y tampoco me gusta que me llamen «criatura». Estoy aquí para ayudarte, pero si en algún momento se te ocurre tratarme mal, desapareceré para siempre.

—¡No, no! ¡Por favor! —le pidió de rodillas—. Te lo ruego, no te vayas. ¡Quédate conmigo para siempre!

—Solo si haces exactamente lo que te voy a pedir. Para empezar, ponte de pie ahora mismo.

El granjero se puso de pie y se quedó plantado delante de la joven, ansioso por obedecer hasta la petición más nimia.

—Irás a trabajar todas las mañanas, como de costumbre —dijo la joven—, y cuando salgas debes cerrar la puerta con llave, como has hecho siempre. Cuidaré de ti y de tu casa siempre y cuando no reveles mi existencia, ¿entendido?

—¡Sí, sí, lo que tú digas! ¡Haré todo lo que me pidas! —prometió el granjero.

—No debes hablarle a nadie de mí, jamás.

—¡No lo haré, no lo haré! ¡Te lo prometo!

Desde aquel día no volvió a sentirse solo. La doncella le enseñaba canciones que luego cantaba mientras trabajaba sus tierras, y lo entretenía contándole historias extraordinarias. Además, su ropa —chaquetas, pantalones o calcetines— siempre estaba limpia y como recién lavada, y la remendaba con tanta precisión que no se veía ni una puntada. Él siempre estaba de buen humor y bromeaba con sus amigos y vecinos, tanto que pasaron a considerarlo una buena compañía en vez del viejo cascarrabias por el que lo habían tenido hasta entonces. Incluso empezaron a invitarlo a que fuera a la taberna con ellos, aunque él siempre rechazaba la oferta porque prefería volver a casa con la joven.

Sin embargo, una noche decidió ir a la taberna para celebrar que un vecino acababa de tener un nieto. Aquella noche no faltó el vino en la mesa, y aún menos en la jarra del granjero, cuya lengua empezó a soltarse más de la cuenta. Sin darse cuenta de lo que estaba haciendo, contó a sus amigos toda la historia de la joven misteriosa que cuidaba de su casa. Hasta que no terminó de contarlo, no se percató del grave error que había cometido. Fue entonces cuando suplicó a sus amigos que mantuvieran aquella historia en secreto.

—Si alguien se entera, tendré graves problemas —insistió.

Sus amigos, preocupados, no pudieron evitar gestos de pesadumbre.

—¿Por qué crees que es un espíritu *benéfico?* ¿Y si es malvado? Hermano, ¡piénsalo! Podrías arruinar tu vida entera por ese capricho.

—Los espíritus son un asunto peliagudo… —añadió otro de sus amigos, con aire de gran preocupación—. Ni siquiera de los más benévolos te puedes fiar, sobre todo si los tienes en tu casa, preparándote la comida. ¿Quién sabe si algún día se les puede ocurrir echarte algo como… bueno, ya sabes, unas gotitas de veneno, por ejemplo? ¡O algo para que tú también te conviertas en un espíritu *como ellos!*

—Exacto —dijo otro—. Igual que tú la obligaste a tragarse el arroz, ¡quizá ella te está obligando a tragarte algo aún peor!

—¡No son de fiar! —repetían, y todos estaban de acuerdo.

El granjero volvió a casa preocupado. Había defendido a la doncella frente a las sospechas de todos sus amigos, pero después de escuchar sus opiniones, a él también empezaron a reconcomerle las dudas.

A partir de ese día, vigilaba todos los movimientos de la joven, y empezó a presentarse en casa inesperadamente y a levantarse muy temprano para pillarla desprevenida. Después de espiarla y observarla durante un tiempo, solo consiguió estar seguro de un pequeño detalle: cada vez que la doncella desaparecía en el jardín, se oía un leve *kertong,* un chapoteo, como si algo se hubiera caído en el barril de agua.

Así que cuando volvió a oír aquel extraño ruido, se acercó a mirar en el barril, pero lo único que vio fue el gran caracol, que se arrastraba lentamente por el fondo. «¡No puede ser! —murmuró, horrorizado—. No es posible que sea el espíritu del caracol… ¿Cómo ha podido hechizarme un *caracol?»*

Decidió ir a ver a su anciana tía cuanto antes. Le contó todo lo que había pasado y le suplicó que pensara alguna manera de liberarlo del espíritu del caracol. Su tía, que era una anciana muy sabia, le aconsejó que actuara con cautela, pero su sobrino insistió en que la idea de que su compañera fuera un caracol le resultaba tan repugnante que no soportaba pensar en volver a verla, porque solo podría pensar en las babas del animal.

Su tía suspiró.

—En ese caso, no necesitas mis consejos —le dijo—. Sabes muy bien que si le echas sal a un caracol, lo matas.

El campesino se quedó mirándola unos instantes, y luego se dio media vuelta y salió corriendo.

De vuelta en casa, actuó como si no hubiera pasado nada. Al caer la noche, la doncella desapareció en el patio, pero, cuando el granjero volvió a oír el *kertong* y se acercó rápidamente al barril de agua con un tazón de sal en la mano… ¡el caracol había desaparecido! Desconcertado, entró en la casa, se desnudó despacio y se metió en la cama con la esperanza de que sus amigos no tuvieran razón.

Poco después de la medianoche se despertó al oír que llamaban a la puerta. Cuando abrió, ¡la doncella estaba en el umbral! En aquel momento se olvidó por completo de todas sus sospechas y la recibió con alegría, pero la joven se apartó de él con un leve temblor.

—¡Eres un miserable! —gritó, y sus palabras se le clavaron en el corazón—. Solo he venido para decirte que no volverás a verme.

—¡No! —exclamó el granjero—. ¡No digas eso!

Lágrimas de rabia y de dolor anegaron los ojos de la joven y se derramaron por sus mejillas.

—Vine a ayudarte porque eras un hombre amable y bondadoso, y lo único que te pedí fue que no se lo contaras a nadie. Rompiste tu promesa y ahora, por tu imprudencia, has querido hacerme daño. Después de todo lo que he hecho por ti, me pagas con esa vileza malintencionada. Has roto el lazo que nos unía, y eso no se puede remendar como un jirón en una camisa.

El granjero intentó pedirle perdón, ofrecerle sus disculpas, y suplicarle que se quedara con él, pero antes de que pudiera decir ni una palabra, se dio cuenta de que ya era demasiado tarde.

La joven había desaparecido sin dejar rastro.

Después de aquella aventura, el granjero volvió a su vida solitaria de siempre: se hacía su comida, limpiaba la casa y remendaba la ropa cuando no estaba trabajando en el campo. Pero también empezó a ocupar su tiempo en algo nuevo. En honor al espíritu de la doncella, crio varias familias de caracoles en el barril de agua, con la esperanza de volver a oír aquel agradable chapoteo, aquel alegre *kertong* en el patio.

Si aquello ocurrió, desde luego, nunca volvió a contárselo a nadie.

El chico y la liebre

Cuento irlandés

Bueno, pues... había otra historia de esas, hum... Hace años, cuando los Gage eran los señores de estas tierras, y señores de toda la isla, a veces traían amigos del continente y se iban de caza por la isla. Ya sabéis, disparaban a los patos y a las liebres y..., hum, había faisanes y de todo en la isla. Estaba bien surtida la isla y, hum, mira, un día iban de camino al norte a ver si cazaban unas liebres, ¿sabes?; iban con sus perros, y por el camino se encontraron con un chiquillo y le dijeron: «Si encuentras un arbusto con una liebre y nos avisas para que la cacemos, te daremos una moneda de media corona». ¿Entendéis lo que os digo?

Y claro, en aquellos tiempos media corona era una pequeña fortuna, ya sabéis. El muchacho se fue a casa y se lo contó a su abuela. Y ella le dijo: «Hay una loma yendo de camino al norte, la colina de Doads. Ve y sube a Doads, y esperas allí hasta que vuelvan, y luego... ¿sabes cuál es el arbusto de tojo que crece al lado del camino? Pues en esos arbustos habrá una liebre». Eso le dijo la abuela. Y el chiquillo le hizo caso, hum... Bueno, subió a la loma y, en fin, se quedó allí esperando. Pero cuando le había contado la historia a la abuela, lo de que le iban a dar media corona por la liebre y todo eso, se le olvidó mencionar que los Gage venían con sus perros: sabuesos para cazar liebres. Y, bueno, cuando volvieron los cazadores, el muchacho les señaló, ya sabéis, los arbustos de tojo en los que había una liebre. Rodearon el arbusto con los perros, y entonces la liebre salió de un salto y los perros salieron corriendo detrás. La liebre bajó toda la colina de Doads corriendo, y luego se encaminó hacia la iglesia del pueblo, y siguió corriendo hasta que llegó a la puerta de la abuela del muchacho y desapareció. Pues, bueno, cuando los perros llegaron allí y se les cerró la puerta en las narices, se pusieron como locos: por la puerta y eso, hum… Luego los Gage llegaron corriendo y abrieron la puerta y, ¡toma!, allí estaba la abuelita sentada junto a la chimenea, jadeando y con la respiración entrecortada. Y, bueno, hum… luego entró el chiquillo y le dijo: «Santo Dios, abuelita, ¡has corrido más que los perros! Y yo tengo mi media corona». Y eso fue lo que pasó, porque la abuelita podía convertirse en libre, ¿entendéis?

Y, en fin, hum… es otro cuento de esos.

Roland

Cuento alemán

Érase una vez una vieja bruja —de verdad— que tenía dos hijas: una fea y cruel a la que quería mucho, pues era su hija natural, y otra bella y buena a la que odiaba, porque era su hijastra. Un día, la hijastra se puso un delantal muy bonito; a la otra hija le gustó tanto que se puso celosa, y le dijo a su madre que lo quería a toda costa.

—Calla, calla, hija mía —le dijo la bruja—. Pronto será tuyo. Tu hermana merece la muerte desde hace mucho, así que esta noche, mientras duerme, entraré y le cortaré la cabeza. Pero cuando estéis las dos en la cama, acuérdate de ponerte del lado de la pared y déjala a ella al otro lado.

Por suerte, la pobre muchacha, escondida en un rincón, había oído la conversación; de lo contrario, habría muerto asesinada. En todo el día no se atrevió a salir, y cuando llegó la hora de dormir, se vio obligada a acostarse en su lado correspondiente. Tuvo la fortuna de que su hermana se quedó dormida enseguida, y se las arregló para colocarse al lado de la pared. A medianoche, la vieja bruja entró sigilosamente con un hacha en la mano derecha, y con la izquierda buscó a tientas la cabeza de su víctima. Luego, levantando el hacha con las dos manos, le cortó la cabeza de un tajo a su propia hija.

En cuanto la bruja se marchó, la joven se levantó y fue corriendo a ver a su amado, que se llamaba Roland. Llamó a su puerta y cuando salió, le dijo:

—Roland, querido, tenemos que huir de inmediato: mi madrastra quería matarme, pero, en la oscuridad de la noche, ha asesinado a su hija sin darse cuenta. Cuando salga el sol y vea lo que ha hecho, ¡estaremos perdidos!

—Está bien —asintió Roland—, pero te aconsejo que antes de partir le quites su varita mágica, porque podría seguirnos la pista y, si nos encontrara, no tendríamos salvación.

Así pues, la muchacha robó la varita de la bruja. Y también se llevó la cabeza de su hermanastra, y, al hacerlo, resbalaron tres gotas de sangre que cayeron en el suelo: una junto a la cama, otra en la cocina y la última en las escaleras. A continuación, los dos amantes se fugaron a toda prisa.

Por la mañana, cuando la bruja ya se había vestido, llamó a su hija para darle el delantal, pero no vino nadie.

—¿Dónde estás? —gritó la bruja.

—Aquí, en las escaleras —respondió una de las gotas de sangre.

La bruja fue a mirar, pero como no vio a nadie en las escaleras, llamó una vez más.

—¿Dónde estás, hija?

—Aquí, aquí. En la cocina. Me estoy calentando junto al fuego —respondió la segunda gota de sangre.

Se dirigió a la cocina, pero seguía sin ver a nadie, así que la llamó por tercera vez:

—¿Dónde estás?

—Aquí, durmiendo en la cama —respondió la tercera gota, así que fue a la habitación.

Al entrar, no podía creer lo que veían sus ojos. ¡Su propia hija... muerta y cubierta de sangre! ¡Había matado a su propia hija! En un arranque de cólera, la bruja saltó por la ventana y, oteando por todas partes, al final avistó a su hijastra, que intentaba escapar con Roland.

—¡No te servirá de nada huir! —le gritó—. ¡Aunque estuvierais el doble de lejos, nunca podríais escapar de mí!

Dicho esto, se calzó sus botas y se puso en marcha. Con cada zancada de las botas mágicas avanzaba el equivalente a una hora de camino, así que muy pronto tuvo a mano a los fugitivos. Pero la joven, en cuanto vio que se acercaba la bruja, cogió la varita mágica y transformó a su amado Roland en lago; ella, convertida en pato, empezó a nadar en él. Cuando la vieja bruja llegó a la orilla del lago, intentó atraer al pato con migas de pan, y con todos los ardides que se le ocurrieron, pero no sirvió de nada. Al caer la noche, la bruja se vio obligada a marcharse sin haber conseguido su objetivo; la muchacha y su amado Roland pudieron volver a su forma natural, y siguieron huyendo toda la noche hasta que empezó a amanecer.

Con los primeros rayos de sol, la joven se transformó en una rosa que florecía en un arbusto lleno de espinas. Roland, por su parte, esta vez adquirió la forma de un violinista. Poco después se le acercó la bruja y le preguntó:

—Señor violinista, ¿puedo coger esa flor?

—¡Ah! Por supuesto —respondió—. Yo la acompañaré con una canción.

La bruja se apresuró a cortar la rosa, pero, en cuanto se acercó al espino, Roland empezó a tocar, y ella se vio obligada a bailar contra su voluntad, pues la melodía estaba encantada. Cuanto más rápido tocaba el violín Roland, más brincaba la bruja, hasta que las espinas del arbusto acabaron arrancándole toda la ropa, y siguió dando saltos y brincos en el espino hasta que su cuerpo quedó tan descarnado y herido por las espinas que cayó muerta.

Cuando Roland vio que estaban a salvo, le dijo a su amada:

—¡Iré a hablar con mi padre para organizar nuestra boda!

—¡Sí! —respondió la joven—. Mientras tanto, yo esperaré aquí tu regreso y, para que nadie me reconozca, me convertiré en una piedra roja.

Roland emprendió su camino y la dejó allí, pero al llegar a casa cayó en las redes de otra doncella y olvidó a su amor verdadero, que esperó pacientemente su regreso durante mucho tiempo. Al final, cuando casi había perdido la esperanza de volver a verlo, se transformó en una bella flor; así, quizá alguien la arrancaría y la llevaría junto a su amado.

Unos días más tarde, dio la casualidad de que un pastor que cuidaba de su rebaño en los pastizales cercanos vio la flor encantada. Como le pareció tan hermosa, la cortó y se la prendió en el pecho. Desde aquel día, todo fue prosperidad en la casa del pastor y empezaron a pasarle cosas maravillosas. Cuando se levantaba por las mañanas, se encontraba todas las tareas hechas: como si alguien hubiera barrido el cuarto, hubiera limpiado el polvo de las sillas y las mesas, hubiera encendido el fuego de la chimenea y hubiera traído agua del pozo. Cuando volvía a casa al mediodía, la mesa estaba puesta y un buen plato de comida lo estaba esperando. No tenía ni idea de cómo sucedía todo aquello, porque no encontraba a nadie en casa cuando volvía, y no había ningún lugar donde el benéfico ayudante pudiera esconderse. Desde luego le venía muy bien todo aquello, pero al final estaba tan desasosegado por descubrir de quién se trataba que fue a pedir consejo a una adivina.

—Estoy segura de que hay alguna brujería en este asunto. Por la mañana, escucha con atención, por si hay algún movimiento en tu cabaña y, si consigues ver algo, sea lo que sea, échale un pañuelo blanco por encima y se romperá el hechizo —le dijo.

Y eso hizo el pastor, tal y como se le había aconsejado. A la mañana siguiente, con los primeros rayos de sol, vio cómo se abría un cajón de su cuarto y de él salía la flor. Se levantó de inmediato, le echó un pañuelo blanco por encima y el hechizo se rompió enseguida: ante sus ojos apareció una hermosa doncella que admitió ser quien, convertida en flor, ponía orden en la cabaña. Cuando le contó su historia, el pastor quedó tan embelesado que le pidió que se casara con él, pero ella lo rechazó, porque, aunque su querido Roland la había abandonado, seguía enamorada de él. Aun así, le prometió al pastor que se quedaría con él y se ocuparía de la cabaña.

Entretanto, llegó el momento fijado para la celebración de la boda de Roland y, según la antigua costumbre, la noticia se difundió por cada rincón del reino para que todas las jóvenes acudieran a cantar en honor de la pareja de novios. Cuando la pobre muchacha lo supo, se apenó tanto que creyó que el corazón se le rompía en pedazos, y no habría acudido a la boda si otras jóvenes no hubieran ido a buscarla y la hubieran llevado con ellas.

Cuando llegó su turno de cantar, dio unos pasos atrás hasta que se quedó sola y, en cuanto empezó a interpretar la canción, Roland se levantó de un salto y exclamó:

—¡Reconozco esa voz! ¡Es la de mi verdadera esposa! ¡No me casaré con nadie más que con ella!

De repente, su corazón recordó todo lo que hasta ese momento había olvidado y descuidado; esta vez, no pensaba dejarla escapar.

Y entonces, por fin, Roland y su fiel doncella pudieron celebrar su boda con gran magnificencia y esplendor; y puesto que sus penas y tribulaciones habían acabado, la felicidad colmó el futuro y el destino de ambos.

La mujer serpiente

Cuento japonés

Un día, una bella mujer se presentó en casa de un hombre que estaba de luto por la muerte de su esposa. Se casó con él y al poco tiempo ya estaban esperando un hijo. Cuando llegó el momento de dar a luz, la mujer le pidió a su esposo que no mirara bajo ningún concepto. Después de cerciorarse de que su marido no iba a curiosear, entró sola en la habitación para tener al bebé. El hombre no fue capaz de soportar la preocupación y encontró la manera de espiarla a escondidas. Lo que vio allí fue una serpiente enorme enrollada alrededor del cuerpo de un bebé. Quedó mudo del asombro, pero se apartó y no dijo ni una palabra. Al séptimo día, la mujer salió con un niño precioso entre sus brazos, pero la pobre estaba llorando amargamente. Dijo que debía marcharse de allí, porque alguien había descubierto su verdadera figura. Se arrancó el ojo izquierdo y se lo dio a su esposo. Le dijo que se lo diera al bebé para que lo chupara si lloraba. El hombre cuidó del bebé y le dejó chupar el ojo, pero, con el tiempo, el ojo fue menguando hasta que desapareció por completo.

El padre se puso a su hijo a la espalda y se dirigió al estanque de la colina para buscar a su esposa. La gran serpiente apareció y se sacó el ojo que le quedaba para dárselo a su hijo. También le pidió que colgara una campana cerca del lago, y que la hicieran sonar cada mañana y cada tarde a las seis. Luego volvió a esconderse en el lago. El padre instaló una campana en el templo que había al lado del estanque y acordó que los monjes la tocarían siempre a las seis. Cuando el bebé creció, supo la historia de su nacimiento y fue al estanque para conocer a su madre. Esta se le apareció en su forma humana, como una mujer ciega. Él la cargó a la espalda, la llevó a casa y cuidó de ella como un buen hijo.

La anciana del bosque

Cuento alemán

Érase una vez una pobre sirvienta que iba en su carreta por un bosque y, precisamente cuando cruzaba lo más oscuro de la espesura, se vio a merced de una feroz banda de ladrones. Todos a una salieron desde detrás de unos arbustos y se abalanzaron sobre ella. Muerta de miedo, saltó la carreta y se escondió detrás de un árbol. En cuanto los ladrones desaparecieron con su botín, la muchacha salió de su escondite y, al ver que no le habían dejado nada, se puso a llorar desconsoladamente. «¿Qué voy a hacer ahora? Una pobre mujer como yo… Si ni siquiera soy capaz de encontrar el camino para salir del bosque. Y, además, aquí no vive nadie. ¡Voy a morir de hambre!» Intentó encontrar un camino de salida, pero no halló ninguno. Así que, cuando cayó la noche, se sentó bajo un árbol y, confiando su suerte a Dios, decidió que lo mejor sería no moverse de allí, pasara lo que pasara. No llevaba mucho tiempo sentada cuando una paloma blanca se acercó volando con una pequeña llave de oro en el pico. El ave le dejó la llave en la mano y le dijo:

—¿Ves aquel gran árbol? Dentro hay una alacena que podrás abrir con esta llave, y en ella encontrarás comida suficiente para no pasar hambre.

La muchacha se acercó al árbol y abrió la puerta de la alacena, donde se encontró una jarra de leche fresca y un trozo de pan blanco tan grande que casi no pudo terminarlo; así que disfrutó de un gran banquete. Cuando terminó, se dijo: «En casa, los pollos y las gallinas ya se habrán ido a dormir. Y yo estoy tan cansada que debería irme a dormir también». En aquel momento, apareció la paloma con otra llave de oro en el pico y le dijo:

—¿Ves aquel otro árbol? ¡Ábrelo y encontrarás una cama dentro!

Ella abrió la puerta del árbol y encontró una camita blanca. Tras rezar una oración y pedirle a Dios que la protegiera durante la noche, se fue a dormir. Por la mañana, la paloma apareció por tercera vez para traerle otra llave, y le dijo que si abría un árbol determinado encontraría un montón de ropa. Cuando hizo lo que le dijo la paloma, encontró vestidos de todo tipo, adornados con oro y piedras preciosas, tan hermosos que cualquier princesa habría querido llevarlos puestos. La joven se quedó a vivir un tiempo en aquel rincón del bosque, pues allí reinaban la paz y la tranquilidad, y la paloma le procuraba todo lo que necesitaba.

Sin embargo, un día le preguntó a la paloma si podía hacer algo por ella, como muestra de amor y agradecimiento.

—¡Lo haré de todo corazón! —añadió.

—En ese caso —dijo la paloma—, te pido que me acompañes a una cabaña. Al entrar, te encontrarás a una anciana junto a la chimenea. Ella te dará los buenos días, pero, por favor, no le respondas y deja que siga con sus tareas; ve a su derecha y allí encontrarás una puerta; ábrela y, cuando entres en la habitación, sobre la mesa verás una serie de anillos de todo tipo; habrá algunos con piedras preciosas, pero no los toques. Tienes que coger el anillo más sencillo que veas y traérmelo cuanto antes.

Así pues, la joven sirvienta se dirigió a la cabaña, entró y encontró a la anciana, que la saludó maliciosamente: «¡Buenos días, hija mía!». La joven se dirigió hacia la puerta en silencio. «¿Dónde vas?», gritó la vieja. «¡Esta es mi casa y nadie entra si yo no quiero!», le dijo mientras la sujetaba por el vestido para intentar detenerla. Pero ella logró soltarse sin decir ni una palabra y pasó a la habitación. Sobre la mesa vio un montón de anillos brillantes y resplandecientes. Los fue apartando en busca de uno que destacara por su sencillez, pero no conseguía dar con él. Mientras seguía buscando, vio cómo la vieja entraba a hurtadillas, agarraba una jaula e intentaba escapar con ella, así que la muchacha salió corriendo tras ella y se la arrebató; cuando se detuvo a mirar la jaula, vio un pájaro con el anillo que buscaba en el pico. Tomó el anillo y volvió corriendo a su rincón del bosque, donde aguardó con la esperanza de que la paloma blanca volviera a recoger su anillo, pero no vino. Al rato, se apoyó contra su árbol favorito para seguir esperando a la paloma, pero el árbol parecía volverse más blando y flexible por momentos, y sus ramas empezaron a marchitarse. De repente, todas las ramas se enlazaron y se convirtieron en dos brazos, y, cuando la joven se dio la vuelta, el árbol se había transformado en un apuesto caballero, que la abrazó y le dio un beso mientras le decía:

—Me has salvado de los poderes de esa bruja malvada. Me convirtió en árbol hace tiempo, y solo me permitía adquirir la forma de una paloma durante un par de horas al día. Pero mientras ella estuviera en posesión del anillo, yo no podía recuperar mi forma humana.

En un instante, sus lacayos y sus caballos se liberaron del encantamiento, porque a todos ellos la bruja también los había convertido en árboles. Como tantas otras veces, acompañaron a su señor de regreso a su reino (porque, en efecto, el caballero era hijo de un rey) y allí se casó con la joven y vivieron felices el resto de sus vidas.

La mujer leopardo

Cuento liberiano

Érase una vez un hombre y una mujer que estaban haciendo un largo viaje por la selva. La mujer llevaba a su bebé atado a la espalda mientras avanzaban por un áspero camino cubierto de enredaderas y arbustos. No tenían nada que comer y, cuanto más caminaban, más hambre tenían.

De repente, salieron de la frondosa jungla de árboles y llegaron a una llanura de hierba, donde se toparon con un rebaño de búfalos pastando tranquilamente. Al ver aquello, el hombre le dijo a la mujer:

—Tú, que tienes el poder de transformarte en lo que quieras, conviértete en leopardo y caza uno de esos búfalos para que podamos comer, o nos moriremos de hambre.

La mujer lanzó una mirada de reproche a su marido y le preguntó:

—Eso que me pides, ¿lo dices en serio o estás de broma?

—Hablo en serio —respondió, porque tenía mucha hambre.

La mujer se desató al bebé de la espalda y lo dejó en la tierra. Todo su cuerpo empezó a cubrirse de pelo, la túnica cayó al suelo, le cambió la forma del rostro, y las manos y los pies se convirtieron en garras. En solo unos instantes, el hombre tenía delante un leopardo salvaje, que lo miraba con ojos feroces. El pobre hombre se asustó tanto que casi se muere, y trepó a un árbol para salvar la vida. Cuando casi había llegado a lo más alto, vio que el leopardo estaba a punto de devorar al bebé, pero tenía tanto miedo que no fue capaz de bajar a rescatarlo.

Cuando la mujer leopardo comprobó que el hombre estaba aterrorizado y quieto, corrió hacia el rebaño para hacer lo que le había pedido: capturó a un novillo grande y lo llevó arrastrando hasta los pies del árbol. El hombre, que seguía en la parte más alta a la que había podido trepar, dio gritos e hizo aspavientos, y suplicó lastimosamente al leopardo que volviera a convertirse en mujer.

Poco a poco, el pelo y las zarpas fueron desapareciendo hasta que, al final, el hombre volvió a tener delante a su mujer. Pero seguía tan asustado que no bajó hasta que vio que su esposa se ponía la túnica y se ataba al bebé a la espalda. Cuando bajó, ella le dijo:

—Nunca vuelvas a pedirle a una mujer que haga el trabajo de un hombre. Las mujeres cuidan de las granjas, hacen el pan y pescan en el río, pero es el hombre quien ha de ir a cazar y traer la carne a su familia.

Las tres hermanas

Cuento italiano

Había una vez tres hermanas, y las tres eran jovencitas. Una tenía sesenta y siete años, otra setenta y cinco, y la tercera noventa y cuatro. Pues bien, estas chiquillas vivían en una casa con un balconcito muy lindo, que tenía en el centro un agujero por el que se podía ver a cualquiera que pasara por la calle. Un día, la hermana de noventa y cuatro años vio que se acercaba un apuesto joven, así que cogió el pañuelo más delicado y perfumado que tenía y lo dejó caer a la calle justo cuando el joven pasaba por debajo de su balcón. El mozo lo recogió y, al advertir su exquisito perfume, pensó que solo podía pertenecer a una hermosa doncella. Siguió su camino, pero al poco volvió a acercarse a la casa y tocó la campanilla de la puerta. Una de las hermanas abrió y el joven le preguntó:

—¿Podría decirme si, por casualidad, en esta mansión vive alguna joven damisela?

—Sí, y, en realidad, más de una —respondió la hermana.

—¿Y podría hacerme el favor de llamar a la que ha perdido este pañuelo para que la vea?

—No, imposible. En esta casa tenemos una regla: ningún caballero puede ver a las mujeres de la casa antes de casarse.

El joven se había ilusionado tanto imaginando lo bella que debía de ser aquella jovencita, que respondió:

—Bueno, no es mucho pedir. Me casaré con ella sin verla. Y ahora, iré a contarle a mi madre que he encontrado a una doncella encantadora con la que tengo intención de casarme.

Así que se fue a casa y le contó la historia a su madre. Esta le advirtió:

—Hijo mío, ten cuidado. No dejes que esa gente te engañe. Debes pensar antes de actuar.

—Tampoco me están pidiendo tanto. Les he dado mi palabra, y un rey siempre cumple sus promesas —insistió el joven, que daba la casualidad de que era rey.

Volvió a casa de su prometida, llamó a la puerta y, cuando le abrió la misma señora de antes, él le preguntó:

—¿Es usted la abuela de mi prometida?

—Sí, eso es. Soy su abuela.

—En ese caso, abuela, ¿podría concederme el privilegio de ver al menos el dedo de mi novia?

—Ahora no puede ser. Tendrás que volver mañana.

En cuanto el joven se despidió y se fue, las tres hermanas confeccionaron un dedo artificial con un guante y una uña falsa. Mientras tanto, él estaba tan entusiasmado por la idea de ver el dedo de su prometida que no pudo dormir en toda la noche. Cuando por fin salió el sol, se vistió y volvió corriendo a la casa de las hermanas.

—Señora, señora —le dijo a la anciana—, vengo a ver el dedo de mi prometida.

—Sí, sí —respondió ella—, enseguida. Ven, lo verás a través de esta cerradura.

Su prometida metió el dedo falso por el ojo de la cerradura y el joven rey, hechizado por su belleza, le dio un beso y le puso un anillo de diamantes. Para entonces ya estaba enamorado hasta la médula, así que le dijo a la vieja:

—Abuelita, tengo que casarme con ella de inmediato: ¡ya no puedo esperar más!

—Podéis casaros mañana, si quieres.

—¡Perfecto! ¡Me casaré con ella mañana mismo, por mi honor de rey!

Como tenían una gran fortuna, las tres hermanas pudieron preparar la boda de la noche a la mañana, hasta el más mínimo detalle. A la mañana siguiente, la novia se vistió con la ayuda de sus hermanas; y, al poco, llegó el rey.

—Ya estoy aquí, abuelita.

—Espera un momento, enseguida te la traemos.

Al fin, apareció la novia, cogida del brazo de sus dos hermanas y cubierta con siete velos.

—Y recuerda —le dijeron las dos hermanas al unísono—: no podrás verle la cara hasta que estéis en la alcoba nupcial.

Fueron a la iglesia y se casaron. Luego, el rey quiso celebrar un gran banquete, pero las ancianas no lo permitieron.

—Verás, la novia no está acostumbrada a tanto jolgorio.

Así que el rey tuvo que quedarse sin su fiesta. Se moría de ganas de que llegara la noche para quedarse a solas con la novia. Por fin, las dos arpías llevaron a su hermana a la habitación, aunque lo hicieron esperar fuera mientras le quitaban el vestido y la acostaban. Cuando por fin pudo entrar, se encontró a la novia bajo las sábanas, y a las otras dos hermanas todavía ocupadas preparando la habitación. El joven se desvistió, y las dos ancianas se fueron y se llevaron la lámpara; pero él tenía una vela en el bolsillo, así que la sacó, la encendió, y ¡cuál fue su espanto al ver en su cama a una vieja bruja, mustia y cubierta de arrugas!

Al principio, se quedó mudo y paralizado de miedo. Luego, en un arrebato de ira, agarró a su esposa y la tiró por la ventana.

Debajo de aquella ventana había una pérgola cubierta de enredaderas, y la vieja fue cayendo por la celosía y el emparrado hasta que el dobladillo de su camisón de noche se enganchó en un listón que estaba roto y allí se quedó suspendida en el aire.

Aquella noche, por casualidad, tres hadas estaban andando por aquellos jardines y, al pasar por la pérgola, se quedaron mirando a la vieja que seguía allí colgada. Ante tan inesperado panorama, las tres hadas se echaron a reír, y estuvieron riéndose hasta que no pudieron más. Pero cuando se hartaron de reír, una de ellas dijo:

—Ya que nos lo hemos pasado tan bien a su costa, tendremos que recompensarla.

—Pues sí, es nuestro deber —dijo otra—. ¡Digo que te conviertas en la joven más bella del mundo!

—Pues yo —añadió la segunda hada—, digo que encuentres al marido más bello de todos, y que te ame con todo su corazón.

—Yo digo que te conviertas en una joven de alta alcurnia para el resto de tu vida —concluyó la tercera.

Y después, las tres hadas siguieron su camino.

El rey se despertó con los primeros rayos de sol y recordó todo lo que había ocurrido. Para confirmar que no había sido solo una pesadilla, abrió la ventana para ver al monstruo que había arrojado al vacío la noche anterior. Pero allí, sentada en lo alto de la pérgola, vio a la doncella más hermosa que habría podido imaginar y se llevó las manos a la cabeza. «¡Dios mío! Pero ¿qué he hecho?», gritó. No tenía ni idea de cómo rescatarla, pero al final cogió una sábana de la cama, le tendió uno de los extremos para que pudiera agarrarse y la subió de un tirón a la alcoba. Encantado de tenerla a su lado, le rogó que lo perdonara; ella aceptó y no tardaron en quererse muchísimo.

Al rato, oyeron que alguien llamaba a su puerta.

—Debe ser la abuela —dijo el rey—. ¡Adelante! ¡Adelante!

La anciana entró y, en lugar de ver a su hermana de noventa y cuatro años, vio a una joven encantadora que, como si nada hubiera pasado, le dijo:

—Clementina, ¿puedes traerme el desayuno?

La anciana se llevó la mano a la boca para ahogar un grito de asombro y fue a por el desayuno fingiendo que todo seguía como siempre. Pero en cuanto el rey se ausentó para ocuparse de sus deberes, subió corriendo a hablar con la recién casada.

—¿Cómo demonios te has vuelto tan joven?

—¡Chssst! ¡Por favor, baja la voz! —advirtió su hermana—. Ya verás cuando te cuente lo que hice… ¡Hice que me alisaran!

—¿Que te alisaran? ¿Que te alisaran? Yo también quiero que me alisen. ¿Y quién te lo hizo?

—¡El carpintero!

En un santiamén, la vieja se plantó en el taller del carpintero.

—Carpintero, ¿me puede hacer un buen alisado?

—¡Ay, Dios mío! —exclamó el carpintero—. Yo aliso la madera, y le quito las arrugas, pero si hiciera lo mismo con usted, la mandaría directamente al otro mundo…

—Ni lo piense.

—¿Cómo que no lo piense? —exclamó el carpintero—. Y si la mato, ¿qué va a pasar si la mato?

—No se preocupe, de verdad. Tenga, una moneda de un tálero de plata.

Cuando el carpintero oyó la palabra «plata», cambió de opinión. Aceptó el dinero y le dijo:

—Túmbese aquí, en el banco. La alisaré todo lo que quiera.

Cuando la anciana se acomodó en la mesa, el carpintero empezó a pasarle la garlopa por la mejilla, y ella lanzó un grito de dolor.

—¡Vamos, vamos, señora! Si grita, no puedo trabajar en condiciones.

Ella se giró y el carpintero le repitió la operación en el otro lado de la mandíbula. La vieja no volvió a gritar, porque aquello había acabado con su vida.

De la tercera hermana no se volvió a saber nada más. Es un misterio si se ahogó en un río, si le cortaron el cuello o si murió mientras dormía o si le ocurrió cualquier otra cosa. En el castillo solo quedaron la recién casada y su rey, que vivieron felices por siempre jamás.

· QUINTA PARTE ·

Guardianas de las estaciones y de la naturaleza

El primer pueblo y las primeras mazorcas

Cuento norteamericano: amerindio

Hace mucho tiempo, en una tierra inhóspita y deshabitada, vivía el Gran Maestro Klos-kur-beh. Una mañana, a las doce del mediodía, se le acercó un joven y lo llamó «Hermano de mi Madre». Se plantó delante del maestro y le dijo:

—Nací de la espuma de los mares. Sopló el viento, y de las olas nació la espuma. El sol brillaba sobre la espuma y la calentó; del calor surgió vida, y esa vida era yo. Mira: soy joven y ágil, y me quedaré a tu lado y te ayudaré en todo lo que hagas.

Otro día, a la misma hora, llegó una muchacha, se presentó ante ellos y los llamó «Hijos míos».

—Hijos míos, he venido para quedarme con vosotros. Os traigo todo mi amor, y mi amor os daré; si me lo devolvéis y me concedéis el deseo que os pida, todo el mundo me amará, hasta la más salvaje de las bestias. Mía es la fuerza, y la compartiré con todo aquel que lo desee. Míos son el consuelo y el sosiego, y, aunque aún soy joven, toda la Tierra será capaz de sentir mi gran poder. Nací de una hermosa planta de la tierra. Sobre sus hojas cayó el rocío, y el sol lo calentó; del calor surgió vida, y esa vida era yo.

Entonces, Klos-kur-beh levantó las manos hacia el sol y alabó al Gran Espíritu. Al poco tiempo, el joven y la muchacha se casaron, y ella se convirtió en la primera Madre de la Tierra. Klos-kur-beh transmitió sus enseñanzas a los hijos de la pareja e hizo grandes obras por ellos. Cuando terminó su labor, se marchó a vivir a la Tierra del Norte hasta que llegara el momento de regresar.

Los hijos de la pareja se fueron multiplicando hasta convertirse en un pueblo numeroso. Cuando llegó la hambruna, la primera madre empezó a entristecerse cada vez más. Todos los días salía de casa cuando el sol estaba en su cenit, y no volvía junto a su esposo hasta el anochecer. Él, que la amaba con todo su corazón, estaba muy afligido al verla tan triste, así que un día siguió sus pasos hasta el vado del río, donde se quedó esperando su regreso.

Cuando volvió, la oyó cantar y vio que se disponía a cruzar el río, y mientras tuvo los pies en el agua, pareció recuperar su alegría de antaño. También vio que su esposa tenía algo enganchado en el pie derecho; algo similar a una brizna verde y larga. Al salir del agua, se agachó para retirarse la brizna, y en aquel preciso instante volvió a perder la sonrisa.

Su marido la siguió hasta casa al tiempo que se iba poniendo el sol y, cuando llegaron, la animó a que saliera a ver el precioso atardecer. Mientras estaban allí, juntos, llegaron siete niñitos, se colocaron delante de ellos, y mirando a la mujer dijeron al unísono:

—Tenemos hambre y casi ha anochecido. ¿Dónde está la cena?

Las lágrimas corrían por las mejillas de la mujer mientras decía:

—Calmaos, mis pequeños. Dentro de siete lunas podréis saciaros, y ya no volveréis a pasar hambre.

Su marido le secó las lágrimas con la mano y le preguntó:

—Esposa mía, ¿qué puedo hacer para que vuelvas a ser feliz?

—Tengo un único deseo —contestó ella—. Nada más podrá hacerme feliz.

Su esposo decidió viajar hasta la Tierra del Norte para pedirle consejo a Klos-kur-beh. Siete días más tarde, al salir el sol, volvió y le dijo a su esposa:

—Amada mía, Klos-kur-beh me ha dicho que debo hacer lo que me pidas.

La mujer estaba contenta y le dijo qué deseaba con tanta pasión:

—Primero tienes que matarme. Luego, haz que dos hombres me agarren del pelo y arrastren mi cuerpo por los campos. Cuando lleguen al centro, que entierren mis huesos. Y luego, que se vayan. Esperad a que pasen siete meses, y luego que vuelvan al campo y recojan todo lo que se encuentren. Diles que se lo coman. Será mi carne. No olvides guardar una parte para devolverla a la tierra. No podréis comer mis huesos, pero sí quemarlos, y su humo os traerá la paz a ti y a tus hijos.

Al día siguiente, cuando empezaba a amanecer, el hombre mató a su amada esposa. Siguiendo sus órdenes, dos hombres arrastraron su cuerpo por el campo hasta que toda su carne se hubo desprendido y, en el centro de aquellas tierras, enterraron sus huesos.

Esperaron siete lunas nuevas, y luego su esposo se acercó al lugar donde la habían enterrado; todo el terreno estaba lleno de unas plantas muy altas y hermosas. Probó el fruto de aquella planta, que le pareció dulce. Decidió llamarlo *Skar-mu-nal,* que fue el primer nombre del maíz. En el centro, donde habían enterrado los restos de su esposa, encontró una planta distinta al resto, con hojas más anchas y de sabor amargo. A esta la llamó *Utar-mur-wa-yeh,* que fue el nombre del tabaco.

Aquello alegró el corazón de su gente y todos acudieron a la cosecha. Pero cuando se recogieron todos los frutos, el hombre no sabía cómo repartirlos, así que mandó llamar al Gran Maestro Klos-kur-beh para pedirle consejo. Cuando llegó Klos-kurbeh y vio tan abundante cosecha, dijo:

—Ahora, las primeras palabras de la primera madre se han hecho realidad, pues nos dijo que había nacido de la hoja de una hermosa planta. También anunció que su poder se derramaría sobre la tierra y que todos la amarían. Ahora que su cuerpo se ha transformado en alimento, tendréis que velar por que la segunda semilla de la primera madre os acompañe siempre, pues esta semilla es fruto de su carne. Asimismo, ha entregado sus huesos por vuestro bien. Si los quemáis, su humo os despejará la mente. Y como toda esta abundancia ha salido del corazón bondadoso de una mujer, tenedla siempre presente. Pensad en ella cuando comáis, cuando el humo de sus huesos haga volutas delante de vosotros. Y, puesto que sois todos hermanos, dividid su carne y sus huesos en partes iguales, pues solo así se verá correspondido y cumplido el amor de la primera madre.

La Dama del Fuego

Cuento siberiano

Esta historia ocurrió hace mucho tiempo, cuando todos los selkup aún vivían en cuatro tiendas de campaña enormes reunidas en un remoto campamento de Siberia.

Un día, los hombres salieron al bosque a cazar, y dejaron a las mujeres y a los niños en las tiendas. Al cabo de tres días, los hombres aún no habían regresado y una de las mujeres salió de su *yurta* para cortar algo de leña. Después llevó los troncos a su tienda, los dispuso en la chimenea y encendió un fuego, al que se acercó con su bebé acurrucado en su pecho. El fuego no tardó en avivarse y en chisporrotear alegremente mientras la madre calentaba a su bebé junto a su resplandor.

De repente, saltó una chispa, que cayó sobre el bebé y lo quemó. Con la quemadura, el niño empezó a llorar y su madre se levantó de un salto, enfurecida contra el fuego:

—¡Fuego ingrato! Te traigo leña para que ardas y te atreves a hacerle daño a mi hijo. No voy a darte nada más. Voy a acabar contigo: voy a echarte agua y te extinguirás.

Entonces dejó a su bebé en la cuna, agarró un hacha y empezó a darle hachazos al fuego. Luego cogió un barreño lleno de agua y lo arrojó sobre las ascuas.

—¡A ver a quién quemas ahora! —exclamó—. Te he apagado para siempre: no te queda ni una chispa.

Y así fue: aquel fuego no volvió a arder. La tienda se vio sumida en la más absoluta oscuridad, y hacía tanto frío que el bebé empezó a llorar más que nunca. La madre se asustó al ver lo que había hecho e intentó encender el fuego de nuevo. Y aunque lo intentó por todos los medios, soplando y resoplando, todos sus esfuerzos fueron en vano.

El bebé seguía llorando, así que corrió a la tienda de sus vecinos para pedirles fuego. Pero, en cuanto abrió la solapa de la tienda, la hoguera de sus vecinos se apagó, y fue imposible reavivar sus llamas. Ocurrió lo mismo en el resto de las tiendas: bastaba con que abriera una pequeña rendija de la solapa, en cuanto ella aparecía, el fuego chisporroteaba, empezaba a salir humo y unos instantes después se apagaba por completo.

Todos sus familiares la reprendieron severamente, hasta que al final una anciana le explicó que había ofendido a la Dama del Fuego.

La mujer empezó a llorar ante semejante desgracia: ya no quedaba ni una llama en todo el campamento, nadie era capaz de encender un fuego, y todas las tiendas se habían quedado heladas y sumidas en la oscuridad.

—Pero vayamos a tu tienda —dijo la anciana—. Me gustaría ver qué has hecho para enfadar tanto a la Dama.

En su hogar, el niño seguía llorando sin cesar, y tenía aún más frío que en cualquier otro rincón del campamento. La anciana cogió dos palos de madera y se puso a frotarlos con la intención de encender una llama, pero, aunque estuvo trabajando con paciencia durante un buen rato, no consiguió que saltara ni una chispa. De repente, para su sorpresa, vio que aparecía un tenue resplandor en el hogar, así que se agachó para examinarlo de cerca. Al principio casi no podía ver nada, pues estaba muy oscuro, pero poco a poco fue distinguiendo la figura de una vieja bruja agazapada entre las cenizas. Cuanto más la miraba, el rostro de la anciana, al principio arrugado y marchito, iba adquiriendo tonos brillantes y rojizos, tanto que parecía irradiar un resplandor como de fuego. Y entonces habló:

—No sigas intentando encender un fuego, porque no lo conseguirás. La joven de esta tienda me ha ofendido gravemente y no puedo perdonarla. Me dio mil hachazos en la cabeza y luego me tiró agua encima.

—Ya sé que esta tonta ha hecho algo terrible —respondió la anciana—. Pero, por favor, Dama del Fuego, no te enfades con todos nosotros. Es joven e imprudente, y nos ha causado mucho sufrimiento. Te lo ruego: devuélvenos el fuego.

La Dama del Fuego se quedó en silencio, impasible ante las súplicas de la anciana. Tras una larga pausa, por fin volvió a hablar:

—Está bien, os devolveré el fuego con una condición: esa joven insolente debe entregarme a su hijo. Con su corazón encenderé una llama: así aprenderá a respetar siempre el fuego y no se atreverá a ser tan desconsiderada nunca más.

La anciana se dirigió a la joven y le dijo:

—Por tu culpa, las siete tribus de los hombres se han quedado sin fuego. ¿Cómo van a sobrevivir así? No hay otra solución; aunque sea una sentencia severa, ¡tienes que entregarle a tu hijo para que nos salvemos todos!

La madre empezó a llorar, arrepentida de sus actos impulsivos, con el corazón roto en mil pedazos por la sentencia que ahora tendría que cumplir. Pero no había nada que hacer: para salvar a las tribus de los hombres debía sacrificar a su hijo. Y así lo hizo.

Cuando fue a entregar al bebé, la Dama de Fuego se elevó con una enorme llamarada y habló de este modo:

—¡Ah, tribu de los selkup! ¡Sabed que nunca, jamás, ningún utensilio de hierro debe tocar mis llamas a menos que sea absolutamente imprescindible. Y, si es así, deberéis pedirme permiso antes de hacerlo. ¡Recordad bien estas palabras!

Y entonces tocó la leña con la punta de los dedos y la hizo arder. Las llamas enseguida empezaron a elevarse formando un torbellino que ascendió hasta lo más alto del cielo, y entre aquellas llamaradas se esfumaron la Dama del Fuego y el niño. Nadie volvió a verlos jamás.

—Hoy nacerá una leyenda —dijo entonces la anciana a la afligida madre—. La historia irá pasando de boca en boca: todos sabrán que el fuego nació del corazón de tu hijo y que todo se hizo para que las tribus de los selkup pudieran sobrevivir.

ANANCY Y EL JARDÍN ESCONDIDO

CUENTO AFROCARIBEÑO

El jardín es propiedad de la vieja Hermana Bruja. Se supone que, en realidad, nadie lo ha visto nunca. Pero Anancy[12] siempre está oyendo hablar del jardín que crece en las rocas.

«Es el jardín más maravilloso del mundo entero», le susurran a Anancy.

«Se supone que solo una persona puede verlo, si es que lo permiten», le susurra la gente a Anancy.

Anancy se pone en marcha y parte él solo para buscar el jardín.

Anancy llega a un desierto pedregoso y escala una ladera de rocas. Cuando llega a la cima, Anancy jadea como un caballo cansado de tirar su pesada carga.

Desde la meseta que hay en la cima, se ve el jardín, que se extiende bajo el cielo azul. Anancy se queda inmóvil por la sorpresa: está maravillado.

12. Anancy (Anansi, Ananse o Kwaku Ananse) es un importante personaje popular africano que protagoniza un gran número de historias relacionadas con el conocimiento del mundo. *(Véanse notas finales.)*

«Es verdad lo que cuentan, ¡es el jardín más frondoso del mundo! —susurra Anancy para sí—. El jardín crece, fructifica, madura y florece. ¡Mira qué verduras tan suculentas! ¡Mira cómo brillan las frutas y las flores! ¡Mira qué jardín de rojos, naranjas y marrones, de amarillos y púrpuras!»

Anancy camina bordeando el jardín. No puede evitar seguir hablando solo. «Qué jardín, rebosante de verduras tan hermosas. Qué jardín, lleno de flores inolvidables. Qué jardín, con sus arbolitos frutales, madurando sus delicias y en flor. ¡Qué jardín, rebosante de dulce abundancia!»

Anancy se agacha y examina el suelo rocoso. Las raíces se hunden, se esconden entre las rocas y forman suaves montículos entre la tierra.

Anancy se incorpora, contempla maravillado el jardín de mil colores bajo la cálida luz del sol y susurra: «La luz del sol echa raíces. La luz del sol echa raíces y crece como un jardín».

Anancy se da la vuelta y baja por la ladera de rocas mientras canta:

El Sol en las rocas se viste de jardín.
El Sol en las rocas se viste de jardín.
La brisa hace volar las semillas.
La brisa hace volar las semillas.
Las atrapo, las guardo, las planto en casa, ¡oh!,
y pronto, pronto, la suerte llegará.
¡Con la brisa, las semillas crecen en la roca!
Oh, las atrapo, las guardo, las planto en casa.
Oh, las atrapo, las guardo, las planto en casa.
El Sol en las rocas se viste de jardín, ¡oh!

Anancy entonces deja de cantar. Y mientras camina, solo piensa en lo abundante, florido y colorido que es el jardín.

Anancy empieza a pensar que el jardín debería ser suyo. Empieza a imaginar qué se sentiría al tener ese jardín. Sueña con todo lo que el jardín podría darle. Todo el mundo lo envidiaría y lo alabaría sin fin. Y, cuando el calor apretase de verdad, podría tumbarse a la sombra en su hermoso jardín. Podría quedarse allí y escuchar el canto de los pájaros, cerrar los ojos y quedarse dormido.

«¡La Hermana Bruja no necesita toda esa belleza!», grita Anancy.

Luego Anancy se ríe con carcajadas llenas de emoción. En su fuero interno ahora siente..., sabe que el Jardín Escondido será suyo. ¡Será de Anancy!

Pero Anancy recuerda que nadie puede robarle el jardín tan fácilmente. Para empezar, el jardín tiene un Jardinero. Él es quien cuida del jardín. Y lo vigila. Además, en el jardín rigen unas normas misteriosas e inexplicables. Si alguien roba una fruta del jardín y se la come, estará enfermo hasta que el delito se descubra. Además, hay algo muy pero que muy importante: está la canción que el Jardinero toca con la flauta. El hombre lleva un bastón más alto que él y, cada día, al atardecer, el Jardinero se sienta en un montón de rocas, bien cómodo, con el bastón apoyado a su lado. Y, ahí sentado, toca la flauta para el jardín. Le regala su música hasta que la oscuridad lo envuelve.

Mientras toca la flauta, la vieja Hermana Bruja siempre se acerca a escucharlo. Vestida completamente de rojo, entra en el jardín con sigilo, sin que nadie la vea. A veces solo escucha y luego desaparece. Otras veces, empieza a bailar sobre una roca que hay en el centro del jardín. Pero, mira, hay una norma de la mayor importancia que debe cumplirse: el Jardinero siempre debe tocar la flauta durante un tiempo establecido, y nunca debe rebasar ese tiempo. Si alguna vez se excediera, no podría dejar de tocar, jamás. Además, si la Hermana Bruja estuviera bailando justo en ese momento, ella tampoco podría dejar de bailar.

Anancy va a ver a su hijo y le dice:

—Tacooma, quiero que pidas al Hermano Mirlo KlingKling que reúna a nueve primos Mirlo KlingKling. Quiero que me hagan un favor que requiere mucho ingenio y muchísimo cuidado. Quiero que se escondan junto al jardín, que escuchen y que se aprendan la canción que el Jardinero toca con la flauta, y que la aprendan a cantar exactamente igual. Quiero que la aprendan, que la sepan, que recuerden hasta el más mínimo detalle.

Los Mirlos entran con sigilo y escuchan a escondidas, como Anancy les pidió. El Hermano Mirlo KlingKling y los primos tienen muy buen oído. Aprenden cada una de las notas de la canción de flauta del Jardinero, rápido rápido.

Anancy le envía un mensaje al Jardinero. En el mensaje lo invita a comer con él. Pero, mira tú por dónde, Anancy decide ir a recoger al Jardinero en persona. Y como le está tendiendo una trampa, Anancy le dice:

—Ah, señor Jardinero, da la casualidad de que pasaba por aquí. Y acabo de recordar que hoy comemos juntos. Y ya sabe que al Hermano Anancy no le gusta esperar solo cuando podría estar en buena compañía. Así que he venido a recogerlo.

El Jardinero camina, con su bastón más alto que él, junto a Anancy, y van a su casa. Al mismo tiempo, el hijo de Anancy, Tacooma, se encamina al Jardín Escondido.

Rápido rápido. Tacooma coge algunas frutas del jardín.

Llega el atardecer. Los Mirlos ocupan el sitio del Jardinero, en el montón de rocas, y empiezan a cantar la canción del Jardinero para el jardín.

Los Mirlos se turnan para cantar en grupos de tres. Cuando un grupo para, el otro grupo entra: ingenioso ingenioso. Y así, los Mirlos cantan y siguen cantando la música del Jardinero, a la perfección a la perfección.

Imitando el dulce canto de la flauta, los Mirlos cantan y cantan al jardín. La música de flauta inunda el jardín y la puesta de sol, y es una música más dulce incluso que cuando la toca el propio Jardinero.

Vestida de rojo, despacio despacio, la Hermana Bruja entra en el jardín con sigilo. La Hermana Bruja empieza a bailar sobre su roca, muy lentamente. La falda larga y roja se mece un poquito primero. Luego empieza a balancearse más rápido, y así hasta arremolinarse cada vez más. De la cabeza a los pies, con los brazos extendidos, la Hermana Bruja gira y gira y gira. Llega la negra noche, y en la oscuridad encuentra a la Hermana Bruja gira que te gira tan rápido como un tiovivo.

El último en actuar es el Hermano Mirlo KlingKling, que sigue con el canto en solitario. Mientras su voz se propaga e inunda el jardín, la Hermana Bruja se desploma, muerta, bajo un túmulo de tela roja. En ese momento, en casa de Anancy, el Jardinero es el único que come de la fruta robada del jardín. Al mismo tiempo que la Hermana Bruja, el Jardinero también se desploma, muerto.

Anancy se pone manos a la obra. Se encarga de que entierren a la Hermana Bruja y al Jardinero lo más lejos posible el uno del otro, y se asegura de que al Jardinero lo entierren con su bastón.

Luego Anancy se pone a dar brincos y, mientras baila, dice:

El Sol en las rocas se viste de jardín.
Las atrapo, las guardo, las planto en casa, ¡oh!

Anancy está pensando en organizar un banquete para él, para su familia y también para sus amigos. Asimismo, estudia cómo convencer al Hermano Perro, al Hermano Cerdo y al Hermano Asno para que trabajen en el jardín.

Al día siguiente, muy muy temprano, Anancy se pone en camino con Perro, Cerdo y Asno y todos los demás para visitar el Jardín Escondido.

Cuando llegan al jardín, Anancy no puede creer lo que ven sus ojos: todas las frutas, verduras, flores y capullos se han secado; todas las hojas se han marchitado y retorcido. Anancy susurra: «Todo el jardín se ha secado. El Jardín Escondido está muerto. ¡Muerto! ¡Muerto de verdad!».

Anancy canta:

Ay, ay, ay, se acabó la historia, ¡oh!
Ay, ay, ay, la historia se acabó, ¡oh!
Se secó el jardín.
Se secó el jardín.
El jardín se nos secó, ¡oh!

Todos están desconsolados. Incluso la gente que nunca había visto el jardín está triste, muy triste.

«Esto no debería volver a pasar nunca más», dicen.

A nadie le gusta la gente que hace trampas.

Johnny, saca el cuchillo

De la tradición oral irlandesa

Siempre se dice, y es un hecho, que después de tres grandes olas siempre llega la calma, y que luego vienen tres olas pequeñas. Siempre vienen de tres en tres. Conozco a gente de la costa oeste que dice que las olas llegan de siete en siete. Que primero te encuentras siete olas malas y luego vienen siete buenas. Pero en esta parte del mundo siempre vienen tres grandes primero. Y por si alguna vez lo oyes, también hay un dicho que se refiere a unos arrecifes enormes que hay en la costa y que llamamos «proas». Si estás hablando con alguien y te dicen que han visto «romperse una proa», en realidad lo que quieren decir es que han visto un fuerte oleaje rompiendo contra uno de los arrecifes… En otra parte de la isla había una de estas proas, y tres pescadores se encontraban por allí, pescando, y en vez de rodearla, decidieron pasar por debajo. Era una forma de ahorrarse tiempo. Ahora, mira, ya te he dicho antes que las olas siempre vienen de tres en tres, tres más altas y tres más pequeñas, pero se ve que las contaron mal.

Pero se dice que si te pasa eso, hay una forma de salvarte. Si ves que el mar te va a tumbar, lo cual puede ocurrir perfectamente, o si te toca una ola muy grande y da la casualidad de que tienes una navaja de acero en el bolsillo, o cualquier otro objeto afilado, ya sabes, algo de acero capaz de atravesar la carne, y lo lanzas en medio de la ola, estarás a salvo.

Pues bien, esos tres hombres estaban pescando en esa parte de la isla, contaron mal el oleaje y, en vez de contar tres olas grandes, solo contaron dos. Así que cuando se encontraban bajo el arrecife, se dieron cuenta de que la tercera ola se les estaba echando encima, y entonces entendieron que habían calculado mal y que aquella ola enorme iba a tumbarlos, así que John le dijo a su padre (en el bote iban un padre, su hijo y un vecino), y le dice John a su padre, le dice:

—Estamos acabados —le dice—. Es imposible que salgamos de esta. No sirve de nada que sigamos remando, no hay forma de escapar.

Y su padre le contesta:

—Ah, claro que sí —le dice—. Tú rema con fuerza —le dice.

El padre de John seguía manejando la barca, la mar venía pisándoles los talones, y el barco iba huyendo… No había manera de que pudieran salvarse de aquello. Así que el padre dice:

—No os preocupéis —dice—. Todo va a ir bien.

Entonces metió la mano en el bolsillo, sacó una navaja y la abrió, y, justo cuando el mar estaba a punto de engullirlos, lanzó el cuchillo al centro de la ola, que solo les pasó por encima. Y cuando la ola pasó, ellos se encontraban perfectamente. Pero mientras les pasaba por encima, apareció una mujer detrás de la ola con el cuchillo del padre clavado en el pecho y les dijo…, le dice al padre:

—Johnny, saca el cuchillo —le dice.

—De eso nada —dice el padre.

—John, saca el cuchillo —dice la mujer.

—No pienso hacerlo —dice el hijo.

Al final todo salió bien. El padre nunca más volvió al mar, y le explicó a su hijo cómo era la historia: le contó que si hubiera llegado otra ola grande después, habría acabado con ellos. Y le dice que no podía volver al mar, le dice, porque le ocurriría alguna desgracia si se atrevía a subirse de nuevo a un barco. Que aquella había sido su única oportunidad, que había tenido suerte, y que ya había gastado su oportunidad, y no podría hacerlo nunca más. Era el precio que tenía que pagar. Dicen que si hubiera vuelto al mar, el barco se habría ido a pique o habría volcado o las olas se lo habrían tragado. En fin, que por eso nunca volvió al mar.

Y por eso se dice que, si te ocurre lo mismo, lo que tienes que hacer es sacar tu cuchillo y lanzarlo contra la ola, y nada más. Conseguirás salvarte tú y todo el que esté contigo en el barco, pero a cambio, no podrás volver a salir a pescar.

La hija de nieve y el hijo de fuego

Cuento islandés

Érase una vez un hombre y su mujer, que no tenían hijos, y eso les causaba mucha tristeza. Un día de invierno, cuando el sol brillaba espléndido, la pareja estaba fuera de su cabaña y la mujer estaba mirando todos los carámbanos que colgaban del tejado. Dio un suspiro, se volvió hacia su marido y le dijo:

—Ojalá tuviéramos tantos hijos como carámbanos cuelgan de ahí arriba.

—Nada me haría más feliz —respondió su marido.

Entonces, en aquel momento, uno de los trocitos de hielo se despegó del tejado y cayó en la boca de la mujer, que se lo tragó sonriente y dijo:

—¡Quizá ahora tenga un niño de nieve!

Su marido se echó a reír ante la extraña idea de la mujer, y volvieron a casa.

Pero algún tiempo después, la mujer dio a luz a una niñita tan blanca como la nieve y tan fría como el hielo. Si acercaban al bebé al fuego, no paraba de gritar hasta que la apartaban y llevaban a un lugar más fresco. La niña creció muy rápido y en tan solo unos meses ya estaba correteando por la casa y empezaba a decir sus primeras palabras, aunque no fue fácil criarla y dio a sus padres muchas preocupaciones y muchos dolores de cabeza: insistía en pasar todo el verano en el sótano, mientras que en invierno dormía sobre la nieve del jardín, y cuanto más frío hacía, más feliz era la niña. Por eso, sus padres la llamaban Hija de Nieve, sin más, y se quedó con ese nombre toda la vida.

Un día, sus padres estaban sentados junto a la chimenea hablando del insólito comportamiento de su hija, que en aquel momento estaba fuera jugando bajo una tormenta de nieve. Entre suspiros, la mujer le dijo a su marido:

—¡Ojalá hubiéramos tenido un hijo de fuego!

Y al pronunciar estas palabras, saltó una chispa de la chimenea y cayó en el regazo de la mujer, que dijo entre risas:

—¡Mira! ¡Quizá ahora tenga un hijo de fuego!

Su marido se rio, pensando que era una buena broma. Pero cambió de opinión cuando, poco tiempo después, su esposa dio a luz a un niño que no dejaba de llorar furiosamente hasta que lo colocaban cerca del fuego, y que gritaba histérico cada vez que su hermana, Hija de Nieve, se acercaba a él. En realidad, la niña también intentaba evitarlo todo lo posible, y solía permanecer en un rincón, tan lejos de su hermano como le era posible.

Al niño sus padres lo llamaron Hijo de Fuego, y con ese nombre se quedó toda la vida. También les dio muchos problemas y preocupaciones, pero creció muy rápido y, antes de cumplir un año, ya empezaba a hablar y se pasaba el día correteando. Era pelirrojo como el fuego, y su piel siempre estaba muy caliente, y, si podía, se sentaba junto a la chimenea, muy cerca de las llamas. Se quejaba mucho del frío, y si su hermana estaba en la misma habitación, se acercaba tanto a las llamas que parecía que pretendía meterse dentro; la niña, por su parte, siempre se quejaba del calor cuando su hermano estaba cerca. En verano, el muchacho se tumbaba a tomar el sol en el prado, mientras que su hermana se escondía en el sótano. Así que los hermanos tuvieron muy poco contacto entre ellos... En realidad, se evitaban escrupulosamente.

Cuando la niña creció y se convirtió en una hermosa mujer, su madre y su padre murieron, casi al mismo tiempo. Entonces, su hermano, que también había crecido y ya era un joven fuerte y apuesto, le dijo:

—Me voy a ver mundo, pues ya no tengo motivo para quedarme aquí.

—Iré contigo —respondió su hermana—, pues no tengo a nadie más que a ti. Además, tengo la impresión de que, si estamos juntos, nos irá bien.

—Te quiero con todo mi corazón —continuó el joven de fuego—, pero, aun así, me quedo helado cada vez que estás cerca, y tú casi mueres de calor si yo me acerco a ti. ¿Cómo vamos a viajar juntos sin llegar a odiarnos?

—No te preocupes —contestó su hermana—: ya he pensado en eso y tengo un plan para que podamos soportar la presencia del otro. Mira, he mandado que nos hagan una capa de piel para cada uno; si nos las ponemos, tú no sentirás tanto frío, ni yo tanto calor.

Así, los hermanos se pusieron las capas de piel y emprendieron su viaje muy contentos, pues por primera vez en sus vidas podían disfrutar de la compañía del otro.

La Hija de Nieve y el Hijo de Fuego estuvieron viajando por el mundo durante mucho tiempo. Un día, cuando el invierno estaba a punto de empezar, llegaron a un bosque inmenso y decidieron quedarse allí hasta que llegara la primavera. El Hijo de Fuego se construyó una cabaña, y dentro siempre tenía encendida una hoguera bien grande; su hermana se pasaba día y noche fuera de la cabaña, con muy poca ropa.

Dio la casualidad de que el rey de aquellas tierras organizó una partida de caza en aquel mismo bosque y, cuando andaba por allí, vio a la Hija de Nieve paseando entre los árboles. Sintió mucha curiosidad por saber quién era aquella hermosa joven que andaba por la nieve sin abrigo, así que se detuvo a hablar con ella. Pronto descubrió que la muchacha no podía soportar el calor y que su hermano no podía aguantar el frío. El rey quedó tan maravillado por la Hija de Nieve que le pidió que se casara con él; ella aceptó y celebraron la más lujosa de las bodas. El rey mandó construir para su esposa una mansión de hielo bajo tierra, de modo que no se derritiera ni siquiera en verano. Para su cuñado, encargó una casa rodeada de hornos, que permanecerían encendidos día y noche. El Hijo de Fuego estaba encantado, pero al vivir en un calor continuo, su cuerpo se calentó tanto que se volvió peligroso acercarse a él.

Un día, el rey celebró un gran banquete e invitó a su cuñado. El Hijo de Fuego no apareció hasta que el resto de los invitados ya estaban allí reunidos, y cuando entró por la puerta desprendía un calor tan intenso que todos tuvieron que salir al aire libre a refrescarse. Aquello enfureció al rey, que le dijo:

—Si hubiera sabido que ibas a causarme tantos problemas, nunca te habría invitado a mi palacio.

—No te enfades, hermano —respondió el Hijo de Fuego—. A mí me gusta el calor y a mi hermana el frío. Ven aquí y dame un abrazo, y luego volveré a casa de inmediato.

Antes de que el rey pudiera articular palabra, el Hijo de Fuego lo abrazó con fuerza. El rey soltó un grito de dolor, y cuando su esposa, que se había quedado en la habitación contigua para protegerse de su hermano, vino a preguntar qué ocurría, el rey yacía muerto y calcinado en el suelo. Al verlo, la Hija de Nieve se dio la vuelta y se precipitó hacia su hermano. Así dio comienzo una pelea como nunca se había presenciado en la faz de la Tierra. Cuando los invitados oyeron el estrépito y se asomaron para ver qué ocurría, la Hija de Nieve se estaba derritiendo y el Hijo de Fuego casi se había consumido en cenizas.

Y ese fue el triste final de estos desdichados hermanos.

Madre Holle

Cuento alemán

Érase una vez una señora viuda que tenía dos hijas; una de ellas era hermosa e inteligente, mientras que la otra era fea y perezosa. Pero como la más fea era su hija natural, sentía predilección por ella, mientras que la hija más hermosa se veía obligada a hacer las tareas de la casa y, en realidad, era la criada para todo. Cada mañana iba al pozo que había al lado del camino y, para sacar agua, tenía que tirar tan fuerte de la soga que le dolían los dedos, y a veces incluso le sangraban. Un día cayeron unas gotas de sangre en la polea, así que la metió en el agua del pozo para lavarla, pero tuvo tan mala suerte que se le resbaló de las manos y se hundió hasta el fondo. Fue corriendo y llorando a contárselo a su madrastra, y le dijo lo que le había ocurrido, pero lo único que recibió de esta fue una reprimenda, y fue tan cruel con la muchacha, que le dijo:

—Bueno, pues como has tirado la polea al fondo del pozo, tendrás que ir tú a buscarla. Y no quiero volver a verte hasta que la recuperes y me la traigas.

La pobre volvió al pozo, triste y desesperada, y como no sabía qué hacer decidió saltar al pozo y se hundió hasta el fondo. Durante un rato perdió la consciencia... y cuando por fin volvió en sí, se dio cuenta de que estaba tendida en un prado precioso, con un sol resplandeciente, y a sus pies había miles de flores en todo su esplendor. Se incorporó y vagó por aquel lugar mágico, hasta que se encontró con un horno lleno de pan. Para su sorpresa, el pan la llamó cuando pasaba justo al lado.

—¡Eh! Sácame, sácame, antes de que me queme y me convierta en cenizas. ¡Ya estoy horneado!

Al oírlo, la joven se acercó al horno a toda prisa y sacó todas las hogazas de pan, una tras otra. Luego siguió su camino hasta que, un poco más adelante, encontró un árbol lleno de deliciosas manzanas rojas. Y cuando pasaba por debajo, el árbol gritó:

—¡Eh! ¡Agítame, agítame bien! ¡Mis manzanas ya están maduras!

La muchacha hizo lo que el árbol le pedía: lo movió con fuerza hasta que cayeron todas las manzanas, como un chaparrón de fruta, y no quedó ninguna en las ramas. Luego las apiló junto al árbol y siguió su camino.

Al poco, se encontró con una anciana sentada a la puerta de una casita. La señora tenía unos dientes tan grandes que la joven se asustó y quiso huir, pero, antes de que pudiera alejarse, la anciana le dijo:

—¿De qué tienes miedo, chiquilla? Ven, quédate conmigo y sé mi doncella. Si haces bien tu trabajo, te recompensaré generosamente. Pero ten mucho cuidado cuando hagas mi cama: tienes que sacudirla bien hasta que las plumas floten por los aires, y así, la gente del mundo de abajo dirá que está nevando, porque yo soy Madre Holle.[13]

13. En alemán se dice que Madre Holle está sacudiendo las camas *(Frau Holle schüttelt die Betten aus)* para indicar que está nevando.

La anciana habló con tanta ternura que la joven se animó y aceptó trabajar para ella. Hacía todo lo que estaba en su mano para contentar a la anciana, y sacudía su cama con tanta energía que las plumas volaban como copos de nieve. Llevaba una existencia muy sencilla y tranquila: nadie la regañaba y vivía de lo que daba la tierra. Pero cuando ya llevaba un tiempo viviendo con Madre Holle, empezó a deprimirse y a entristecerse, aunque al principio ni siquiera ella comprendía la razón de su pena. Poco a poco se dio cuenta de que echaba de menos su hogar, así que fue a hablar con Madre Holle.

—Sé que aquí estoy mil veces mejor que en mi antigua vida, pero, de todos modos, siento un deseo incontenible de volver a casa, a pesar de lo bien que me ha tratado, Madre Holle. No puedo quedarme más tiempo con usted: debo regresar a mi hogar.

—Me alegra que quieras volver a casa —le respondió Madre Holle—. Y como has trabajado tanto y has sido tan leal, yo misma te mostraré el camino de vuelta al mundo.

La anciana la cogió de la mano y la acompañó hasta una puerta. Cuando la joven atravesó el umbral, sobre ella empezó a caer una lluvia de oro que la cubrió de la cabeza a los pies.

—Esta es tu recompensa por haber sido tan buena doncella —le dijo Madre Holle, y tras devolverle la polea que se le había caído al pozo, cerró la puerta. De repente, la muchacha vio que estaba de vuelta en su mundo, no muy lejos de casa. Cuando llegó al jardín, la vieja gallina que descansaba sobre el muro cacareó:

Tic, tac, toc.
Nuestra dama de oro volvió.

La joven entró a ver a su madrastra, que, al observarla cubierta de oro, la recibió con los brazos abiertos. Ella le contó todo lo que había vivido, y la madrastra, al oír cómo había conseguido aquella riqueza, pensó que sería una gran idea hacer que su otra hija, la más fea y perezosa, tuviera la misma suerte. Así que corrió a decirle que se fuera al pozo a sacar agua. Y para que la polea se manchara de sangre, la muchacha metió la mano en un seto de espinas y se pinchó el dedo. Luego tiró la polea al pozo y saltó detrás. Al igual que su hermana, se despertó en un precioso prado, y empezó a pasear en la misma dirección. Cuando se encontró con el horno, el pan la llamó, igual que a su hermana:

—¡Eh! Sácame, sácame, antes de que me queme y me convierta en cenizas. ¡Ya estoy horneado!

Pero la moza, que no valía para nada, respondió:

—¡Ni de broma! ¿No pensarás que voy a ensuciarme las manos para sacarte de ahí?

Siguió su camino hasta que poco después se topó con el manzano, que le dijo:

—¡Eh! Agítame, agítame bien. ¡Mis manzanas ya están maduras!

—No pienso acercarme —respondió la holgazana—. No vaya a ser que alguna de esas manzanas me caiga en la cabeza.

Y siguió caminando hasta que llegó a la casa de Madre Holle. Al verla, no se asustó ni lo más mínimo, pues su hermana ya le había dicho que tenía unos dientes enormes, y en cuanto la anciana le sugirió que trabajara como sirvienta, la muchacha accedió de buena gana. El primer día se esforzó mucho e hizo todo lo que la señora le ordenaba (pensando en el oro que recibiría). Pero el segundo día ya no se esforzó tanto, y al tercer día ni siquiera se levantó de la cama por la mañana. Tampoco hizo la cama de Madre Holle como debía, ni la sacudió lo suficiente para que las plumas volaran. Muy pronto, la anciana se cansó de su actitud y, para el deleite de la joven holgazana, le dijo que podía marcharse.

«Por fin voy a recibir mi lluvia de oro», pensó la muchacha.

Madre Holle la acompañó hasta la puerta, igual que había hecho con su hermana, pero cuando ella pasó por el umbral, en vez de lluvia dorada, lo que le cayó encima fue un caldero de alquitrán.

—Ahí tienes tu recompensa por los servicios que me has prestado —le dijo Madre Holle, y cerró la puerta.

Y así fue como la hermana perezosa volvió a casa, cubierta de alquitrán, y, al verla, la vieja gallina del muro cacareó:

Tic, tac, toc.
Nuestra sucia marrana volvió.

Aquel alquitrán se le quedó incrustado mucho tiempo y nunca, en toda su vida, fue capaz de quitárselo de encima.

· SEXTA PARTE ·

Recursos hechiceros: calderos, escobas y citas con el diablo

¡Un hurra por Skye!

Cuento escocés

Érase una vez un muchacho llamado Jack que vivía con su madre en una pequeña granja en el extremo occidental de la isla de Skye. Su vida consistía en trabajar en la granja, aquí y allá. Así que, cuando se acercaba al pueblo y pasaba por el mercado, solía ir a ver a cierta viejecita que tenía allí una pequeña tienda. La anciana se ganaba la vida vendiendo huevos y esas cosas. Un día se puso a hablar con ella y esta le preguntó cómo se llamaba.

—Jack, me llaman.

—¿Y dónde vives?

—En la punta de la isla, con mi madre.

—¿Y a qué se dedica tu madre?

—Mi madre tiene una pequeña granja por allí.

—Ah, sí… —dijo la anciana—, yo a tu madre la conozco. Y quería preguntarte, ¿tienes mucho trabajo ahora?

—No —contestó Jack—. Ya he segado el poco heno que tenemos en la granja y ya no hay mucho más que hacer.

—Pues verás, mi anciana hermana y yo también vivimos en la punta de la isla, a unas diez millas de aquí. Cuando llegues a casa, ¿puedes preguntarle a tu madre si te dejaría ausentarte unos días para venir a echarnos una mano con el heno? Es que tenemos una cosecha tremenda este año y nosotras solas no podemos segarla toda, y más ahora que mi hermana está cada vez peor de las piernas.

—Bueno, iré a hablar con mi madre —respondió Jack.

—Claro… Conozco bien a tu madre, pero hace ya muchos años que no la veo.

En fin, Jack volvió a casa con aquel mensaje para su madre. Cuando llegó a la pequeña granja y entró en casa, esta le dijo:

—Ea, muchacho, ya has llegado.

—Sí, ya estoy aquí, madre —dijo Jack—. Pero verás, hoy me ha pasado algo curioso en esa pequeña tienda del pueblo. Resulta que he estado hablando con una vieja amiga tuya, una anciana.

—Ah, sí, ya sé quién es… —dijo su madre—. Es la vieja Maggie. Tiene una hermana mayor que se llama Jeannie. Hace años que no nos vemos. ¿Y qué te ha dicho, Jack? No sé si lo sabes, pero por la isla se cuentan un montón de historias sobre esas dos.

—Bah, madre —exclamó el muchacho—. Es una anciana encantadora, ¡una anciana encantadora! De hecho, quiere que vaya a trabajar a su casa.

—¿Qué? —dijo la madre con un respingo—. ¿Que vas a ir a trabajar con ella? Bueno, Jack, muchacho, tú verás si quieres ir a ayudarlas. Pero con todos esos cuentos e historias que se van contando por ahí… Se dice que son brujas, las dos. Y si vas…

—Madre, no va a pasar nada —dijo Jack—. La señora solo quiere que vaya un par de días a ayudarlas con el heno. Tú sabes que aquí tengo poco que hacer.

—Bueno bueno, como quieras —consintió su madre—. Pero una cosa te digo: más te vale que tengas cuidado y mires lo que te dan de comer y lo que te piden que hagas. ¡No te descuides, porque seguro que son brujas!

—¡Bah, madre! —exclamó el joven—. ¡Brujas! ¡En esta época ya no hay brujas…!

Sea como fuere, a la mañana siguiente su madre le preparó algo para el camino y eso, porque tenía una buena caminata por delante, unas diez millas hasta el confín de la isla. Así que partió, y fue caminando, caminando, caminando. Hacía un día precioso y brillaba el sol. Al cabo, llegó a una aldea muy pequeña, y al fondo de la aldea divisó una granja, justo al lado del mar. Se acercó para llamar a la puerta y la anciana salió a recibirlo.

—¡Ah! Eres tú, John —dijo la abuelita, que al principio lo llamó John—. Ven, entra. Justo estaba levantando a mi hermana, a la buena de Jeannie, para darle el desayuno.

La anciana lo sentó a la mesa, le trajo un buen desayuno y le dijo:

—Acércate al cobertizo de ahí detrás y busca la guadaña. —En aquellos tiempos se utilizaban guadañas para segar el heno—. Encontrarás también una piedra de afilar colgando del techo, en una alforja de cuero. Los rastrillos, las horcas y todo lo demás lo tienes también en el cobertizo. Te daré una voz a la hora de comer.

—De acuerdo —dijo Jack.

Jack se acostumbró muy rápido a trabajar en aquella granja, y enseguida se familiarizó con todos sus entresijos. Solo tenía que segar dos o tres acres de heno. Las dos hermanas también tenían vacas y unas cuantas gallinas, y vendían huevos y cosas así. Jack estuvo trabajando toda la mañana; segó casi todo el heno, ya le quedaba muy poco. Entonces, la anciana salió y lo llamó de un grito:

—¡Ven, Jack! ¡Es la hora de comer!

El joven volvió a la casa y se sentó a la mesa. No había visto nunca a la hermana mayor, pero ahora estaba ahí sentada. La miró detenidamente.

—Ah, sí… —le dijo Maggie—. Todavía no conocías a mi hermana, Jack. Esta es Jeannie. Está un poco sorda, no te va a oír. Es un par de años mayor que yo. No tiene las piernas muy bien.

—Bueno —respondió Jack—, no he podido terminar con el heno. No sabía si iba a llover, y hay bastante…

—No te preocupes, muchacho —lo interrumpió Maggie—. ¡No hace falta que vuelvas a casa esta noche! Tenemos espacio de sobra: puedes quedarte aquí. Te voy a preparar una buena cama junto a la chimenea de la cocina. Tu madre ya sabe dónde estás, no tiene de qué preocuparse.

—Está bien —accedió Jack.

Aun así, después de comer Jack salió al campo de nuevo y trabajó lo que quedaba del día. Y mientras cortaba el heno que quedaba, empezó a pensar: «Hay algo raro en esa hermana mayor. Dice que es más vieja pero parece más joven que Maggie. Y por cómo movía los pies debajo de la mesa, no creo que tenga problemas para andar. Ni siquiera lleva bastón, no he visto ninguno cerca de la mesa. Hay algo raro… No sé qué será. Bueno, de todos modos, tendré en cuenta lo que me dijo mi madre».

Jack siguió trabajando hasta las cinco, cuando la anciana volvió a llamarlo, esta vez para cenar. Ese año el heno había crecido bastante tarde: era ya el mes de septiembre y cada vez anochecía más temprano. Las dos hermanas le prepararon la cama a Jack frente a la chimenea, con una lumbre enorme de carbón. Luego subieron a la planta de arriba para irse a la cama, y Jack se quedó dormido.

Jack llevaba ya un rato en la cama y el fuego casi se había apagado. Ya se sabe: cuando el carbón se consume, al final solo quedan unas ascuas rojas que los escoceses llaman *griosach*. De repente, Jack oyó unas pisadas que bajaban las escaleras y luego se acercaron al fuego. La vieja Jeannie, la que se supone que no podía andar, le dijo a su hermana:

—Está dormido, seguro que no oye nada. Está dormido.

Jack se quedó inmóvil, levantó una punta de la manta para ver qué estaban tramando y vio que, en efecto, se trataba de las dos hermanas, y que, además, Jeannie iba andando perfectamente. Se acercaron a la chimenea y justo al lado había un horno. Lo abrieron y sacaron un gorro rojo. (Era uno de esos gorros escoceses de lana con una borla enorme.) Una cogió el gorro y se lo puso en la cabeza, y luego la otra sacó otro gorro idéntico e hizo lo mismo. Con los gorros bien puestos, gritaron: «¡Un hurra por Londres!». Y las dos desaparecieron como por ensalmo: ¡se habían esfumado en un santiamén!

Jack se levantó, recorrió toda la casa, encendió un candil, registró cada habitación de arriba abajo, hasta el último rincón, pero nada. Salió a buscarlas al establo, pero allí solo encontró a la vaca rumiando. Recorrió el campo de heno, y las buscó por todas partes. Las hermanas se habían esfumado, no quedaba ni rastro de ellas. Siguió buscando hasta en el último rincón del cobertizo, en el gallinero, por los alrededores, ¡hasta en el pozo! Pero no había ni un alma. Las dos hermanas habían desaparecido y no había forma de dar con ellas.

Cansado de buscar, Jack entró en la casa, avivó el fuego para prepararse una taza de té y pensó: «Hombre, no creo que mi madre tuviera razón, pero ¿dónde se han podido meter estas dos viejas a estas horas de la noche?». Miró el reloj. Era la medianoche cuando desaparecieron, y ahora era cerca de la una de la madrugada. Y ni rastro de ellas. «¡Bah, da igual! —se dijo—. Esto no tiene explicación. Tal vez mi madre pueda decirme de qué se trata. Pero yo voy a quedarme a ver qué pasa. No pienso irme a casa hasta que se aclare todo este asunto.»

Jack echó más carbón al fuego, se metió en la cama y se tapó bien. Luego debió de quedarse dormido y, cuando llevaba unas dos horas durmiendo, oyó que la puerta se abría. Primero entró la hermana más joven y luego la otra, que podía andar como tú y como yo. Cada una llevaba una bolsa de cuero en la mano. Cuando dejaron las bolsas en la mesa se oyó como un tintineo y, por el sonido, las bolsas debían de estar llenas de monedas. Entonces Maggie le dijo a su hermana:

—Jeannie, una para ti y una para mí. ¡Y guárdalas bien con las otras!

—¡Claro! —respondió Jeannie, que se fue escaleras arriba con las dos bolsas para esconderlas.

Jack seguía allí tumbado sin decir palabra. La anciana se acercó y se quedó al lado del fuego, escuchando atentamente para comprobar que Jack seguía dormido. Luego murmuró para sí:

—Sigue dormido: no se ha despertado en toda la noche y no se habrá enterado de nada.

Luego subió a la planta de arriba, cerró la puerta de la habitación y la casa quedó de nuevo en silencio.

En fin, Jack volvió a quedarse dormido, y no se despertó hasta que la anciana lo llamó por la mañana:

—¡Jack, hora de levantarse! Ya son las siete. ¡Levántate y ven a desayunar!

—Ya voy —dijo—. Ya me levanto.

Jack se levantó, se vistió y se lavó la cara. La anciana le preparó un buen desayuno, con gachas de avena, leche y huevos, y le preguntó:

—¿Cómo te encuentras esta mañana, Jack? ¿Has dormido bien? ¿Hay algo que te haya molestado durante la noche?

—No me ha molestado nada, he dormido toda la noche del tirón, como un cordero.

—Eso está bien. Estarías muy cansado, trabajaste mucho ayer.

Después de desayunar, Jack salió a afilar la guadaña. Luego se fue al prado donde estaba el heno y se puso manos a la obra, estuvo segando y segando sin parar hasta que terminó de cortarlo todo. Maggie salió entonces y lo llamó:

—Ven, Jack, ¡es la hora de comer!

Jack entró en la casa, comió lo que la anciana le había cocinado y se quedó charlando con ellas un buen rato. Le preguntaron por su madre, por la granja y todas esas cosas, durante toda la comida.

—Bueno, tendré que salir y acabar el trabajo —dijo Jack, y enseguida se fue a apilar el heno.

Había sido otro espléndido día de sol y, al igual que el anterior, se quedó trabajando hasta que cayó la noche. Luego volvió a la casa y cenó. En resumidas cuentas, llegó la hora de irse a dormir. Las dos hermanas le dieron las buenas noches, y él preparó la cama y se acostó. Se quedó un rato mirando el reloj, un viejo reloj de pared que tenían allí colgado; pero cuando dieron las once y media, Jack estaba durmiendo profundamente. Sin embargo, justo cuando el reloj dio la medianoche, oyó unas pisadas que bajaban por las escaleras, como la noche anterior. Cuando llegaron abajo, se pusieron a cuchichear:

—¿Está dormido? —preguntó una.

—Profundamente. Hoy también tiene que haber trabajado mucho, pero, bueno, le pagaremos como merece. Le daremos una buena recompensa.

Jack seguía allí, tumbado y escuchando todo lo que decían las ancianas. Volvieron a sacar los dos gorros rojos, se los pusieron en la cabeza y cuando gritaron «¡Un hurra por Londres!», se esfumaron de nuevo sin dejar rastro.

Jack hizo lo mismo que la noche anterior: se levantó y buscó por toda la casa sin encontrar nada. Pero luego se le ocurrió ir mirar a la planta de arriba y se dio cuenta de que el dormitorio de las hermanas estaba cerrado con llave. «Bueno, tampoco puedo echar la puerta abajo: se darían cuenta de que he estado aquí arriba». Así que siguió buscando por toda la casa hasta que al final dio con una llave. Intentó abrir con ella el dormitorio y la puerta se abrió a la primera, así que Jack entró en la habitación de las hermanas y curioseó aquí y allá. Sacó una caja enorme que había debajo de la cama, un baúl de cuero; al abrirlo, vio que estaba lleno de bolsitas, y que cada una de las bolsitas estaba repleta de monedas. ¡Eran soberanos! ¡Soberanos de oro! «Aquí debe haber más dinero del que tenemos todos los habitantes de la isla de Skye juntos», pensó. Enseguida volvió a colocarlo todo como estaba y salió de la habitación. Luego cerró bien la puerta, dejó la llave donde la había encontrado, se fue a la cama y se quedó dormido.

A la mañana siguiente, Maggie bajó a las siete y lo despertó como si no hubiera pasado nada, al igual que el día anterior.

—¿Has dormido bien, Jack?

—Ah, sí. Muy bien. Estaba muy cansado anoche, estaba muerto. Hoy voy a terminar con el heno y…

—Ah, pero tendrás que apilarlo en almiares —dijo la anciana—, porque si lo dejamos así se va a mojar, así que ya sabes, nos lo tendrás que amontonar. Además, antes de irte a casa, nos haría falta que arreglaras el cercado y un par de cosas más. Hay trabajo para una semana… Sí, puedes quedarte una semana. Tu madre sabe que estás aquí, no hay de qué preocuparse.

Mientras tanto, Jack estaba pensando: «Dondequiera que vayan esta noche, pienso ir con ellas».

—¡Por cierto! —continuó la anciana—. Se me había olvidado decirte que tenemos un montón de ropa aquí que debe ser de tu talla. Era de mi hermano. Cuando lo mataron tendría más o menos tu edad. Todas sus cosas siguen aquí y a nosotras no nos sirven para nada. Voy a buscarlas para que te lo lleves a casa, seguro que te vendrán muy bien. A mi hermano lo mataron.

—¿Qué le ocurrió a vuestro hermano? —preguntó Jack.

—Ah —exclamó la anciana—, que lo mataron en Londres. Pero, bueno, no vamos a hablar de eso.

Después del desayuno, Jack pasó todo el día trabajando, solo entró en casa a la hora de comer, y siguió trabajando toda la tarde hasta la hora de la cena. Y después de otra larga jornada de trabajo, se fue a la cama.

A la medianoche oyó las pisadas por las escaleras y recordó lo que había pensado aquella misma mañana: «Dondequiera que vayan esta noche, pienso ir con ellas».

Una de las ancianas le dijo a la otra:

—Yo creo que está dormido. No se mueve.

Luego se acercaron al fuego, abrieron la puerta del horno, sacaron los gorros y se los pusieron al grito de «¡Un hurra por Londres!».

Jack se levantó enseguida, se acercó corriendo al fuego, abrió el horno y para su sorpresa vio que quedaba un gorrito rojo para él, así que se lo puso y gritó lo mismo que las brujas: «¡Un hurra por Londres! ¡Un hurra por Londres!».

De repente, se encontró volando por los aires, avanzando a unas cien millas por hora y con el gorrito en la cabeza. Iba pisándole los talones a las dos hermanas: ¡resulta que estaban sobrevolando Londres! Luego empezaron a bajar y, ¡zas!, atravesaron una ventana. Con el mal rato de la bajada, Jack no era capaz de recordar ninguna palabra mágica que lo ayudara a suavizar el aterrizaje, así que se dio un buen golpe al caer. Claro, las hermanas sí que conocían las palabras para amortiguar el golpe y aterrizar plácidamente. Cayó justo después que ellas, y cuando se recuperó de la caída, ¿a que no sabéis dónde estaba? ¡Pues en uno de los sótanos la Real Casa de la Moneda! ¡Y estaba rodeado de miles de sacos llenos de soberanos de oro! Su gorro escocés había desaparecido al igual que las dos hermanas. Así que aquel era el lugar al que viajaban: iban todas las noches a robar oro a la Real Casa de la Moneda. ¡Menudas brujas!

Jack se puso a buscar por todos lados, pero todas las puertas del edificio real estaban cerradas con llave. ¡No había forma de salir de allí! Así que cuando los guardias entraron por la mañana, lo encontraron allí sentado. Seguro que al hermano de las brujas le había pasado lo mismo, el pobre... Y, claro, ahora Jack estaba en una situación terrible, ¡y no sabía qué hacer!

Al verlo allí, los guardias le preguntaron cómo había entrado, pero él no supo explicarlo y les dijo que no tenía ni idea. En aquella época, robar en la Real Casa de la Moneda se castigaba con la muerte, con la pena de muerte. Y a los condenados a muerte los ahorcaban en una plaza pública. Los guardias arrestaron a Jack, lo sacaron de aquel sótano y lo llevaron ante el tribunal, que lo juzgó y lo condenó a la horca por haber robado en la Real Casa de la Moneda. Y lo acusaron de haber robado todas aquellas bolsas de oro que se habían llevado las brujas.

Dejaron a Jack en una celda durante tres días, hasta que llegó el momento de llevarlo a la horca. Al tercer día, lo sacaron y lo condujeron a la plaza. Una vez allí, lo hicieron subir los trece peldaños del patíbulo y lo dejaron allí. Luego llegó el verdugo y le puso la soga al cuello. Subió también un pastor para pronunciar unas palabras antes de que lo colgaran.

—John, te han condenado por haber robado en la Real Casa de la Moneda. ¿Tienes algo que decir antes de morir? —le dijo el pastor.

Justo en aquel instante, una anciana subió corriendo al patíbulo.

—Yo sí tengo algo que decir —dijo mientras le ponía un gorro a Jack—: ¡un hurra por Skye! —gritó, y desapareció con él.

Cuando Jack despertó, estaba tumbado junto a la chimenea, en la casa de las dos hermanas, y se dio cuenta de que la anciana lo estaba llamando:

—Jack, ¡levántate! ¡Es hora de que te pongas a trabajar!

Así que Jack siguió trabajando en la granja de las dos ancianas toda la semana y procuró olvidar lo que había pasado. Cuando se acordaba, se decía: «Debe de haber sido un sueño, eso no me ha podido pasar de verdad. Debe de haber sido un sueño... Aunque puede que mi madre tuviera razón... ¿Lo soñé o sucedió de verdad? Sea como sea, tengo que preguntárselo». A finales de semana, antes de marcharse, fue a hablar con las dos hermanas.

—¿En algún momento he salido de aquí?

—No, Jack —respondió la anciana—. No has ido a ninguna parte. Has estado trabajando mucho. Has sido el mejor jornalero que hemos tenido nunca. ¡Lo has terminado todo!

—Pero ¿seguro que no me he movido de aquí, de este lugar, por la noche o algo…? ¿No ha pasado nada raro? —insistió Jack.

—Qué va, has dormido como un corderito de Dios —respondió Maggie—. No te has movido de aquí. Todas las mañanas, cuando bajábamos a preparar el desayuno, estabas ahí durmiendo, y en la misma cama te hemos dejado todas las noches cuando nos hemos ido a dormir. No te has movido de aquí desde que llegaste hace una semana.

—Ah, bueno… Es gracioso, en fin… —titubeó—. Habrá sido un sueño. Soñé que me colaba por la ventana de…

Jack les contó toda la historia: que aterrizó en la Real Casa de la Moneda y que estuvo a punto de morir ahorcado, y que ella apareció y lo salvó.

—Ay, Jack —exclamó la mujer—, ¡qué sueños tan extraños! A mi pobre hermano le pasó lo mismo, tuvo un sueño muy parecido. Pero después de aquello, no volvimos a verlo.

La anciana salió un momento para coger algo para el desayuno de Jack y, entonces, él aprovechó para abrir el horno y echar un vistazo dentro, y comprobó que los tres gorritos seguían allí. Entonces lo comprendió: «No estaba soñando». Cerró el horno antes de que volviera la anciana.

—Bueno —le dijo Jack a la mujer—, pues ya he acabado todo el trabajo. Creo que va siendo hora de volver a casa y ver cómo anda mi madre.

—Ah, Jack, mi hermana te ha preparado un hatillo con la ropa de mi hermano para que te la lleves. Creo que te valdrá, te quedará como anillo al dedo. Era igual de alto que tú. ¡Espera! Voy un momento arriba a por tu paga.

Así que las hermanas le dieron un enorme hatillo de ropa para que se la llevara a casa. Luego subieron a la planta de arriba y una de ellas bajó con dos bolsitas de cuero en la mano.

—Toma, Jack —le dijo—, esta es tu paga. Es suficiente para que tú y tu madre no paséis hambre durante el resto de vuestra vida.

Así que Jack volvió a casa con su madre y fueron muy felices toda la vida. ¡Y aquí se acaba nuestra historia!

Nacido del caldero

Cuento galés

Me llamo Taliesin y soy poeta. Como poeta que soy, conozco el poder de las palabras, sé contar las sílabas, domino el orden de los vocablos para que expresen verdades universales e incuestionables...

Hace tiempo, antes de saber todo esto, tuve otro nombre. Me llamaban Gwion y era siervo de la vieja Diosa.[14] No había trabajo que considerara demasiado sucio o cruel para Gwion, ya fuera ir limpiando lo que ensuciaba el idiota de su hijo Afagddu o remover el caldero negro que colgaba sobre el fuego mientras ella elaboraba algún brebaje para infestar el mundo de los humanos. En aquella época yo creía que todos los males del mundo salían de aquel caldero; ahora sé que lo único que se cuece en sus frías entrañas es la verdad, una verdad que, nos guste o no, sigue

14. La diosa a la que se refiere es Ceridwen o Cerridwen (prototipo de doncella, madre y bruja), cuyo atributo mítico es el caldero de la Inspiración y la Sabiduría. Ceridwen tenía tres hijos, la bellísima Crearwy y dos varones: Morvran y el espantoso Afagddu o Mofan. *(Véanse notas finales.)*

siendo terrible. Aun así, esa verdad no se rige por el bien o el mal, simplemente está ahí, sin emociones, pero clara como el agua de un estanque en calma rodeado de árboles blancos…

Un día, la Diosa entró en el cobertizo en el que tenía unos cuantos cerdos escuálidos, además de su caldero y de mí. Me despertó de una bofetada y me ordenó encender un fuego y preparar el caldero, porque tenía previsto emprender una nueva tarea de inmediato. «Así que no pierdas el tiempo, joven, ¡o verás de lo que soy capaz!»

Ya estaba acostumbrado a tales muestras de cariño y, por tanto, sabía que era mejor hacerle caso. Aquel día me costó colgar el enorme caldero negro en el trípode. Cuando lo conseguí, encendí el fuego y lo llené de agua, como me había enseñado, me aparté todo lo que pude y me quedé esperando en un rincón hasta que volviera a requerir mi ayuda.

La Diosa tardó cinco días en reunir los ingredientes necesarios para esta nueva poción, y yo tenía que mantenerla hirviendo a fuego lento cada vez que ella salía a buscarlos. Después de nueve días, el contenido del caldero se convirtió en una sustancia viscosa y maloliente, y la Diosa me dejó solo de nuevo, esta vez con instrucciones muy estrictas de no dejar que la mezcla hirviera ni añadirle nada más. «¡No toques nada o te arrepentirás!», me dijo, aunque todavía me pregunto por qué supondría que yo iba a querer tocar aquello.

Desde luego, yo no tenía intención alguna de desobedecer. Ya había sufrido su ira en alguna ocasión, y sabía que sus manos blancas y delicadas eran capaces de causar más tormento de lo que nadie pudiera imaginar, sobre todo tratándose de una mujer tan hermosa como ella, con esa piel tan blanca y ese pelo negro… Pero debí de poner demasiada leña bajo el caldero, porque de repente empezó a burbujear, y cuando me acerqué al fuego con la intención de quitar leña para enfriarlo, explotaron varias burbujas, y unas cuantas gotas —yo diría que fueron tres— me salpicaron la mano.

Estaban hirviendo: di un grito de dolor y me llevé la mano a la boca para chupar la quemadura. En aquel mismo instante, todo a mi alrededor empezó a dar vueltas y caí en un lugar oscuro y ensordecedor, donde los sonidos y las sensaciones se amplificaron tanto que no podía soportarlo. Entonces desaparecí: Gwion desapareció para no volver más. Y lo que yo vi allí es lo que tengo que contar, porque aquella pócima era un bebedizo de iniciación que había preparado para su espantoso hijo; yo probé su bilis negra y vi todo el mal y toda la escoria de este mundo, el veneno que se va inoculando lentamente en las almas humanas. También vi el amanecer de la esperanza, la llegada de alguien que cambiaría el mundo para siempre, hasta el fin de sus días, aunque en aquel momento no era consciente de todo esto, y no lo fui hasta mucho después.

Dolor. Horror. Miedo. Un temor que te envuelve en un velo frío como la bruma de invierno: nebuloso, sin nombre, indefinido, pero tan real como el dolor del nacimiento y de la muerte. Aquel dolor me arrastró hacia una oscuridad insondable, donde las palabras ya no eran benéficas, donde la identidad que me ligaba a Gwion dejó de existir. Me penetró el pánico a la oscuridad, el vacío, la angustia con la que llega el final de la vida, de la esperanza y hasta de la fe en el más allá.

Y luego, llegó la luz. Un resplandor tan intenso que mirarlo desprevenido era quedarse ciego. Tuve la sensatez de apartar la vista para observarlo a partir de los reflejos que producía en mis ojos; luces y verdades a medias eran lo máximo que podía soportar.

De la luz surgieron rostros que vinieron flotando hacia mí. Algunos sonrientes, otros apenados. No reconocí ninguno. Vi a hombres agonizantes, a hombres transformados, a hombres que lloraban o que se reían de la vida. También vi a mujeres cuya belleza me pareció de otro mundo, tanto que temí por mi alma y aparté la mirada.

Después oí voces. Me llamaban. Lloraban. Gritaban. Fragor de batalla y gemidos de amor, de nacimiento y de muerte, de agonía y de placer, de alegría y de pavor. Cerré los ojos abrasados e intenté ignorar aquel griterío. Pero fue en vano, y me di cuenta de que la única forma de aguantar todo aquello era abrirme a todo lo que pudiera soportar. Dejé que me inundara la luz, el sonido y el movimiento: todas aquellas sensaciones provenían de una dimensión del entendimiento que me hacía percibirlas con una intensidad casi imposible de tolerar.

Hubo un momento de quietud. Pero fue solo un instante. Durante el tiempo que dura un parpadeo, todos los conocimientos y los saberes del mundo fueron míos. Y al llegar a aquel plano de posibilidades infinitas, supe que la Diosa era consciente de lo que me había pasado, pues parte de su vida y de sus conocimientos también habían pasado a mi ser. Venía a por mí.

Hui por un paisaje ajeno al tiempo; las colinas, los ríos y los bosques fluían a mi alrededor, me atravesaban, como si no tuvieran sustancia y yo flotara en ellos. Sentía la presencia permanente de la Diosa, como una sombra que acecha el mundo, cada vez más cerca.

Para acelerar mi huida, me puse las patas y las orejas de la liebre, y corrí tan rápido como ella, pero sabía que aún me seguía con la lengua y los dientes del sabueso, que corría tan rápido como yo. Así que me disfracé con las patas y la cola de la nutria, y me sumergí en un mundo acuático en el que los peces, a mi lado, se iban apartando sorprendidos. Pero con el olfato de un perro de caza, la Diosa siguió mi rastro y vino detrás de mí, así que tuve que confiar en las alas del pájaro. Incluso así me siguió: el halcón me golpeó la espalda emplumada. Al final, para eludirla, me convertí en un grano de trigo perdido en un pajar. Pero con mi nueva inteligencia supe que daría conmigo; me encontró con un pico de gallina y me tragó. Luego volvió a ser ella, y yo me encontré durmiendo en la oscuridad de su útero. En aquella fluida oscuridad, empecé a soñar…

* * *

… con una sombra que emitía luz y me mostraba un lugar desolado donde no crecía la hierba, donde los árboles no tenían hojas y el suelo estaba seco y agrietado. Luego, en aquel lugar yermo apareció un brote verde del que empezaron a crecer retoños, hasta que una maraña de tallos verdes cubrió la tierra muerta…

… con un hombre que bajaba una escalera de caracol, bajaba hasta lo más profundo, hasta los confines de la luz y del día. Llevaba en la mano un candil vacilante que permitía ver las paredes cubiertas de moho. En el fondo de aquel pozo, una habitación anegada de porquería humana, y encorvada en medio de todo aquello, una anciana ciega, petrificada, repugnante, obscena, cada vez más agazapada, le pedía al hombre que le diera un beso, en aquel rostro desollado y lleno de úlceras abiertas. Le succionaba la vida, como una araña espantosa…

… con la mismísima tierra, el vientre primordial, repleto de todas aquellas imágenes y más, mucho más de lo que yo puedo llegar a comprender. Ciego ante tanta oscuridad, me deslicé por los cálidos pasadizos de sus vastas entrañas, mis manos se toparon con sustancias sin nombre que se movían debajo de mi cuerpo…

Y luego, de repente me tropecé con la ausencia de oscuridad, aún ciego. Al principio no noté la diferencia, no había nada que pudiera reconocer como luz. Pero sí una mano cálida, llena de vida, que me levantaba; alas (o pétalos) que me envolvían, y un calor que era también una voz, ni de hombre ni de mujer, que de algún modo estaba dentro de mi cabeza y pronunciaba palabras que enseguida se transformaban en imágenes. Una experiencia del dolor de la creación, que contiene luz y oscuridad. Una invocación de ternura y de pureza…

Todas estas cosas giraban en un torbellino. Y cada vez había más. Y más aún. Y todavía más, todas diferentes, todas iguales, hombre y mujer semejantes, nacimiento y muerte a la par. La gran unión. Un nacimiento. El grito de mi propio nacimiento en los cielos cuando salí del útero de la Diosa y me encontré con la luz del mundo cuya alma había visto morir y renacer…

Y al despertar, temblando, al lado de la montaña, con el caldero aún en mis dedos entumecidos, el laberinto de espirales empezaba a calmarse al fin ante mis ojos…

Estas son las cosas que dejan sin palabras a un iniciado, y no una simple promesa frente a la puerta de los Misterios. Yo, Taliesin, que una vez fui Gwion, renacido gracias al Caldero de la Diosa, cuyos métodos ya no me asustan, nacido de la poción que todos han de beber, sé todas estas cosas.

El aquelarre

Cuento escandinavo

En una granja de Dovre vivía una mujer que era bruja. Era Nochebuena y su criada estaba atareada lavando una cuba para hacer cerveza. Mientras tanto, la mujer sacó un cuerno, untó la escoba con el ungüento del cuerno y salió volando por la chimenea. A la joven criada le pareció un prodigio fabuloso, así que cogió unas gotitas del mismo bálsamo para ungir la cuba y salió volando de la casa, y no paró hasta llegar a Bluekolls. Allí se encontró con una multitud de brujas y vio que quien estaba predicando ante aquel enorme aquelarre era el mismísimo Viejo Erik.[15] Cuando terminó su sermón, echó un vistazo para asegurarse de que habían acudido todas, y se percató de la presencia de la joven, allí sentada en su cuba. A ella no la conocía, porque no figuraba entre las que habían firmado en el libro, así que le preguntó a una bruja que tenía a su lado si aquella joven iba a

15. El Viejo Erik, como el Old Nick inglés, son apodos de Satanás. *(Véanse notas finales.)*

firmar. La mujer pensaba que sí, así que el viejo Satán le entregó el libro a la muchacha y le dijo que escribiera en él. Él se refería a que firmara con su nombre, pero ella se limitó a poner lo que todos los niños escriben cuando quieren comprobar que la pluma tiene tinta: «Soy hija de Dios, en nombre de Jesús». Con aquellas palabras en sus páginas, Lucifer no podría tocar el libro nunca más, así que la muchacha se quedó con él.

Como os podéis imaginar, ¡aquello provocó un tremendo alboroto y confusión en la montaña! Las brujas cogieron sus látigos, cada una se montó en su medio de transporte, y salieron volando en desbandada. La chica no se quedó de manos cruzadas; ella también se hizo con una fusta, le dio un latigazo a su cuba y salió volando detrás del resto. A mitad de camino, bajaron a descansar sobre una montaña muy alta. Más abajo había un valle bastante amplio con un gran lago y, al otro lado, otra montaña enorme. Cuando las brujas descansaron lo suficiente, retomaron sus látigos y sobrevolaron el valle hasta la siguiente montaña. La joven se preguntó si ella también sería capaz de hacerlo; le dio un latigazo a su cuba y, por suerte, tanto ella como el tonel llegaron al otro lado del valle sanos y salvos.

«¡Pues vaya salto del Diablo que ha dado mi cuba!», se dijo, asombrada.

En aquel preciso instante el libro se esfumó de sus manos, y ella cayó al suelo y no pudo seguir volando, porque había invocado el nombre del demonio sin haber firmado en el libro del aquelarre. Al final, tuvo que hacer el resto del viaje a pie, por la nieve: le quedaba un largo camino por delante y ya no pudo hacer volar su cuba nunca más.

Escoba de bruja

Cuento escocés

Una vez, cuando estaba yo en Irlanda, instalé mi carro en un camino que había cerca de Letterkenny, para pasar allí un par de noches. Justo estaba preparando la cena cuando pasó por el lugar un anciano que me saludó:

—¡Hola! ¿Qué tal andamos? ¡Tiene usted un buen fuego ahí!

—Sí, no está mal, amigo —le contesté—. Puede sentarse aquí un rato, si quiere.

Así que se sentó conmigo, le ofrecí una taza de té y entonces le pregunté:

—¿Es usted de por aquí?

—Ah, sí —dijo—. Vivo en la parte alta del pueblo. Soy herrero, ahí arriba tengo una herrería.

—Ah.

—La conseguí de una forma bastante rara —dijo el hombre.

—¿Qué quiere decir?

Pues mira, cuando yo era joven, como tú, andaba siempre en los caminos, iba siempre de un lado a otro, sin rumbo fijo, igual que tú. Un día vi a un herrero, lo oí trabajando en su taller y me acerqué a saludarlo. Él me miró y me dijo:

—¿Qué hay?

Y yo le pregunté:

—¿No necesitará por casualidad un ayudante?

—¿Eres herrero? —dijo.

—Bueno, he trabajado dos años en una herrería.

—Ah, pues mira —admitió el herrero—, sí que necesito un hombre, la verdad. Pero mi taller no es muy interesante, solo le pongo herraduras a unos cuantos caballos y eso, y hacemos algún que otro arado.

—Ah, tampoco necesito mucho —le dije—, no tengo una casa que mantener ni un lugar al que volver.

—Bueno, yo tengo un sitio aquí al lado, es una casita muy pequeña. Puedes quedarte ahí y te pagaré unos diez chelines a la semana. ¿Qué te parece?

—Me parece bien —le respondí.

Pues bien, el tiempo pasó volando y aquel jovencito resultó ser muy buen herrero. Una noche, el amo no hacía más que aullar, así que fui a mirar y me encontré al viejo herrero tumbado en un diván. Levantó la cabeza y me dijo:

—Pero, Paddy, ¿qué me está pasando? No puedo respirar.

—Nada, ¿qué le va a pasar? ¡Si ha estado bien todo el día! —le dije.

—Ya no soy un muchacho. Si me pasa algo, que sepas que mi taller es para ti.

—Ay, no diga eso, hombre —le contesté.

Pero el viejo herrero cada vez se encontraba peor, así que decidí llamar al médico. Cuando llegó y lo examinó, el doctor puso mala cara.

—Tiene una bronquitis muy mala —dijo—. Tiene todos los conductos del pecho anegados: ya no hay manera de curarlo. Podemos aliviar su dolor, pero curarlo será imposible.

Un par de días más tarde, el anciano murió, así que yo me encargué de su funeral y luego seguí trabajando en la herrería, que pasó a ser mía.

Pero resulta que más adelante volvió a pasar exactamente lo mismo. Un día estaba yo trabajando en mi herrería y a eso de las once entró un joven y me preguntó:

—¿Necesita ayuda? ¿Tiene algún caballo para herrar o algo?

—No, ahora mismo no tengo nada —le respondí.

—Es que ando buscando trabajo —me dijo—. No tengo casa ni familia, soy huérfano.

Al final accedí a pagarle diez chelines a la semana y le dejé la casa de al lado, igual que mi viejo maestro había hecho conmigo.

—¡Sí, eso está fenomenal! —exclamó el muchacho.

Entonces aquel joven se quitó la chaqueta para ponerse manos a la obra.

—Puedes empezar mañana.

—No, no —dijo—. Empiezo hoy mismo.

Era el mejor herrero que yo había visto en mi vida: sabía hacer de todo. Decía que lo llamaban Mick. En fin, estuvimos trabajando juntos unos cinco años y yo empezaba a hacerme viejo, así que le dije a Mick:

—Creo que voy a bajar a Belfast.

—¿Y qué va a hacer en Belfast? —me preguntó.

—Pues mira, nunca le contaría esto a nadie, pero como eres tú… Voy a buscar esposa. Estoy harto de tener que prepararme yo solo la cena y la comida y el desayuno.

Así que al día siguiente me marché a Belfast, y estuve en algunas tabernas, bebiendo y bailando, y busqué una mujer por todas partes hasta que llegué a una posada y la dueña me dijo:

—¿Y de dónde eres, Paddy?
—Vengo de Letterkenny —le dije.
—Ah, vaya, Letterkenny —repitió—. ¿Y qué te trae por aquí? Llevas ya tres o cuatro días, ¿no?
—Bueno, si le digo la verdad…, he venido a buscar una mujer.
—¡Anda! Pues por aquí no te van a faltar. Espérate un par de horas y yo misma te encontraré una —me aseguró la mujer.
Mientras estaba esperando, entró una muchacha, que se acercó y se puso a hablar conmigo. Al rato, la posadera me preguntó:
—¿Qué te ha parecido esa?
—¿Estás de broma? —respondí—. ¡Esa joven no se casaría conmigo ni loca! Si no tiene más de veinte o veintiún años…
—Eso da igual, no tiene casa y es huérfana —aseguró la mujer.
—Ah, mira, igual que yo.
Así que la posadera se acercó a hablar con la muchacha; al poco, la joven se acercó a hablar conmigo y, de mutuo acuerdo, nos hicieron pareja y me la traje a Letterkenny. Mick estaba trabajando y, cuando nos oyó llegar, me preguntó:
—Bueno, ¿hubo suerte entonces?
—Pues sí, mira qué hermosa es, aunque todavía no estamos casados.
Entonces Mick se acercó a verla y exclamó:
—¡Por Dios! Si es igual de hermosa por dentro que por fuera, sería el colmo. Pero cuando son tan bellas por fuera, suelen ser malas mujeres…
—Bueno, si no se comporta, ya sabe dónde está la puerta —le dije.
Al día siguiente, fuimos a pedir permiso al ayuntamiento para casarnos de inmediato. Pasó el tiempo y resultó ser muy buena mujer, además de buena cocinera: hacía unos pasteles deliciosos. Sin embargo, un día tuvo que ir a la ciudad a hacer unos recados. Cuando volvió, estaba empapada, chorreaba agua por todas partes. Y le dije:

—¡Dios mío! Pero ¿por qué has salido con un tiempo tan malo? ¿No cogiste el paraguas? ¿O al menos el impermeable?
—Ay, se me olvidó. Cuando me fui hacía buen día.
Y a la noche siguiente, mi mujer me dijo:
—Paddy, no me encuentro muy bien.
Pasada la medianoche empeoró tanto que hubo que llamar al médico enseguida. Cuando llegó y vio a mi mujer, dijo:
—Dios bendito. Ha empeorado y ahora tiene neumonía. ¿Tenéis cataplasmas?
En aquella época, las cataplasmas se hacían con avena, así que pasamos toda la noche preparándolas, pero mi mujer falleció por la mañana. Fui a ver a Mick y se lo conté.
—Ha muerto.
—¡Oh, no! —dijo Mick horrorizado.
—Sí —le dije—. Salió sin abrigo, sin mantilla, sin nada…
Velamos tres noches junto a ella y al cuarto día se celebró un funeral. Fuimos al cementerio en un carro de alquiler. Cuando volvíamos a casa, le dije a Mick:
—No ha estado mal para ser un funeral.
—No, ha estado bien —respondió Mick.
Y continuamos el viaje hasta que empecé a quedarme dormido con el traqueteo cuando Mick frenó al caballo y me despertó con un grito. Aún adormilado, lo miré y le pregunté:
—¿Qué pasa?
—¿No ves quién viene por ahí…? Si no me equivoco… O mucho me equivoco, o aquí está pasando algo muy raro… —respondió Mick.
Nos quedamos allí, inmóviles, en el carro, mientras la misteriosa figura seguía acercándose. ¡Y resulta que era mi esposa! ¡La que acabábamos de enterrar!
—¡Dios mío! No puede ser ella —exclamé sobresaltado.
—Pues sí: es ella, ciertamente —aseguró Mick.
—¿Qué hacéis ahí? Vamos, más vale que vengáis a casa y encendáis los fogones —dijo cuando se acercó. Llevaba una cesta

llena de recados colgada del brazo. Así que volvimos juntos a casa y encendimos los fogones.

Al rato, me acerqué a mi mujer y le toqué los hombros y los brazos, y ella me preguntó sorprendida:

—¿Qué estás haciendo?

—Oh… Nada, nada.

Mick se acercó y me dijo en un rincón:

—Lo mejor que podemos hacer es ir a ver al cura.

Así que bajamos a la iglesia y le contamos toda la historia al cura.

—¡Bueno! Eso es imposible —sentenció el sacerdote—. Si la habéis enterrado hoy mismo, es imposible que ahora esté en casa.

—Venga usted mismo a verlo —le dije, y los tres fuimos a casa y le dijimos al cura que entrara.

—Hola —dijo al entrar.

—Hola, padre —dijo mi mujer.

—¿Cómo estás?

—¡Oh, de maravilla! —contestó mi mujer—. No podría estar mejor.

Luego salimos y el cura nos dijo a Mick y a mí:

—Esperaremos hasta mañana. A primera hora iremos a sacar el ataúd y veremos qué hay dentro.

Así que a la mañana siguiente fuimos los tres al cementerio y le pedimos al sepulturero que abriera la tumba de mi mujer. ¿Y a que no sabéis qué había en el ataúd? ¡Una escoba de bruja! Sí, sí. ¡Una escoba de bruja![16] Y después de aquel incidente, mi mujer vivió conmigo felizmente otros doce años más.

16. La escoba de bruja *(Witch's broom* o *Birch Besom)* es una deformación leñosa provocada por hongos u otros parásitos, que forman una masa densa de ramas, parecidas a escobas o nidos. Los abedules suelen ser las víctimas favoritas de estos fitopatógenos.

La escoba está ocupada

Cuento haitiano

Boki observaba a Alse Odjo mientras esta barría el suelo con una escoba de ramitas de mijo. Los extremos de las ramitas se iban partiendo y ella seguía barriendo lo que dejaba a su paso.

—¡Te estás dejando la escoba en el suelo! Parece que esa escoba da más trabajo del que quita —le dijo Boki.

—¡Pues como todo en esta isla! —replicó Alse Odjo—. Así se hacen las cosas en la isla —añadió, muy seria—, y la escoba también ha nacido y se ha criado aquí, así que ya sabes.

Pero Boki no estaba para conversaciones, tenía que ir con Alse Odjo a la cabaña de Boukinez, la adivina de la isla. Iban a contarle cómo habían ido sus adivinaciones. Se lo iban a contar porque seguro que nadie se había molestado nunca en decirle si había acertado o no con estas. Puede que ella quisiera saber si había acertado o no. ¿Querría saber lo que les había pasado a ellos? Pues llegan a su cabaña y Boki le dice:

—Nos predijo el futuro y hemos vuelto. ¿Se acuerda de mí? Soy Boki.

Ella asiente con la cabeza: sí, se acuerda.

—¿Recuerda cuando me auguró un futuro repleto de fortuna y de alegrías? —continúa Boki.

La adivina vuelve a asentir y le dice:

—Sí, esperaba que fuese cierto, sí.

—Bueno, señora, la verdad es que llevo toda la vida en esta isla siendo pobre. Muchas veces sueño con nubes que me atraviesan el corazón y luego son pan, así como se lo cuento. Así que todas las mañanas me siento e intento ser feliz. Si yo sé que ni siquiera hace falta mantequilla para disfrutar de ese pan en el desayuno. ¡No pido tanto! Pero, dígame, ¿cómo demonios he podido acabar así? ¿Me lo puede decir?

La mujer afirma y niega con la cabeza mientras él va hablando. Luego Alse Odjo también se le acerca.

—¿Y de mí se acuerda?

Boukinez asiente de nuevo.

—¡Predijo que yo sería capaz de componer una música que nos curaría a todos! —La adivina seguía asintiendo—. Bueno, señora, solo le puedo decir que ya han pasado muchos años y que mis flautas ya están cansadas, y de lo único de lo que soy capaz ahora es de mandar a la única cabra que tengo a taconear por las tablas de madera del puerto, como si fuera un xilófono, a ver si ella nos cura, la pobre cabra. Tiene un cuerno largo como una espiga, y de ahí no ha salido nunca nada bueno, ¡y el otro cuerno lo tiene corto! Dígame, ¿cómo ha podido nacer un animal así?

Pasaron toda la mañana en la tienda de Boukinez hablando de sus antiguas predicciones. Ella se fue acordando de otras que había realizado a lo largo de los años, y ellos no paraban de repetir:

—¿Cómo ha podido pasar esto? ¿Cómo ha podido ocurrir lo otro?

A última hora de la mañana todos estaban asintiendo a la par, y la cabra los observaba perpleja. Y todo el tiempo que estuvieron conversando, Alse Odjo estuvo barriendo la entrada de la vieja Boukinez y dejando ramitas por el suelo. Boukinez cerraba los ojos para oír cómo la brisa arrastraba las ramitas de un lado a otro del porche. Por dentro no paraba de reír porque sabía que luego, cuando Boki y Alse Odjo se marcharan, intentaría coger aquellas ramitas con los pies, mientras descansaba sentada en su sillón.

Las mujeres de los cuernos

Cuento irlandés

Aquella noche, una señora de familia adinerada se quedó despierta hasta altas horas, cardando y preparando lana, mientras toda su familia y sus criados dormían. De repente, alguien llamó a la puerta gritando: «¡Abra! ¡Abra!».

—¿Quién es? —preguntó la señora de la casa.

—Soy la Bruja del Cuerno —fue la respuesta.

La señora supuso que sería alguno de sus vecinos, necesitado de ayuda, así que abrió la puerta. Pero quien entró fue una mujer desconocida que llevaba en la mano un par de carmenadores de lana, y a la que además le salía un cuerno de la frente. Aquella mujer se sentó en silencio junto a la chimenea y empezó a cardar lana rápida, casi violentamente. De repente se detuvo y dijo en voz alta:

—¿Dónde estarán estas mujeres? Tardan demasiado.

Entonces la señora de la casa oyó que llamaban a la puerta por segunda vez, e, igual que la primera, alguien gritó: «¡Abra! ¡Abra!». Ella se sintió en la obligación de levantarse y, en cuanto abrió la puerta, entró una segunda bruja, esta vez con dos cuernos, que llevaba en la mano una rueca para hilar lana.

—Déjeme pasar, soy la Bruja de los Dos Cuernos —le dijo, y se puso a hilar a la velocidad del rayo.

Y así siguieron llamando a su puerta una y otra vez, y en cada ocasión la señora se sentía en la obligación de salir a abrir. Siguieron entrando más brujas hasta que alrededor de la chimenea se reunieron doce mujeres; la primera, con un cuerno en la frente y la última, con doce. Cardaban e hilaban sin parar de hacer girar las ruecas, tejían la lana, la hacían ovillos y madejas, y cantaban juntas una antiquísima canción. Pero en ningún momento le dirigieron la palabra a la dueña de la casa. Oír cantar a aquellas mujeres resultaba extraño, y era tan aterrador como mirarlas, con sus cuernos y sus ruecas; y la señora creía que se iba a morir. Intentó pedir ayuda, pero no fue capaz de moverse, ni siquiera de articular palabra o de dar un grito, pues las brujas se lo impedían con sus hechizos.

De repente, una de las brujas se dirigió a ella en gaélico y le dijo:

—Levántate y haznos un pastel.

La señora de la casa buscó un recipiente para traer agua del pozo y poder preparar la masa del pastel, pero no encontró ninguno. Entonces, las brujas le dijeron:

—¡Trae el agua en un colador!

Así que cogió un colador y fue al pozo, pero el agua se derramaba por los agujeros y no pudo llevar ni una gota a la cocina. Al final, se sentó junto al pozo y se echó a llorar, hasta que oyó una voz que le decía: «Coge arcilla y musgo, mézclalo todo y aplástalo bien, y con esa masa tapa los agujeros del colador: así podrás llevar el agua».

Y eso fue lo que hizo, y pudo llevar el agua en el colador para hacer el pastel.

Entonces volvió a oír la misteriosa voz que le decía: «Vuelve, y cuando llegues a la esquina norte de tu casa, repite tres veces en voz alta: "¡La montaña de las hermanas irlandesas está en llamas, y en llamas está el cielo que la cubre!"».

Cuando las brujas oyeron aquella llamada, de sus labios salió un alarido terrible. Se precipitaron hacia la puerta entre chillidos y feroces lamentaciones, y salieron volando hacia la montaña de Slieve-namon, que era su morada. Pero, aunque se habían marchado, el Espíritu del Pozo recomendó a la señora que entrara y preparara su casa para hacer frente a la magia de aquellas brujas, por si volvían.

Primero, para romper los hechizos, roció el umbral de la puerta principal con el agua que había utilizado para lavar los pies a su bebé. Luego, cogió el pastel que las brujas habían preparado mientras ella había estado fuera, elaborado con una mezcla de harina y sangre de su familia dormida; partió el pastel en trocitos y puso una porción en la boca a cada miembro de su familia —aún dormían—, y todos volvieron a su ser. Después, cogió el paño que habían tejido y lo colocó, mitad dentro y mitad fuera, en un cajón, que cerró con llave. Por último, cerró la puerta de casa con un travesaño entre las jambas para que no pudieran entrar. Y cuando terminó de hacer todo esto, se quedó esperando.

Las brujas no tardaron mucho en volver y, además, estaban furiosas y exigían venganza.

—¡Abre! ¡Abre! —gritaban—. ¡Ábrenos, agua de pies!

—No puedo —les respondió el agua rociada—. Estoy en la tierra y voy camino del lago.

—¡Abrid! ¡Abrid, maderas del travesaño y de la puerta!

—No puedo —se oyó decir a la puerta—, porque el travesaño está fijado a las jambas y yo no puedo moverme.

—¡Abre! ¡Abre, pastel de la sangre de esta casa! —gritaron de nuevo.

—No puedo —dijeron las migas del pastel—, pues estoy hecho pedazos, y mi sangre ya está en los labios de los niños durmientes.

Las brujas echaron a volar dando gritos y alaridos. Volvieron a Slieve-Namon, y por el camino siguieron lanzando espantosas maldiciones al Espíritu del Pozo, que les había deseado la ruina.

Pero en la casa de la señora no volvieron a saber de aquellas brujas. De aquel combate solo quedó un manto que se le había caído a una de las brujas mientras volaba; la señora lo colgó en su casa para recordar aquella horrible noche de contienda, y la familia conservó aquel manto, de generación en generación, durante más de quinientos años.

La señora de Laggan

Cuento escocés

Un buen día, Razay partió hacia la isla de Lewes[17] para cazar ciervos. Se llevó con él a algunos súbditos, a los mejores jóvenes de la corte. Hacía un día espléndido y la caza resultó formidable, así que estuvieron cazando hasta que se puso el sol. Luego pasaron la noche festejándolo en el pabellón de caza, cenando un buen asado del ciervo que habían cazado y bebiendo el mejor whisky, entre canciones, música y leyendas del lugar. Se divirtieron hasta bien entrada la noche, pero luego, mientras dormían, se levantó un viento terrible y, al despertar, se encontraron un día de tormenta y de terribles ventiscas. Razay quería volver a casa enseguida, y ordenó a la tripulación que prepararan el navío lo antes posible. Muchos creían que no sería posible cruzar el canal

17. Lewes o, más frecuentemente, Lewis, en las Islas Hébridas, al norte de Escocia, era famosa por sus grandes manadas de ciervos y venados. Se encuentra a unas treinta millas náuticas de la costa noroccidental de las Tierras Altas (Gàidhealtachd o Highlands).

con aquel temporal, pero su señor no temía al peligro, y los llevó a todos al embarcadero; sus hombres seguían dubitativos, así que Razay descorchó un barril de whisky y todos empezaron a animarse; aun así, algunos seguían temerosos. Mientras debatían si hacerse a la mar o no, se acercó por allí una vieja cojeando y Razay la hizo llamar, pensando que seguramente conocía bien el lugar, y le preguntó si era prudente cruzar el canal.

—Sí, sí —le dijo la anciana—. Llevo aquí más de ochenta años y este mar está más liso que la palma de la mano, comparado con los tiempos en los que mi padre cruzaba estas aguas. Sí, ya lo creo, y mi marido igual, y mi hijo. Y volvían todos sanos y salvos, como niños pequeños en su cunita. Pero hoy en día los hombres no tienen espíritu marinero y se asustan en cuanto se levanta una brisita de nada. He oído por ahí que los hombres de Razay son los más cobardes de toda Escocia, y ya veo que es cierto…

Ante tal insulto, ni los hombres más prudentes de Razay se habrían echado atrás, ni por todo el oro de las Indias. Subieron todos al barco e izaron las velas. Enseguida el viento se hizo con el barco y los arrastró a alta mar, al tiempo que la furia de la tormenta arreciaba sin remedio. Empezaron los rayos y los truenos, y una lluvia torrencial, así que ni siquiera pudieron avistar tierra. Razay mantuvo la compostura y se acercó al timón, y al ver que se mantenía firme en dirección al cabo de Aird on Skye, sus hombres empezaron a animarse. Casi volvían a tener esperanzas cuando un gato negro enorme apareció en el barco y se acercó al mástil. Luego llegó otro gato, y otro más, hasta que cubrieron de negro primero la jarcia, y luego el lado del sotavento por completo. Al final, llegó una bestia enorme, que se subió al palo mayor. Razay ordenó a sus hombres que la mataran, pero cuando intentaron acercarse, todos los gatos saltaron a la par y escoraron el barco, y todos los hombres que había a bordo fueron engullidos por el mar y se ahogaron.

En aquel instante, un buen amigo de Razay estaba junto a la chimenea en su pabellón de caza en el bosque de Gaich, en la región de Badenoch, mientras fuera se desencadenaba una terrible tormenta. Era tan hábil en las monterías que lo llamaban el Cazador de las Montañas y, como Razay, era un ferviente enemigo de las brujas. Tenía dos perros tumbados a su lado, junto a la chimenea, y el arma, apoyada en la esquina de la sala. Y mientras descansaba allí, medio dormido, de repente la puerta se abrió, pero solo una rendija, lo suficiente para que un pobre gato empapado se colara en la habitación. Los perros se sobresaltaron y se les erizó el lomo. Fueron a por la criatura, pero, para su sorpresa, el gato se dirigió al hombre hablando con voz humana.

—Oh, gran Cazador de las Montañas, vengo a rogar por tu protección. Sé cuánto desprecias a las de mi calaña, pero te pido que perdones a esta pobre desdichada que viene en busca de que la protejas de la crueldad de sus hermanas.

El cazador se sintió conmovido y, aunque por aquellas palabras había deducido que se trataba de una bruja, era demasiado generoso para atacar a un enemigo que había caído en desgracia. Ordenó a sus perros que volvieran a tumbarse y le dijo al gato que podía sentarse junto al fuego para secarse, pero ella se quedó quieta y un escalofrío recorrió su lomo.

—Tus perros siguen enfadados, tengo miedo de que me devoren —dijo la bruja—. Tengo por aquí un pelo muy largo, te suplico que los ates con él.

El cazador empezó a sospechar. Cogió aquel pelo largo y misterioso, y fingió que ataba a sus perros con él, pero en realidad lo dejó sobre una viga de la habitación. El gato se acercó y se sentó junto al fuego. Al poco, el cazador se dio cuenta de que el gato se iba haciendo más grande por momentos.

—¡Que te parta un rayo, mala bestia! ¡Te estás poniendo muy grande! —dijo el cazador, riéndose.

—Sí, sí —respondió el gato, riéndose entre dientes también—. Mi pelaje va cogiendo volumen al secarse.

El cazador no le dijo nada más, pero siguió vigilando al gato, que no paraba de crecer, hasta que de repente vio a la señora de Laggan sentada frente a él.

—Oh, Cazador de las Montañas, ha llegado la hora de tu juicio final. Macgillichallum de Razay y tú habéis sido los mayores enemigos de mi leal hermandad. Ya hemos acabado con Razay, cuyo cuerpo sin vida yace en el fondo del mar. Y ahora, Cazador, ha llegado tu turno —le dijo la bruja.

Al decir esto, pareció hacerse aún más grande y su rostro se volvió tan terrible como el de un demonio. Entonces se abalanzó sobre él, pero, por suerte, los perros no estaban atados con el pelo de la bruja y saltaron sobre ella para proteger a su amo. Mordieron con fuerza los pechos de la bruja, y ella intentó escapar mientras gritaba: «¡Apriétate, pelo!, ¡apriétate bien!», pues aún pensaba que el cazador había atado a los perros con su pelo embrujado. El pelo se apretó hasta que las vigas sobre las que el cazador lo había dejado se partieron como simples astillas, pero los perros seguían mordiendo a la bruja. Los arrastró como pudo fuera de la casa, y no paró hasta que les hubo arrancado hasta el último diente. Cuando por fin se deshizo de ellos, huyó volando en forma de cuervo. Sus lamentos desaparecieron con ella, y los perros se arrastraron como pudieron hasta su amo y murieron poco después, entre las caricias y alabanzas del cazador. El hombre lloró su muerte como si se tratara de sus propios hijos, los enterró fuera y volvió a casa lleno de tristeza. Como su esposa había salido, tuvo que esperar un buen rato hasta que volvió.

—¿Dónde has estado, querida? —le preguntó con pesar al verla.

—He ido a hacer una funesta visita —respondió su esposa—. He estado en casa de la señora de Laggan, pues ha caído enferma de repente, y al parecer no durará hasta mañana. Están todos los vecinos con ella.

—Una triste noticia. ¿Y qué le pasa a la pobre señora?

—Parece ser que había salido al campo a por carbón cuando, de repente, cayó una tormenta y se empapó de pies a cabeza, y ha caído enferma sin remedio.

—Debería ir a verla yo también, entonces —dijo el cazador—. Cenemos rápido para salir cuanto antes.

Al rato llegaron a la casa de la señora y encontraron a todo el vecindario alrededor de su cama, llorando por aquella mujer a la que siempre habían apreciado y considerado buena vecina. El cazador se abrió paso entre los congregados para levantar las sábanas y que todos vieran las marcas que sus perros le habían dejado por el pecho y por los brazos.

—¡Mirad todos bien a esta bruja infame! Hoy mismo ha matado a Macgillichallum de Razay y ha intentado hacer lo mismo conmigo —exclamó el cazador, y procedió a contarles con detalle todo lo que había ocurrido.

Los vecinos quedaron conmocionados y, al ver las dentelladas de los perros en el cuerpo de la vieja, se convencieron de que la historia era cierta. Y estaban ya dispuestos a sacarla a la calle y a ejecutarla sin más juicio, cuando la vieja bruja les rogó que se ahorrasen cualquier forma de venganza humana, ya que le aguardaban los terribles castigos del Demonio, que la había engañado y seducido con su poder, y ahora se burlaba de sus tormentos.

—Escuchad bien esta advertencia —les dijo— y no tengáis tratos con el Amo al que yo llevo sirviendo todo este tiempo.

Les siguió contando toda la historia de cómo había aprendido los oficios del mal y confesó todos los actos terribles que había cometido, hasta que acabó admitiendo que había matado a Razay y que había intentado lo mismo con su amigo, aunque sin éxito. Y cuando acabó de contar toda su historia, murió.

Aquella misma noche, uno de los vecinos de Gaich volvía a casa desde Strathdearn; acababa de entrar en el lúgubre bosque de Monalea, en la misma región, cuando se topó con una mujer vestida de negro que iba corriendo. Cuando se encontraron, la mujer le preguntó si el cementerio de Dalarossie quedaba muy lejos y si le daría tiempo a llegar antes de la medianoche. Él le respondió que, si seguía corriendo, seguramente sí, así que ella se apresuró, y siguió su camino entre lamentos. El hombre no había avanzado mucho cuando se encontró con un perro negro, enorme, que parecía ir olisqueando el rastro de alguien, y, poco después, se topó con otro perro similar. Luego vio a un hombre robusto, vestido de negro, que iba sobre un corcel también negro, ágil y veloz; este también se detuvo y le preguntó si había visto pasar por allí a una mujer. Él respondió que sí, y que iba corriendo al cementerio.

—¿La seguían dos perros negros? —preguntó el desconocido.

—Así es, dos perros enormes —respondió el vecino.

—¿Cree que los perros podrían alcanzarla antes de que llegue al cementerio de Dalarossie?

—Estoy seguro de que iban pisándole los talones.

Con eso, el desconocido sacudió las riendas y se alejó al galope, y el vecino se apresuró a volver a casa: había sido un encuentro espeluznante en un lugar espeluznante. Sin embargo, solo había avanzado unas cuantas millas cuando el jinete de negro lo adelantó. Llevaba a la mujer sobre el arzón delantero, y los perros iban enganchados de ella, uno del pecho y el otro del muslo.

—¿Dónde ha conseguido alcanzarla? —preguntó el hombre.

—Estaba a punto de entrar al cementerio de Dalarossie —respondió el jinete, y se marchó al galope.

Cuando el vecino llegó a casa y su familia le contó lo que había pasado con la señora de Laggan, no tuvo ninguna duda de que la mujer de negro que había visto era el alma de la bruja, que pretendía protegerse del demonio al que le había vendido el alma mucho tiempo atrás, pues el cementerio de Dalarossie es un lugar tan sagrado que cualquier bruja que lo visite, viva o muerta, quedará liberada de su pacto con Satanás.

Baba Yagá

Cuento ruso

Un campesino y su mujer tenían una hija. Al poco, la esposa murió, el campesino se casó con otra mujer, y tuvieron otra hija. Pero, por algún motivo, esta esposa detestaba a su hijastra, y le hacía la vida imposible a la huérfana. El campesino no hacía más que pensar y pensar en cómo arreglar la situación y, al final, un día se llevó a su hija al bosque. Cuando se adentraron en la espesura, encontraron una pequeña cabaña construida sobre patas de pollo, y él exclamó:

—¡Cabañita, cabañita, gira en el bosque tus patitas y déjame ver tu puertecita!

Y la cabaña se giró. El campesino entró y encontró a Baba Yagá con la cabeza junto a la fachada, la pierna derecha en una esquina, y la pierna izquierda en la otra.

—¡Huelo a hombrecito ruso! —fue lo primero que dijo Baba Yagá.

El campesino le hizo una reverencia y le respondió:

—Baba Yagá, Pata de Hueso, te he traído a mi hija para que sea tu sirvienta.

—Muy bien. ¡Que me sirva, que me sirva! —dijo Baba Yagá mirando a la niña—. Te lo recompensaré.

El padre se despidió de su hija y volvió a casa.

Baba Yagá le dio a la niña una cesta llena de madejas para que las hilara, y también le dijo que encendiera un fuego en la cocina y que preparara la cena. Luego se marchó, y la niña se quedó atareada preparando el fuego mientras lloraba desconsoladamente. De repente, salieron unos ratoncitos que le dijeron:

—Jovencita, jovencita, ¿por qué estás llorando? ¿Nos das unas gachas? ¡Te devolveremos el favor!

Ella les dio un platito con gachas.

—Y ahora —le dijeron los ratones después de comer—, coloca un hilo en cada huso.

Al rato entró Baba Yagá y le preguntó a la niña si lo había preparado todo. Y así era: lo había hecho todo a la perfección.

—Pues ahora, ¡ven a lavarme en la bañera!

Baba Yagá alabó el buen trabajo de su nueva sirvienta y le regaló unos vestidos preciosos.

Luego Baba Yagá salió de nuevo, y le dejó una tarea aún más complicada a su nueva ayudante. La niña se echó a llorar, pero los ratones salieron corriendo a hablar con ella.

—Querida niña, ¿por qué lloras? Si nos das unas gachas, te devolveremos el favor.

La niña les dio otro platito de gachas, y los ratones le explicaron lo que tenía que hacer y cómo hacerlo. Cuando Baba Yagá regresó, volvió a alabar el trabajo de la niña y le regaló unos cuantos vestidos más.

Un día, tiempo después, la madrastra mandó al campesino al bosque para comprobar si su hija seguía aún con vida. Él se adentró en el espesura, como había hecho la última vez, y, al llegar a la cabaña de las patas de pollo, vio que su hija había crecido y se había convertido en una bella jovencita. Baba Yagá no estaba en casa, así que aprovechó para llevarse a su hija. Cuando llegaron al pueblo, el perro del campesino empezó a ladrar:

—¡Guau, guau, guau! ¡Llega una joven doncella, llega una joven doncella!

La madrastra salió enseguida y golpeó al perro con su rodillo de cocina.

—¡Mentira! ¡Deberías ladrar que llega una cesta llena de huesos!

Pero el perro siguió ladrando lo mismo que antes, y al poco rato llegaron el campesino y su hija. La madrastra, descontenta, apremió a su marido para que volviera a llevar a su hija con Baba Yagá; así que, al poco tiempo, la llevó de nuevo al bosque.

Cuando llegó, Baba Yagá le encargó una nueva tarea a la joven y se marchó. La muchacha no cabía en sí de la tristeza, y se echó a llorar. Entonces salieron los ratoncitos:

—Querida, ¿por qué lloras?

Pero esta vez, ni siquiera los dejó terminar. Les gritó, les regañó y los golpeó con un rodillo, y se quedó llorando sin hacer su trabajo. Cuando Baba Yagá regresó, se enfadó mucho con ella. Al día siguiente, volvió a ocurrir lo mismo. Baba Yagá, furiosa, partió a la joven en pedazos y dejó sus huesos en una cesta.

De nuevo, la madrastra mandó a su marido a ver a su hija. El padre fue a por ella, pero solo pudo traerse sus huesos. Cuando se iba acercando al pueblo, el perro empezó a ladrar:

—¡Guau, guau, guau! ¡Llega una cesta llena de huesos!

La madrastra salió corriendo con su rodillo de cocina.

—¡Mentira! ¡Deberías ladrar que llega una joven doncella!

Pero cuando su marido llegó con la cesta, su esposa no pudo contener las lágrimas.

Un cuento para ti, un tarro de mantequilla para mí.[18]

18. Esta es la fórmula de despedida de muchos cuentos tradicionales rusos, especialmente los relacionados con Baba Yagá.

· SÉPTIMA PARTE ·

Brujas hambrientas: caníbales y chupasangres

VIKRAM Y LA *DAKINI*

CUENTO HINDÚ

Érase una vez un rey llamado Vikram. No era tu rey ni el mío, pero en su época fue un rey muy famoso. Todo el mundo conoce sus historias, así que tú seguramente también habrás oído hablar de él. Al menos conocerás su nombre. Pues bien, Vikram tenía una mujer bajo su custodia. Era la esposa de un monje, pero murió mientras su marido estaba de peregrinación. Cuando el monje regresó, Vikram le dijo:

—Protege su cuerpo hasta que yo regrese con el antídoto contra la muerte.

Vikram atravesó junglas, montes, ríos y desiertos en busca del secreto que le devolviera la vida a la mujer. En uno de aquellos parajes lejanos, una anciana se le acercó y lo abrazó llorando.

—¡Hijo mío, hijo mío! Te he echado tanto de menos... Creí que no volvería a verte —le dijo.

Vikram le contestó con amabilidad:

—Señora, yo no soy su hijo.

—¿No trabajas para el rajá Nosequé? —preguntó la anciana.

Vikram le aseguró que no, que no trabajaba para ese rajá, y le contó que iba en busca del antídoto para devolver la vida a los muertos, ella le dijo:

—Cuando Yama se lleva a alguien, ya nunca nos lo devuelve. No se te ocurra ni pensarlo. Pero tu rostro es idéntico al de mi hijo. Ve al palacio de ese rajá Nosequé, que está en tal y tal sitio, sustituye a mi hijo y devuélvemelo. Hazlo en nombre de Kali: ella te recompensará.

Y allí se quedó la anciana, moviendo la cabeza sin parar y murmurando algo que él no llegó a entender. Vikram quiso recordarle que él ya tenía una misión que cumplir, pero se apiadó de la anciana y accedió a hacerle aquel favor.

Así, Vikram alargó su viaje otros once meses más y, aunque no encontró el antídoto para devolver la vida a los muertos, sí que dio con el hijo de la señora. El joven, cuyo rostro era idéntico al suyo, le explicó que su trabajo consistía en llevar sacos de oro al rey, que cada mañana los distribuía entre los habitantes de su pueblo. A Vikram le pareció un trabajo honorable, así que le propuso lo siguiente:

—Permíteme que te sustituya, porque tu madre está envejeciendo y quiere tenerte a su lado.

En fin, Vikram sustituyó al joven y así fue como empezó a trabajar para el rajá. Mientras cumplía con sus tareas, notó que aquel rey tenía un aspecto extremadamente pálido y cansado, y que, en cuanto terminaba de distribuir los sacos de oro entre sus súbditos, se iba tambaleando hasta un templo cercano y caía en un sueño tan profundo que se asemejaba más a un estado de coma que al reposo común del resto de los mortales. Al darse cuenta de esto, Vikram decidió estar atento, pues el rey era un buen hombre y quería ayudarlo si estaba en su mano.

Aquella noche el rey despertó, se lavó en las aguas del estanque sagrado y se purificó como si se preparara para rezar. Luego se dirigió a un extremo de la ciudad, donde había un crematorio; un poco más allá estaba la jungla y el templo blanco de Kali, que brillaba en la oscuridad. Bueno, no os lo vais a creer, pero por primera vez en su vida, Vikram sintió miedo al ver que el rey se acercaba a una figura oscura que flotaba junto a un cadáver que había colgado de un árbol, justo al lado del crematorio. Era la figura escalofriante de una mujer; se estaba alimentando de la sangre del cadáver, sorbiéndola, con ansia y gemidos de placer, como un recién nacido que mama del pecho de su madre. Normal, aquella mujer era como un niño que se alimenta de su madre: era una *dakini*, y estaba bebiendo la sangre del cadáver de un joven que acababa de morir. Y no era una *dakini* cualquiera: era una de las doncellas elegidas por Ella, la imponente y aterradora Kali. Pero Vikram no sabía todo esto cuando vio que el rey se acercaba rápidamente a la criatura e intentaba apartarla para que no siguiera con aquel festín de sangre. Cuando la terrible figura cayó al suelo, de la herida del cadáver brotó una lluvia de sangre sobre el cuerpo y el rostro de la *dakini*, que ella relamió con ansia mientras soltaba aullidos de protesta al verse privada de su manjar. Luego, al ver que quien la había apartado era el rey, dejó de gruñir y se encogió unos instantes, hasta que reunió las fuerzas para conducirlo hasta Kali. Porque, claro, como todo el mundo sabe, Kali es la diosa de las diablesas y de las brujas, y también de los santos y de los reyes, y de los campesinos y de los pobres. Es la diosa de todos.

«Bueno, si va a visitar a Kali, no le pasará nada», pensó Vikram. (Ya sabéis que todos los reyes son de la casta de los chatrias, y los chatrias adoran a Kali, que también es la diosa de la guerra, ya sea con la forma de la radiante diosa Durga, que monta a los lomos del tigre; o como Chandi, que se traga la sangre del Gran Demonio; o como Kali, que baila embriagada de sangre sobre los cadáveres de los demonios que ella misma ha masacrado. La llames como la llames, ella es el Poder. Y en todas sus formas, ya sea Kali, Bhavini o Chandi, adora la sangre: ya sabes, la puedes ver con la lengua fuera, sujetando por el pelo a un decapitado, con un collar de calaveras y una falda de manos cortadas, no es difícil saber quién es. La Terrorífica, la Destructora, la Tragadora de hombres, de cavidades dentadas en cada extremo de su cuerpo. Y, ¿por qué no decirlo?, también el vientre del mundo, la Creadora: todo lo que expulsa de su vientre, también se lo puede tragar, ¿no es así? Una vez, se escondió una espada ahí abajo, ya sabes, ¡pero su señor Shiva transformó su enorme *linga* en rayo para sacarla! ¡Vaya diversiones tienen estos dos! La Tierra tiembla con sus juegos, pero esa es otra historia, aunque puede que Vikram estuviera pensando en alguna de estas historias cuando vio lo que vio...)

El rey se postró ante la diosa y le pidió su bendición; luego subió a un estrado que había delante de ella. Kali acercó los dientes hasta el corazón del rey y bebió a grandes tragos su sangre. Sorbió y succionó hasta que su cara y sus manos estuvieron totalmente cubiertas de sangre, e incluso su ropa estaba manchada por todas partes. Vikram contempló la escena en silencio mientras intentaba grabar en su memoria hasta el más mínimo detalle.

Vio a Kali dar un paso atrás para mirar bien al rey, que seguía aferrándose a la poca vida que le quedaba. Las *dakinis* merodeaban a su alrededor con la esperanza de lamer alguna gota de la sangre de un hombre vivo, aunque fuera del suelo. Tan lejos de la horca y del patíbulo, su ansia de sangre era tan perversa como sus estómagos. Kali se recostó en el respaldo de su trono con los ojos cerrados, en éxtasis, saboreando la sangre fresca y disfrutando del hedor que aún flotaba en el aire. Las *dakinis* metieron al rey en un caldero lleno de aceite y lo cocinaron hasta que estuvo bien crujiente. Luego lo sacaron y se lo sirvieron a Kali, que devoró hasta el último bocado. Pero no se lo comió de forma violenta o indolente: lo hizo con mucho cuidado, para que no se quebrara ni un solo hueso. Ya empezaba a amanecer cuando acabó de rebañar todos los huesos, la carne y los músculos del rey. Entonces, extendió bien su esqueleto y las *dakinis* se introdujeron por todos los recovecos para limpiarlo y dejarlo bien pulido. Mientras tanto, Kali fue a por una jarra que contenía un líquido dorado, lo roció sobre los huesos del rey y empezaron a aparecer cartílagos y músculos. Siguió vertiendo el líquido a la par que el cuerpo del rey iba reconstruyéndose, hasta que la carne volvió a su forma original, y las venas y los órganos se fueron llenando de sangre y empezaron a funcionar.

Después de un rato, el rey se puso en pie ante Kali, le ofreció sus reverencias y alabanzas, y ella sacó de entre sus vestimentas manchadas de sangre algo arrugado y ensangrentado, que al desplegarlo se asemejaba a un pañuelo gigante. Cuando lo sacudió, de él empezaron a salir cantidades ingentes de oro. El rey se arrojó al suelo y metió todo lo que pudo en bolsas, y, al terminar, hizo una última reverencia a la diosa y se marchó. Por la mañana, sus súbditos se reunieron en la plaza y todo volvía a repetirse, como siempre. Solo Vikram sabía que las aventuras nocturnas del rey acabarían aquella misma noche, porque había concebido un plan. Al acabar el día, añadió un somnífero en la bebida del rey y él se acercó al crematorio. Pero antes, se hizo heridas en los brazos y en las piernas, y se puso sal y pasta de chile en las heridas para mantenerse despierto. Llevaba demasiadas horas sin dormir y sabía que, para llevar a cabo su plan, necesitaría estar alerta.

Pues bien, cuando llegó al crematorio se encontró con una *dakini* aullando y chupando sangre, que lo llevó ante la omnipotente Kali para que esta empezara con su diversión nocturna. Antes de que a la diosa le diera tiempo a ver de quién se trataba, él dio un salto enorme y se plantó en el estrado frente a ella. Kali se abalanzó sobre él de inmediato y le clavó los dientes. Hurgó un poco entre las tiernas carnes de Vikram hasta dar con el punto en el que su corazón bombeaba más sangre, y luego empezó a bebérsela. Él sintió que su cuerpo se debilitaba, pero el escozor de la sal y del chili en las venas era tan intenso que lo habría mantenido despierto incluso después de muerto, así que permaneció alerta. Kali se relamió los labios y se recostó en su trono.

—Esta sangre tiene un sabor nuevo, nunca había probado una sangre tan fresca —dijo la diosa, pensativa.

Mientras ella saboreaba la sangre de Vikram, con la cara embadurnada de humores rojizos, él aprovechó para saltar al caldero de aceite hirviendo. No se iba a quedar esperando a que lo hicieran las *dakinis*. ¿Quién sabe?, podrían haberlo reconocido. Luego, cuando estaba bien frito, se lo sirvieron a Kali, y ella se comió hasta el último bocado de su carne, siempre con mucho cuidado de no romperle los huesos. Las *dakinis* limpiaron el esqueleto y Kali fue a por el recipiente que contenía el líquido dorado. Mientras se preparaba para rociar aquel elixir sobre los huesos de Vikram, se acarició el vientre y sonrió, con el misterioso placer de los secretos que solo ella conocía.

—Llevo once meses comiendo de tu carne, rajá —exclamó entre carcajadas—, pero hoy había en ti algo suculento y sabroso que no había probado hasta ahora.

Las *dakini* se revolcaron por el suelo entre gorjeos y carcajadas, pues sabían que su ama estaba a punto de alcanzar alguno de sus grandes triunfos, aunque no estaban al tanto de sus secretos.

—Ya que hoy estabas tan sabroso y bien condimentado —dijo Kali con satisfacción y alegría—, te concederé un deseo.

—Que sean tres —se apresuró a responderle Vikram, encantado de que la diosa hubiera caído en su trampa.

—Tu ingenio es tan picante como tu carne —dijo Kali riéndose—. Así es como debe ser un rey: me gusta. Que sean tres deseos, entonces. ¿Cuál es el primero?

—Dame el elixir de la vida.

Kali vertió una cantidad generosa del líquido dorado sobre los huesos de Vikram y, cuando este recuperó su cuerpo por completo, le entregó la jarra con el líquido que quedaba.

—Ahí tienes: es suficiente para una vida humana —le dijo entre risas—. Y ahora, el segundo deseo.

—Dame el pañuelo del oro —le pidió Vikram.

—Aquí lo tienes, todo tuyo. Y tu tercer deseo.

Vikram cogió aire y reunió toda la valentía que albergaba en su cuerpo.

—Quiero que bendigas a este pueblo y a su rey, y luego, quiero que te alejes de aquí para siempre.

Vikram hizo reír a Kali con todas sus peticiones; era una risa sincera, como si todas aquellas exigencias la complacieran en lo más profundo del corazón. Al oír este último deseo lanzó la carcajada más sonora y alegre de todas, y luego respondió:

—Mi misión aquí ha acabado, Vikram: pensaba marcharme de todos modos.

Y entonces desapareció.

En aquel momento, Vikram comprendió que Kali lo había reconocido desde el principio.

Vikram volvió a palacio a toda prisa y le entregó al rey el pañuelo de oro. El rey le dio las gracias, y organizó un gran desfile real para acompañarlo a casa. En el camino de regreso, quiso detenerse para darle las gracias a la anciana que le había encomendado aquella misión, pero allí no había ninguna anciana, ¡había sido Kali!

Así que ya veis: Vikram había adorado a la diosa Kali toda su vida y, por eso, cuando él se encontró en apuros, ella hizo que ocurriera todo esto para poder ayudarlo. Aquella fue también una de las muchas ocasiones en las que el poder de Kali triunfó sobre Yama, el viejo y astuto dios de la muerte, pues el líquido dorado devolvió la vida a la esposa del monje. ¡Cómo juegan los dioses con nosotros ahí arriba! A veces nos regalan lluvias de flores, y otras, nos lanzan las flechas de la muerte.

La mujer rapaz

Cuento aborigen

Hace mucho tiempo, cuando los sueños aún se confundían con la realidad, había una anciana llamada Ngaroomba que vivía en las montañas del desierto. La mujer pertenecía a la tribu de los Maledna, y tenía dos hijas que vivían con ella.

A veces la anciana salía de su morada entre las rocas y empezaba a cantar una canción. Sus hijas bailaban en la tierra y levantaban una nube de polvo que se elevaba hasta el cielo.

Un día, dos muchachos que pasaban por aquel lugar vieron el polvo, pero creyeron que se trataba de una nube de humo. Antes del anochecer, los dos jóvenes decidieron acercarse a aquel lugar, donde las dos hermanas seguían bailando, y ellas, al ver que dos hombres se acercaban, avisaron a su madre.

—Madre, ahí vienen dos muchachos.

—Ah, deberíais ir a hablar con ellos —les respondió su madre.

Y luego la vieja Ngaroomba dijo a los dos jóvenes:

—Podéis quedaros aquí a pasar la noche.

Así, cada uno de los muchachos se tumbó con una de las hermanas en un lado del fuego. Pero a medianoche, la anciana se levantó, cogió una piedra enorme y mató con ella a los dos hombres mientras dormían.

Durante la noche, las dos hermanas se despertaron y fueron a llamar a su madre.

—Madre, tenemos hambre. ¿Nos queda algo de carne?

—Tendréis que salir a cazar —les respondió Ngaroomba, y les dijo que fueran a buscar algo.

Cuando sus hijas se fueron, la anciana preparó un horno de tierra, cocinó a los dos muchachos que acababa de matar y se los comió. Cuando terminó, hizo que sus pies adquirieran la forma de los de un dingo salvaje, fingió su rastro por todo el refugio, y dejó un camino de huellas que se alejaba de allí. Luego, cuando sus hijas volvieron, les dijo que unos perros salvajes habían devorado a los dos muchachos.

Durante mucho tiempo, la vieja Ngaroomba cantó para que sus hijas bailaran y levantaran aquella enorme nube que atraía a jóvenes muchachos. Así, la anciana mató y devoró a más de cien hombres del pueblo aborigen.

Un buen día, dos chicos de la tribu de los Kurrababa se acercaron al cobijo cuando la anciana y sus dos hijas ya no estaban allí. Estuvieron indagando en el refugio durante un rato y vieron un sinfín de espíritus de jóvenes como ellos que deambulaban por allí. Estos dos muchachos decidieron alejarse un poco y esperar a que anocheciera. Cuando regresaron, las dos hermanas ya habían vuelto, y los invitaron a pasar la noche con ellas en el campamento.

Más tarde, cuando la madre y las hijas dormían, los dos jóvenes se levantaron y pusieron un tronco hueco al lado de cada una de las hermanas. Luego se alejaron de la hoguera y observaron en silencio. Vieron que la anciana se acercaba sigilosamente con una enorme piedra en las manos y, cuando se acercó donde una de sus hijas estaba durmiendo, los dos muchachos salieron de la oscuridad y se abalanzaron sobre ella con sus bumeranes. Antes de matar a la anciana, le dijeron:

—Podrías haber comido lagartos goanna, ualabíes o tiliquas, pero nunca deberías haberte comido a nuestros hermanos aborígenes.

Los dos hermanos acabaron con la mujer usando la misma piedra que llevaba en la mano. Al morir, la mujer se convirtió en un águila audaz.

Luego, los dos hermanos dijeron:

—Nos convertiremos en zorros voladores.

Pero a las dos muchachas les dijeron:

—Vosotras os convertiréis en papagayos alirrojos y viviréis volando y cantando en los árboles, y os alimentaréis con flores.[19]

19. Toda la fauna citada es endémica de Australia, tanto los lagartos goanna y de lengua azul (tiliquas), como el pequeño marsupial ualabí (un canguro, en realidad); es importante que la anciana se convierta en el águila audaz *(Aquila audax),* una de las aves rapaces más grandes del mundo. Los zorros voladores son en realidad grandes murciélagos y los papagayos alirrojos son una especie autóctona australiana.

Los dos niños y la bruja del bosque

Cuento portugués

Érase una vez una mujer que tenía un hijo y una hija. Un día, mandó a su hijo a comprar cinco reales de judías, y luego les dijo:

—Hijos míos, cuando vayáis a buscarme, debéis seguir el rastro de estas vainas de judías que os iréis encontrando por el camino y, cuando lleguéis al bosque, me encontraréis allí recogiendo leña.

Los niños hicieron lo que les había dicho su madre. Cuando fueron a buscarla, siguieron el rastro de las vainas de habichuelas que se encontraban por el camino, pero cuando llegaron al bosque no consiguieron encontrarla por ninguna parte. Al caer la noche, vieron en la distancia una luz encendida. Caminaron hacia la luz y, cuando llegaron, se encontraron con una anciana que estaba friendo unas tortas. Como la señora estaba ciega de un ojo, el niño se acercó por el lado del que no veía y le robó una torta, pues estaba muy hambriento. Ella pensó que se la había robado su gato, y exclamó enfadada:

—¡Gato ladrón! ¡Deja las tortas, que no son para ti!

El niño le dijo a su hermana:
—Vamos, ahora te toca a ti: ¡coge una torta!
Pero la niña le respondió:
—Yo no soy capaz, seguro que me da la risa.
Pero el niño insistió e insistió, y la animó a coger una torta, así que a ella no le quedó más remedio que hacerlo. Se acercó por el lado del ojo ciego de la vieja y le robó otro dulce. La mujer pensó de nuevo que había sido su gato, y gritó:
—¡Largo! ¡Fuera de aquí, gato viejo! ¡Las tortas no son para ti!
Entonces a la niña le dio un ataque de risa y, al oírla, la vieja se giró y descubrió a los niños.
—¡Ah! ¿Sois vosotros, nietecitos míos? Venid, venid a comer y poneos bien gorditos.
Luego los cogió y los metió en una caja enorme llena de castañas y los dejó allí encerrados toda la noche. Al día siguiente, se acercó a la caja y les dijo:
—A ver, criaturas, enseñadme los deditos, que quiero ver si os habéis puesto grandes y gordos.
Los niños sacaron los dedos, como ella les había pedido.
Al día siguiente, la vieja volvió a decirles:
—Enseñadme los deditos, queridos míos, ¡a ver si ya os habéis puesto gordos y rellenos!
Pero esta vez, en vez de enseñarle los dedos, los niños sacaron la cola de un gato que se habían encontrado en la caja.
—¡Criaturitas mías, ya podéis salir! Veo que estáis bien gordos y apetecibles —exclamó la anciana.
Los sacó de la caja y les pidió que la acompañaran a recoger leña.
Los niños salieron al bosque y se fueron a buscar por un lado, mientras que la vieja bruja se iba a buscar en la otra dirección. Cuando llegaron a un claro entre los árboles, se encontraron con un hada, que les advirtió del peligro que corrían.
—Mis pequeños, sé que estáis recogiendo leña para calentar el horno, pero lo que no sabéis es que la bruja quiere cocinaros en él.

Les siguió contando que la anciana tenía pensado pedirles que se colocaran en la bandeja del horno, que les diría: «Poneos de pie en la bandeja, queridos, que yo os vea bailar en el horno». También les recomendó que, cuando aquello ocurriera, ellos debían pedirle a la vieja que se sentara ella primero en la bandeja, porque así aprenderían cómo tenían que hacerlo. Y después, el hada desapareció.

Al poco de haber estado hablando con la amable criatura, se encontraron con la bruja en el bosque. Hicieron varias gavillas con las ramas que habían ido recogiendo y las llevaron a casa para encender el horno. Cuando ya estaba todo listo, la anciana sacó la bandeja con cuidado y les dijo a los niños:

—Sentaos aquí, queridos míos, en la bandeja, que vea yo lo bien que bailáis en el horno.

Los niños respondieron tal y como les había recomendado el hada.

—Abuelita, siéntate tú primero, así aprenderemos cómo lo haces.

Como la vieja bruja tenía intención de cocinar a los niños en el horno, se sentó en la bandeja para engatusarlos y que ellos hicieran lo mismo después. Pero en cuanto la vieron allí sentada, los niños empujaron la bandeja al horno, y a la bruja con ella. La anciana cayó al fuego, salió una enorme llamarada y quedó calcinada por completo.

Al final, los niños se quedaron con las pertenencias de la bruja, y vivieron felices en la cabaña del bosque.

Mi dulce bruja

Cuento centroafricano, del Congo

Un joven llamado Matsona estaba enamorado de una muchacha llamada Kitsumuna, y todas las noches iba a verla y le llevaba vino de palma. Un día, su amada le dijo:

—No vengas mañana; ven dentro de dos noches.

Al joven aquello le extrañó mucho, pero no sospechaba la verdadera razón, que era mucho peor de lo que se imaginaba: ¡era una bruja! Él decidió ir a visitarla de todos modos, pero, por precaución, se llevó dos dátiles escondidos en el fajín.

Fue a casa de su amada y llamó a la puerta. Pareció que la muchacha estaba nerviosa y desconcertada al verlo, pero no pudo negarse a dejarlo entrar. Hicieron el amor, pero, de repente, en mitad de la noche, el joven creyó oír la voz del padre de su amada que gritaba desde las alturas. En realidad, el que gritaba era el espíritu de su suegro, que además era el jefe de la aldea, y estaba encaramado en el tejado de la cabaña.

El jefe entró en la alcoba igual que un murciélago se descuelga del techo. Luego apareció su madre, seguida de muchos otros habitantes de la aldea, todos en forma de espíritus incorpóreos.

Cuando todos los espíritus estuvieron reunidos, el jefe ordenó a su hija Kitsumuna que fuera a sentarse con ellos. La joven estaba muy alterada, pues sabía que su amado estaba escuchando todo lo que decían, aunque, con tanta oscuridad, nadie era capaz de verlo, ni siquiera las brujas.

Su padre le dio un trozo de carne y le ordenó que se lo comiera. Pero la joven, nerviosa y torpe, dejó caer la carne al suelo, y el resto de las brujas también dejaron caer lo que estaban comiendo. Al ver lo que pasaba, el maestro brujo sospechó que en la aldea debía quedar alguien despierto, así que salió volando por la ventana y esparció aguas de sueño sobre las cabañas del pueblo para asegurarse de que todas las almas inocentes estuvieran profundamente dormidas.

Cuando regresó al aquelarre, comprendió que el agua mágica seguramente no había hecho efecto, pues al intentar verter la salsa de sangre humana sobre sus platos, se le derramó. Aquello solo podía significar que la persona que quedaba despierta se escondía allí, en la cabaña de la joven. Buscaron por toda la habitación hasta que al final dieron con Matsona, el pretendiente de Kitsumuna.

El jefe lo invitó a unirse al aquelarre, y acto seguido le ofreció un trozo de carne. Pero el joven sabía muy bien lo que aquello significaba: él también tendría que llevar un cuerpo humano a alguna de aquellas reuniones en el futuro. El precio que había que pagar para ser uno de ellos era convertirse en asesino. Por el contrario, el precio de no querer unirse al aquelarre era convertirse en la próxima víctima, así que no tenía muchas opciones.

Matsona decidió usar la astucia para intentar salir de aquella encrucijada. Viendo que la madre de su enamorada también pertenecía al aquelarre, sacó a relucir su buena educación y dijo:

—Por supuesto, aceptaré esta carne con mucho gusto. Sin embargo, no puedo comérmela en presencia de mi futura suegra.

Todos estuvieron de acuerdo en que comer frente a su suegra era una grosería, incluso entre brujas, y, por tanto, le permitieron que se la comiera en una esquina, junto a la cama, sentado de espaldas al resto. De este modo, pudo sacar los dátiles y comérselos, en vez de la carne, y que todos lo oyeran masticar. Por supuesto, su novia se alegró mucho de que su amado se hubiera unido al aquelarre, y no tenía ni idea de que en realidad había enterrado aquel trozo de carne humana en el suelo de la cabaña. Cuando todos acabaron de comer, el jefe volvió a dirigirse a Matsona.

—Ahora debes entregarnos el cuerpo de alguno de tus familiares. Puede ser tu madre, por ejemplo, o tu abuela.

El joven respondió que así lo haría, porque sabía que eso era lo que se esperaba de él.

Poco después, la abuela de la joven falleció. Los aldeanos sospechaban que no había muerto de vieja e insistieron en que se llamara a un adivino. El encargado de ir a buscar uno fue Matsona, que, cuando iba de camino, pasó por una aldea vecina en la que vivía su futuro cuñado, el hermano de Kitsumuna. Matsona le contó lo que le habían encomendado, le dijo que lo habían enviado en busca de un adivino para que investigara la misteriosa muerte de la abuela de Kitsumuna, y este le respondió:

—Era también mi abuela, y si ha muerto por brujería, debo ir contigo y encontrar a los malhechores. Como sabes, yo también soy adivino. Te agradezco mucho que me hayas contado lo que ha pasado. Ahora volvamos juntos a la aldea. Cuando lleguemos, para empezar, me alojaré en tu cabaña, y como soy tu futuro cuñado, podré examinar bien la situación sin levantar sospechas.

Cuando llegó el día que habían acordado para celebrar el ritual de adivinación, se reunieron todos los miembros de la tribu en la plaza. El adivino les pidió que se dividieran en grupos, separó a los hombres libres de los esclavos, a los familiares de sangre de los miembros de las familias políticas, y así sucesivamente. El jefe empezaba a estar nervioso, porque notaba que el sabio adivino ya se había dado cuenta de la verdadera raíz del problema y tenía el corazón encogido por la ansiedad. Al final, el adivino acabó reduciendo el grupo de sospechosos a una sola familia, y continuaba cantando:

Bapfumu wau ntanda
Baana wau ntanda…
Los hombres libres con los suyos,
y con los suyos los esclavos…

Finalmente, señaló a la familia del jefe, su propia familia, y absolvió al resto. El jefe, su esposa y todos los miembros del aquelarre tuvieron que beber veneno como juicio divino,[20] y todos murieron, incluida Kitsumuna.

20. El juicio divino fue también una práctica común en la Europa medieval: se sometía al sospechoso a un proceso mortal (beber plomo ardiendo, ser atravesado por una espada o ser arrojado al mar). Si sobrevivía, significaba que Dios había decidido que era inocente. Si moría, Dios había decidido que era culpable. El resultado de estos juicios divinos solía parecerse al que se describe en este cuento.

La maldición

Cuento armenio

Hace mucho mucho tiempo, el padre del abuelo de mi abuela iba caminando por el pueblo, absorto en sus pensamientos, cuando, de repente, levantó la vista y vio una hembra de alce corriendo con un hígado humano entre los dientes y un grupo de alces más pequeños que la seguían de cerca pidiendo comida.[21]

—¡Madre! ¡Queremos comer! —gritaba uno detrás de otro.

—Lo sé, lo sé… Esperad a que lleguemos al río para poder mojar el hígado. Sabéis muy bien que no os lo podéis comer así —respondió la madre, y siguieron corriendo hacia el río.

En fin, ese ancestro mío era un buen hombre y, al oír aquello, se estremeció. Sabía que aquel hígado pertenecía a un ser humano y que, según la tradición, cuando se sumergía un hígado en el agua, la persona a la que se lo habían extraído moría

21. En el cuento se habla de alces, aunque, en realidad, se trata de brujas o duendes o demonios ataviados con pieles de alce. *(Véanse notas finales.)*

inmediatamente. Tenía que detener al alce, pero ¿qué podía hacer? Entonces recordó que por ahí rondaban historias sobre aquellas criaturas, y que era posible detenerlas clavándoles una aguja en sus vestimentas.

Sin pensárselo dos veces, mi ancestro se quitó el broche del turbante y corrió a clavárselo al alce en el manto. La madre alce se quedó paralizada en el acto, y sus hijos, asustados al ver que habían capturado a su madre, la abandonaron y se alejaron rápidamente.

—Quítame esa aguja y haré cualquier cosa que me pidas —le rogó el alce.

—¿De quién es este hígado? —preguntó mi pariente.

Al principio, la criatura no le respondió. Pero cuando le volvió a preguntar, ella le dijo que pertenecía a una joven recién casada del pueblo, que acababa de dar a luz a su primer hijo.

—Vaya, le arrancas el hígado a una joven inocente a sabiendas de que morirá en cuanto lo mojes en el río, ¿y aun así te atreves a pedirme piedad? ¿Por qué me iba a apiadar de ti? Llévale el hígado a su dueña y déjalo en el lugar de donde lo arrancaste. ¡Deprisa! Y cuando lo hagas, vuelve —le ordenó mi antepasado.

La joven a la que el alce le había arrancado el hígado estaba en la cama, agonizando, a punto de morir, pero cuando el alce volvió a colocárselo, empezó a respirar con normalidad y no tardó en recuperarse.

El alce volvió donde había dejado a su captor y le rogó que la dejara en libertad.

—Por favor, libérame. Tengo hijos a los que alimentar, tengo que cuidar de ellos.

—Me pides que te devuelva la libertad para cuidar de tus hijos, pero tú habrías dejado huérfano a un recién nacido solo para satisfacer su apetito.

Mi ancestro se llevó a la hembra de alce a casa y la puso a trabajar para él: la criatura cocinaba, horneaba, limpiaba y preparaba la mesa cuando era la hora de comer. Era una excelente sirvienta y llevaba al día todas sus tareas, aunque siempre les pedía a los viajeros que le quitaran el broche del manto. Pero, claro, como todos sabían de su malfetría, nadie la liberaba. Así que pasó años trabajando para mi antiguo pariente sin que nadie la ayudara. Después de siete años de servicio, fue a hablar con su amo por última vez:

—Por favor, libérame. Quítame el broche. No volveré a molestarte ni a hacerte daño, ni a ti ni a tu familia, durante siete generaciones —le prometió.

—Pero, si te dejo en libertad, sé que encontrarás la forma de hacernos mal.

—Si me liberas, prometo no hacerle daño a tu familia durante siete generaciones; solo haré que todas vuestras cucharas de madera se rompan con facilidad.

Y así, la madre alce recuperó su libertad. Siempre mantuvo su promesa, y todavía no ha hecho daño a ningún miembro de nuestra familia. Sin embargo, su maldición sí se cumplió, y aún hoy en día, en Armenia, las cucharas de madera se nos rompen cada dos por tres.

Dos niños y una bruja

Cuento melanesio

En la isla de Mele, en el archipiélago de las Nuevas Hébridas, había un matrimonio con dos hijos, un niño y una niña. El niño se llamaba Bogifini, y la niña, Bogitini. Un día, sus padres les dijeron:

—Tenemos que ir a coger fruta. Sed buenos mientras no estamos, y ni se os ocurra acercaros al mar. Hay una bruja que vive cerca del agua salada, se llama Likele y le gusta cazar niños y niñas. ¡Tened cuidado de que no os coja!

Los niños prometieron que se portarían bien y que no se acercarían al agua del mar. Solo de pensar en Likele, ya se ponían a temblar.

—¡No nos acercaremos al mar! —gritaron a la par.

Así que su madre y su padre cogieron las varas de cavar, se las echaron al hombro y partieron hacia los campos de fruta.

En cuanto se alejaron, llegó una preciosa mariposa roja y dorada que empezó a revolotear cerca de los niños. ¡Qué bonita era bajo aquel sol tropical! Pasó un buen rato revoloteando por allí;

a veces se posaba unos instantes en alguna flor y luego echaba de nuevo a volar de un lado para otro.

—¡Mira, Bogitini, qué mariposa tan bonita! —le gritó Bogifini a su hermana, y los dos corrieron tras ella para intentar atraparla.

De vez en cuando, la mariposa se paraba a descansar sobre una hoja, y luego retomaba el vuelo y seguía su camino; los niños iban tras ella, saltando entre las rocas y abriéndose paso entre la maleza. Absortos en aquella persecución, olvidaron lo que habían prometido a sus padres y el miedo que les había dado la historia de la bruja Likele.

Antes de que se dieran cuenta, los niños ya estaban corriendo alegremente por la playa; mientras, la mariposa se alejaba sobre las rocas y las pozas de agua. La marea estaba baja y dejaba al descubierto la arena de la playa, las rocas y los corales…, así que los niños se olvidaron de la mariposa.

—¡Mira, Bogifini! —le dijo su hermana—. Mira qué peces tan bonitos. ¡Hay muchísimos! Ven, vamos a coger alguno.

Los cogían con las manos, pero eran muy pequeños.

—¡Vaya! Se nos escapan de las manos —dijeron—. Nos hace falta una cesta.

Así que volvieron corriendo a casa para coger las cestas de pesca de su madre, una para cada uno. Su madre había hecho aquellos cestos con hojas bien apretadas y los había cerrado por la parte de arriba para que los peces no pudieran escurrirse ni escapar de un salto.

Bogitini y Bogifini enseguida llenaron las dos cestas de pececitos. ¡Estaban muy contentos! ¡Qué niños tan traviesos! Olvidaron por completo sus promesas y el miedo a la bruja.

Pero cuando ya volvían a casa, saltando alegremente por las charcas de agua salada, de repente vieron algo aterrador. Era la temible Likele: estaba tendida en una roca, con la cabeza hacia atrás; se estaba lavando el pelo en una de las pozas que había entre las rocas. Tenía el pelo largo y encrespado, y cuando levantó la cabeza y la sacudió, salpicó agua por todas partes.

—¡Ja, ja, ja! —gritó la bruja—. Pero ¿qué tenemos aquí? Venid, venid, queridos, ¡venid aquí!

Los niños se quedaron paralizados de miedo.

—¡Venid conmigo! —repitió la bruja—. A ver, ¿qué tenéis en esas cestitas?

Likele abrió las cestas, sacó todo el pescado, se lo metió de golpe en las fauces y se lo tragó de un bocado. Luego cogió a la pobre Bogitini y también se la tragó enterita, no dejó más que uno de sus deditos. Aquel dedito que la bruja le había arrancado al dar un bocado cayó inadvertidamente en la arena.

Bogifini salió corriendo hacia un cocotero y se subió a él rápidamente. Trepó a toda velocidad hasta lo más alto, sujetándose bien al tronco con las manos y apoyándose en la planta de los pies.

—¡Madre! ¡Padre! —gritó.

—Creo que oigo gritar a uno de nuestros hijos, esposo —dijo su madre, lejos de allí.

—¡Tonterías! —respondió su padre—. Yo no oigo nada. Venga, sigue trabajando o te doy con la vara. ¡No seas holgazana!

—¡Madre! ¡Padre! —Otro grito llegó con la brisa y, esta vez, los dos lo escucharon. Fueron corriendo a ver qué había pasado, y la madre vio a su hijo entre las hojas del cocotero.

—Ay, padres… —dijo Bogifini—. No hemos sido buenos hijos.

—¡Baja de ahí! —gritaron sus padres, y el niño se deslizó hasta el suelo.

—La bruja se ha comido a mi hermana —les dijo el muchacho. Empezó a sollozar. Los ojos del padre se anegaron en lágrimas, pero la madre fue más práctica. Llevaba un hacha de piedra en la mano, que había estado usando para quitar las malas hierbas entre las plantas de ñame.

—¿Dónde está esa bruja? Vamos a buscarla —dijo la madre, y pronto dieron con la malvada criatura—. ¡Ahí estás, Likele! Dime, ¿dónde está mi hija?

—¿Tu hija? No sé de qué me hablas, yo no he visto a ninguna niña por aquí —respondió la bruja.

El padre ya no lloraba: en la mano llevaba una lanza muy larga, hecha de junco y con dientes de tiburón en la punta.

—¡No me mientas! —dijo el padre, que agarró a la bruja con la mano izquierda, y, con la derecha, le clavó la punta de la lanza en el cuello.

La bruja murió de inmediato. Luego la madre le abrió el estómago con la parte más afilada de su hacha, y de allí salió la pequeña Bogitini. ¡Cómo se alegraban de volver a verla! ¡Y qué felices eran estando todos juntos de nuevo!

La *muzayyara*

Cuento egipcio

Una noche, Idrees volvía de Barshoom, que está a unos tres kilómetros de aquí. Venía con su yegua, por el camino real. Cuando iba a cruzar un puente, oyó una voz que lo llamaba.

—Idrees, oh, Idrees…

Miró a su alrededor, pero no vio a nadie, así que imaginó que había sido el viento y siguió su camino, pero al poco volvió a oír:

—Idrees, oh, Idrees… Ven a ayudarme.

Se giró de nuevo hacia la voz y vio a una mujer de pie junto al canal. Tenía un cántaro de agua a su lado, pero no era capaz de levantarlo para colocárselo en la cabeza.

Idrees bajó de la yegua y se acercó a la mujer. Al ver que no era del pueblo, le preguntó:

—¿Qué está haciendo por aquí a estas horas de la noche?

—Vivo ahí —dijo, mientras señalaba la parte oeste del pueblo—. Somos vecinos. Necesitaba venir a por agua y se me hizo tarde. ¿Te importaría subirme a tu yegua y acercarme a mi casa?

—Está bien —respondió Idrees.

Así que ayudó a la mujer a subir a la yegua y emprendieron el camino. Poco después, notó que la mujer no hacía más que moverse inquieta. Cuando se giró para ver qué le pasaba, vio que tenía un pecho fuera; era un pecho de hierro, y del pezón salían llamas de fuego. Entonces comprendió que se trataba de la *muzayyara*, la bruja de hermosos cabellos largos hasta la rodilla, y que estaba a punto de matarlo. Espoleó entonces a la yegua con todas sus fuerzas, y el animal se encabritó bruscamente sobre sus patas traseras; Idrees se aferró a las riendas, pero la *muzayyara* cayó al suelo, y la yegua salió corriendo, rápida como el viento.

Mientras se alejaban, oyó que la bruja se mordía un dedo y exclamaba:

—¡Argh! ¡Hijo de perra! ¡Esta vez te has escapado!

Y tenía los ojos encendidos en llamas.

· OCTAVA PARTE ·

Enfrentamientos y argucias

La mantequera embrujada

Cuento irlandés

Cerca de Scarawalsh vivía una anciana que no tenía muy buena reputación entre sus vecinos. Un anochecer de mayo la vieron cogiendo espuma en el pozo de una granja vecina y, cuando acabó con aquello, fue al prado colindante y se llevó también el rocío de la hierba. Alguien dijo que la había oído murmurar: «Todo todo para mí, que no quede nada para él». Un par de días después, cuando el dueño de la granja llegó de trabajar al mediodía, se encontró a su familia junto a la mantequera, pero dentro no había ni una gota de mantequilla. Aquello le resultó preocupante y decidió echar un vistazo por la casa, hasta que al final vio que había un pegote de mantequilla rancia en la repisa de la chimenea.

—No hace falta indagar más. ¡Mirad lo que he encontrado! —dijo el hombre.

—Oh, es la manteca de la bruja —dijo una de sus hijas—. Vamos a quitarla de la repisa.

—No servirá de nada —dijo otra—: o lo hacemos con un cuchillo encantado o nada. Habrá que ir a pedir consejo al hechicero, que vive en la vieja casa en ruinas. Es el único que puede ayudarnos.

El señor de la casa fue a pedir consejo y, cuando tuvieron leche suficiente para hacer un batido de mantequilla, esto fue lo que hicieron: cogieron ramitas de fresno recogidas de la montaña, hicieron guirnaldas y se las colocaron a las vacas en el cuello; a continuación, hicieron una hoguera enorme, a la que arrojaron el dental y la telera del arado; por último, colocaron ramas de fresno también alrededor de la mantequera y ataron los extremos a la cadena del arado. Acabados los preparativos, cerraron bien puertas y ventanas para que nadie pudiera abrir desde fuera y comenzaron a batir la nata de la leche en la mantequera.

Y justo cuando la reja del arado empezó a ponerse al rojo vivo, alguien intentó abrir la puerta desde fuera. Por la ventana vieron que era la bruja.

—¿Qué quiere, buena mujer? —le preguntaron.

—Vengo a pediros unos rescoldos para calentarme, y también quiero ayudaros con la mantequilla. Me he enterado de lo que os ha pasado y yo suelo tener bastante suerte con estas cosas.

En aquel momento dejó escapar un grito de dolor, porque el arado, que estaba al rojo vivo, la estaba abrasando por dentro.

—¿Qué le ocurre, pobre mujer?

—Es que tengo unos cólicos terribles. Apiadaos de mí, dejad que me acerque al fuego, y os agradecería que pudierais ofrecerme algo caliente para beber.

—¡Vaya! Pues sintiéndolo en el alma, ahora mismo no podríamos abrirle la puerta ni al mismísimo San Mogue.[22] Tememos que la bruja entre y corte la cuerda con la que hemos atado los aperos o saque los hierros del arado del fuego, o incluso que toque la mantequera. El otro día se llevó la mantequilla fresca

22. San Mogue (o San Máedóc de Ferns o San Aidán), que vivió entre los siglos VI y VII fue el primer obispo de Wexford y fundador de numerosos monasterios e iglesias.

que acabábamos de preparar y también un trozo de carbón de nuestra chimenea. Tenemos que proteger nuestra labor. Tenga paciencia, buena mujer, que cuando sepamos algo de nuestra mantequilla le abriremos la puerta y le daremos un buen cuenco de ponche caliente, con comino, tan bueno que le devolvería la vida, aunque estuviera a las puertas de la muerte —le dijo el hombre, y luego gritó a sus hijas—. ¡Echad más leña al fuego! ¡Que esos hierros sigan al rojo vivo!

La vieja lanzó otro rugido de dolor por parte de la bruja, que exclamó:

—¡Ah, que el demonio maldiga a todos los desalmados que dejan morir de dolor a una anciana a la puerta de su casa! He acudido a vosotros con la esperanza de que me ayudarais, y este es el auxilio que me ofrecéis. Abrid un poco la ventana y os daré algo que os servirá: en este papel blanco encontraréis la mantequilla que tenéis que echar a la mantequera; este carbón nuevo, echadlo al fuego; y la mantequilla que hay en la repisa de la chimenea, raspadla con este cuchillo. Luego debéis devolvérmelo todo, porque tengo que devolvérselo a la mujer sabia a la que se lo pedí para ayudaros.

La familia siguió las indicaciones de la bruja. Y al poco vieron que la mantequera se iba llenando de mantequilla. Se alegraron tanto que incluso le abrieron la puerta a la vieja granuja en señal de agradecimiento. Pero ella, enfurecida, prefirió marcharse, no sin antes despedirse con una bendición:

—No quiero nada más de vosotros. Me habéis tratado como si fuera de la secta de Huss o un sicario de Cromwell, en vez de como a una vecina honrada. Así que aquí os dejo mi maldición, y la maldición de Cromwell, sobre todos vosotros.[23]

23. La campaña de Cromwell en Irlanda (1649-1650) se ha considerado históricamente una de las grandes infamias de la humanidad: en algún caso se consideró un verdadero genocidio derivado de un conflicto político y religioso.

El rabino Joshua y la bruja

Cuento judío

Durante sus viajes por Babilonia, el rabino Joshua ben Hanania y el rabino Eliezer ben Hyrcanus llegaron a un pueblo en el que solo encontraron a unas pocas familias judías. Aquellas gentes llevaban años sin tener contacto alguno con sus hermanos, pero, aun así, se mantenían fieles a la tradición judía, y los padres transmitían a sus hijos lo que a ellos les habían enseñado desde niños. En fin, dio la casualidad de que el rabino Joshua y el rabino Eliezer se cruzaron con dos de esos niños que estaban jugando por la calle y vieron que estaban haciendo montoncitos de arena; uno de los niños separó una parte y dijo:

—Esta la guardaremos para el diezmo.

Al oír aquello, los dos sabios rabinos comprendieron que aquellos niños debían ser judíos y se sorprendieron de que hubiera familias judías en aquella ciudad. Pidieron a uno de los niños que los condujera a su barrio y, al llegar, llamaron a la primera puerta que encontraron. La familia que allí vivía, al oír que sus visitantes eran hermanos judíos, se alegraron muchísimo y los invitaron a pasar unos días en su casa.

Aquella noche, los rabinos cenaron con sus anfitriones. La comida estaba deliciosa, pero observaron que, antes de traerles los platos, los llevaban un momento a la habitación de al lado. El rabino Eliezer empezó a sospechar y les preguntó por qué hacían aquello. Los dueños de la casa le explicaron que su anciano padre estaba en esa habitación y que había jurado no salir de allí hasta que volviera a haber rabinos en aquella ciudad.

Claro, como los dos huéspedes eran rabinos, pidieron a sus anfitriones que llamaran a su padre para que cenara con ellos, y ellos así lo hicieron, muy contentos. Cuando el anciano salió del cuarto y vio que a su ciudad por fin habían llegado dos rabinos, no pudo contener las lágrimas. El rabino Joshua quiso saber por qué había hecho un juramento tan extraño, encerrándose en aquella habitación, y el anciano contestó:

—Me estoy haciendo viejo y, antes de dejar este mundo, quiero asegurarme de que mi hijo sea padre. Pero el pobre no ha podido tener hijos, por eso juré encerrarme en esa habitación hasta que llegara algún rabino que pudiera rogarle a Dios que bendijera a mi hijo con un sucesor.

La explicación del anciano los conmovió, así que el rabino Eliezer le pidió al rabino Joshua que buscaran la manera de ayudarlo. Este le respondió que haría todo lo que estuviera en su mano y pidió a su anfitrión, el hijo del anciano, que le trajera semillas de linaza. Cuando las trajo, el rabino Joshua las extendió en la mesa; luego mojó los dedos en un cuenco con agua y salpicó unas gotas sobre las semillas. De pronto, y para sorpresa de todos los presentes, las semillas empezaron a crecer.

Unos minutos después, las plantas de linaza se habían desarrollado por completo y parecían haber echado raíces en la mesa. Entonces, mientras todos observaban maravillados, el rabino Joshua metió la mano entre las plantas y reunió varias en un puño. Cuando tiró para arrancarlas, lo que salió fue un mechón de pelo, que pertenecía a una bruja; siguió tirando y apareció su cabeza, y luego su cuerpo entero. Todos se quedaron estupefactos al ver a la bruja; todos a excepción del rabino Joshua que, sin soltarla del pelo, la miró a los ojos y le dijo:

—Te ordeno que rompas el hechizo que lanzaste sobre este hombre, para que pueda al fin engendrar un hijo.

El rabino estaba tan enfadado que la bruja empezó a temblar y confesó que, en efecto, había confeccionado un amuleto para maldecir a aquel hombre, pero aseguró que era incapaz de romperlo, pues había arrojado el amuleto embrujado al fondo del mar. Entonces, el rabino Joshua le respondió:

—En ese caso, te quedarás prisionera entre las tablas de esta mesa hasta que se rompa la maldición.

Entonces soltó a la bruja y ella volvió a hundirse en la mesa, bajo los brotes de linaza. Cuando la bruja desapareció entre las rendijas de la madera, la linaza se marchitó por completo y de nuevo quedaron solo las semillas esparcidas por la mesa, como al principio.

Aquella noche, todos comprendieron que el hijo del anciano había sido víctima de la maldición de una bruja y lamentaron saber que no había forma de romper el hechizo. Pero el rabino Joshua no perdió la esperanza; le pidió a su anfitrión que los condujera a las playas de la ciudad y, cuando llegaron, se puso frente al mar e invocó la presencia de Rahab, el príncipe de los Mares, a quien le rogó que recuperara el amuleto perdido de inmediato para poder romper el maleficio. Y cuando ya todos habían perdido la esperanza… ¡el amuleto salió a la superficie! Luego llegó flotando hasta la orilla, y vino a parar a los pies del rabino, que lo abrió para sacar el pergamino en el que la bruja había escrito la maldición, y lo quemó. El hechizo se había roto y, en aquel mismo instante, la bruja quedó liberada de la mesa y huyó de la casa a toda prisa. Nadie volvió a saber de ella.

En menos de un año, el hijo del anciano fue padre. La familia no cabía en sí de gozo, sobre todo el abuelo, que vivió lo suficiente para ver a su nieto aceptar el yugo de los *mitzvot*.[24] Aquel

24. Los *mitzvot* son los mandamientos o preceptos de la Torá.

niño se llamó Judá ben Bathyra, y con el tiempo se convirtió en sabio y estudió como discípulo del rabino Joshua, que con tesón le enseñó todo lo que sabía.

El consejo del Gran Chamán

Cuento norteamericano, de los montes Ozark

Cuenta la historia que un granjero estaba a punto de quedarse dormido cuando, de repente, se le apareció una hermosa joven con unas riendas en la mano. En un abrir y cerrar de ojos convirtió al pobre hombre en un potro, saltó sobre su lomo y, cabalgando con decisión, se adentraron en el bosque. Luego lo ató a un árbol a la entrada de una cueva, y el hombre entonces vio cómo un grupo de forasteros se metía en la gruta con grandes sacos de dinero. Al rato, la joven volvió a montar en él y volvieron a la casa del hombre. A la mañana siguiente el granjero se despertó muy cansado y lleno de arañazos, por los matorrales que había tenido que sortear en su aventura nocturna. Aquello siguió ocurriendo noche tras noche, así que el granjero decidió consultar al Gran Chamán, cuya fama era conocida. El brujo le aconsejó que señalara el árbol al que lo ataban por la noche, para poder encontrarlo de nuevo durante el día. Después, dijo el brujo, resultaría sencillo capturar a la bruja y matarla con una bala de plata. Además, luego podrían hacerse con el tesoro de la cueva.

Así pues, la noche siguiente, transformado en caballo de nuevo, el campesino fue dejando por el camino todas las boñigas que pudo para señalar el camino y mordisqueó el tronco del árbol al que estaba atado para dejar una muesca llamativa. «Mordí y mordí, y, de repente, se oyó un ruido infernal; entonces, me deslumbró un gran resplandor. Luego oí un grito de mil demonios, y me pareció que era la vieja de mi mujer la que estaba dando aquellos alaridos. En menos que canta un gallo, vi que estaba en mi casa de nuevo, y al parecer… —en este punto de la historia, el campesino le echó una mirada furtiva a su mujer, que estaba sentada, fumando, impasible, al lado de la chimenea— al parecer había pringado las mantas con boñigas, ¡y casi le arranco la pierna a la vieja de un mordisco!»

Hijo de siete reinas

Cuento hindú

Érase una vez un rey que tenía siete esposas y ningún hijo. Esto lo apenaba profundamente, sobre todo cuando pensaba que, tras su muerte, nadie heredaría su trono. Resulta que un día fue a verlo un pobre faquir y le dijo:

—Tus plegarias no han sido en vano, tu deseo se hará realidad, y una de tus siete reinas pronto te dará un hijo.

Ante aquella promesa, la alegría del rey no conoció límites, y enseguida despachó órdenes para que, a lo largo y ancho del reino, se hicieran los preparativos adecuados con el fin de celebrar el nacimiento de su hijo.

Mientras tanto, las siete reinas vivían en un espléndido palacio rodeadas de lujos, con cientos de esclavas y un festín de dulces y golosinas sin fin.

Debe saberse que una de las grandes pasiones del rey era la caza. Pero un día, antes de salir a cazar, las siete reinas le hicieron llegar el siguiente mensaje: «Tenga a bien nuestro señor, su majestad, no ir a cazar a las tierras del norte, porque hemos tenido pesadillas y malos presagios, y tememos el mal que le pudiera ocurrir».

El rey, para calmar a sus esposas, les prometió que tendría en cuenta su petición y se encaminó hacia el sur. Pero la suerte quiso que, aunque se esmeró en la tarea, aquel día no encontrara ni una presa. Tampoco tuvo éxito al este ni al oeste, así que, como era un gran apasionado de aquel recreo y no tenía intención de volver a casa con las manos vacías, se olvidó de su promesa y partió hacia las tierras del norte. Al principio tampoco tuvo éxito, pero cuando casi había decidido dar la jornada de caza por terminada, una cierva blanca de astas doradas y pezuñas de plata pasó a su lado veloz como un relámpago y desapareció en un bosquecillo. Fue todo tan rápido que apenas tuvo tiempo de verla, pero, aun así, sintió un deseo incontrolable de capturar y poseer a aquella hermosa y extraña criatura. Enseguida ordenó a sus lacayos que formaran un círculo alrededor del bosquecillo para rodear a la cierva. Poco a poco fueron estrechando el cerco y el rey se fue acercando hasta que al fin pudo distinguir a la cierva, que jadeaba entre la maleza. Se acercó cuanto pudo, pero, justo cuando tenía a mano a la hermosa criatura, esta dio un salto tremendo por encima de la cabeza del rey y huyó hacia las montañas. Olvidando todo lo demás, el rey espoleó a su caballo y salió cabalgando tras la cierva raudo y veloz. Se alejó al galope y dejó atrás a su séquito, sin perder de vista a la cierva blanca; no sujetó las riendas ni una sola vez, hasta que se encontró en un barranco sin salida y se vio obligado a detener a su corcel. A la entrada de la cárcava había una cabaña desvencijada y miserable, pero estaba tan cansado por aquella larga e infructuosa persecución que entró a pedir un poco de agua. Encontró allí a una anciana sentada junto a una rueca, que respondió a su petición llamando a su hija; de inmediato, de la habitación salió una doncella tan encantadora, de piel tan blanca y cabellos tan dorados, que el rey quedó estupefacto al ver a una joven de tal belleza en aquella despreciable cabaña.

La joven le acercó el vaso de agua a los labios y él, mientras bebía, la miró fijamente a los ojos. Entonces lo vio claro: la muchacha no podía ser otra que la cierva blanca de astas doradas y pezuñas de plata que había estado persiguiendo.

El rey quedó tan embelesado por su belleza que se arrodilló ante ella y le pidió que se convirtiera en su esposa, pero ella solo se echó a reír y le respondió que siete esposas ya eran suficientes, incluso para un rey. Sin embargo, el rey no estaba dispuesto a aceptar una negativa, así que le rogó que se apiadara de él y le prometió que le daría todo lo que deseara.

—Entrégame los ojos de tus siete reinas y entonces quizá empiece a creer lo que dices.

El rey seguía tan hipnotizado por la mística belleza de la cierva blanca que regresó a palacio de inmediato, ordenó que les sacaran los ojos a las siete reinas y, tras encerrar a las pobres mujeres, ahora ciegas, en una espeluznante mazmorra para que no pudieran escapar, partió de nuevo hacia la cabaña del barranco con su terrible ofrenda en mano. Cuando llegó, la cierva blanca prorrumpió en una cruel carcajada al ver los catorce ojos, y luego los ensartó en forma de collar y se los colgó a su madre.

—Madre querida, te dejo este recuerdo para que lo lleves mientras estoy en el palacio con el rey.

Luego se fue con el rey hechizado y se convirtió en su esposa. Él le regaló los lujosos vestidos de las siete reinas, todas sus joyas, e incluso su palacio para que se instalara allí con las esclavas que habían servido a las reinas y que ahora estaban a su disposición. Así que, verdaderamente, la mujer tenía todo lo que hubiera podido desear.

Poco después de que a las siete reinas les hubieran sacado los ojos y las hubieran metido en prisión, la más joven dio a luz a un hijo. Era un niño precioso y, aunque al principio las otras reinas sintieron celos de que la más joven hubiera sido la afortunada y aborrecieron al pequeño, muy pronto comprendieron que les sería de gran ayuda y todas le cogieron tanto cariño como si fuera su propio hijo. En cuanto el niño aprendió a caminar, empezó a hurgar en la pared de barro de la celda, y en muy poco tiempo abrió un agujero lo suficientemente grande como para salir gateando. A veces desaparecía por el agujero y volvía al rato cargado de dulces, que repartía entre las siete reinas ciegas a partes iguales.

Con el tiempo, el niño fue creciendo y siguió ensanchando el agujero. Se escapaba por allí dos o tres veces al día para jugar con los hijos de los nobles del pueblo y, aunque nadie sabía quién era aquel niñito, todos le tenían mucho cariño. Además, como conocía muchas bromas y ocurrencias divertidas, y era tan alegre y listo, siempre había alguien que le regalaba unas tortas, un puñado de grano tostado o unos cuantos dulces. Todo aquello se lo llevaba a sus siete madres, como a él le gustaba llamarlas, que con su ayuda habían podido sobrevivir en la mazmorra cuando todo el reino las daba por muertas.

Al fin, convertido ya en un joven alto y fuerte, un día cogió su arco y las flechas y salió a cazar. Por casualidad pasó junto al palacio en el que vivía la cierva blanca, rodeada de lujos y crueles privilegios, y vio unos palomos revoloteando alrededor de unos torreones de mármol blanco. Apuntó bien y mató a uno de aquellos palomos, que fue a caer por delante de la ventana en la que estaba sentada la reina blanca. La hechicera enseguida se levantó para ver qué había pasado y, cuando vio al apuesto muchacho con el arco, supo por arte de brujería que se trataba del hijo del rey.

Estuvo a punto de morir de envidia y rencor, así que decidió acabar con él sin tardanza. Ordenó a una de sus esclavas que fuera a buscar al joven de inmediato y, cuando se presentó ante ella, le preguntó si podía venderle el palomo que acababa de matar.

—No puedo —respondió el joven—. El palomo es para mis siete madres, que están ciegas y viven en una mazmorra: y se morirían si no les llevara comida.

—¡Pobrecitas! —gritó la astuta bruja blanca—. ¿Y no te gustaría poder llevarles sus ojos de nuevo? Querido, si me das el palomo, prometo decirte dónde están sus ojos.

Al oír aquello, el joven no pudo contener su alegría y le entregó el palomo sin pensárselo. Como recompensa, la reina blanca le dijo que fuera a buscar a su madre de inmediato y que le pidiera el collar de ojos que llevaba colgado del cuello.

—Si le enseñas este trozo de teja en el que le he escrito lo que quiero que haga, no dudará en devolvértelo —le prometió la reina.

Entonces le entregó un fragmento de arcilla cocida en el que había escrito lo siguiente: «Mata de inmediato al portador y esparce su sangre por la tierra, como si fuera agua».

El hijo de las siete reinas no había aprendido a leer, así que guardó inocentemente aquel mensaje fatal y partió tan contento con la idea de encontrar a la madre de la reina.

Por el camino cruzó una ciudad cuyos habitantes parecían tan tristes que no pudo evitar preguntarles qué les pasaba. Le explicaron que la única hija del rey se negaba a casarse, de modo que, cuando su padre muriera, nadie podría heredar el trono. Temían que la joven no estuviera en sus cabales, porque, aunque la habían pretendido los jóvenes más apuestos del reino, ella aseguraba que solo se casaría con el hombre que fuera hijo de siete madres, y claro, ¿cómo iban a encontrar a alguien así? El rey, desesperado, había ordenado que todos los hombres que cruzaran las puertas de la ciudad se presentasen ante la princesa. Así, aunque el joven estaba impaciente por encontrar los ojos de sus siete madres, él también tuvo que presentarse ante la princesa. En cuanto la joven lo vio, se sonrojó y, volviéndose hacia su padre, el rey, dijo:

—Padre, es él. ¡Es el elegido!

Jamás se conoció en aquel lugar la extraordinaria alegría que despertaron aquellas palabras, pero el hijo de las siete reinas insistió en que no se casaría con la princesa a menos que le permitieran ir a recuperar los ojos de sus madres primero. Cuando la hermosa joven oyó la historia, le pidió que le mostrara el fragmento de teja, porque ella sí sabía leer y además era muy inteligente. Al leer las terribles palabras, se quedó callada, pero, en vez de revelarle el contenido al joven, decidió buscar un trozo de teja parecido y escribió lo siguiente en él: «Cuida de este joven y concédele todos sus deseos». Luego le dio el nuevo mensaje al hijo de las siete reinas, que, sin sospechar nada de lo que acababa de ocurrir, emprendió la marcha, decidido a cumplir con su cometido.

Poco después llegó a la cabaña del barranco y encontró a la madre de la bruja blanca: una vieja espantosa que, al leer el mensaje de la teja, lanzó unos alaridos terribles, y aún más cuando el joven le pidió el collar de ojos. No obstante, se lo quitó y, al entregárselo, le dijo:

—Ya solo quedan trece, porque perdí uno de los ojos la semana pasada.

Sin embargo, el joven se alegraba de recuperar al menos una parte, así que volvió a toda prisa con sus siete madres y les fue entregando dos ojos a cada una, de la mayor a la más joven. Para esta última solo quedaba un ojo, pero su hijo siempre tenía unas palabras de ánimo.

—Mi querida madre, ¡yo siempre seré tu segundo ojo!

Luego partió para casarse con la princesa, como había prometido. Sin embargo, cuando pasó junto al palacio de la reina vio unos palomos en el tejado. De nuevo, tensó su arco y disparó a uno de ellos, que cayó por delante de la ventana de la reina blanca. La cierva blanca, al ver caer el pájaro, miró por la ventana y, para su sorpresa, comprobó que el hijo del rey seguía vivo.

Profirió un grito de odio y asco, pero ordenó que hicieran llamar al joven. Le preguntó cómo había podido regresar tan pronto y, cuando oyó la historia de cómo les había devuelto trece ojos a sus siete madres ciegas, casi no pudo contener su ira. Aun así, fingió alegrarse por el éxito del joven y le prometió que, si le regalaba también este palomo, lo recompensaría con la maravillosa vaca de Jogi, cuya leche era tan abundante que con ella se llenaban estanques tan grandes como el reino. El joven le entregó el palomo de buena gana y ella, como en la ocasión anterior, le dijo que fuera a pedirle la vaca a su madre y le dio una teja con el mismo mensaje: «Mata de inmediato al portador y esparce su sangre por la tierra, como si fuera agua».

Pero, por el camino, el hijo de las siete reinas fue a ver a la princesa para contarle el motivo de su tardanza y ella, tras leer el mensaje del trozo de cerámica, lo cambió por otro, de modo que, cuando el joven llegó a la cabaña de la vieja bruja y le pidió la vaca de Jogi, ella no pudo negarse a decirle dónde podía encontrarla. También le explicó que no debía temer a los dieciocho mil demonios que vigilaban a tan preciado animal, y al final le ordenó que se marchara antes de que cambiara de idea y se enfadara con su hija por regalar bienes tan valiosos.

El joven siguió las indicaciones con valentía. Viajó y viajó por aquellas tierras hasta llegar a un estanque de blanquísima leche custodiado por dieciocho mil demonios. Al principio se asustó al ver a aquellas criaturas, pero se armó de valor y avanzó silbando una canción mientras seguía su camino sin mirar a los lados. Enseguida encontró la vaca de Jogi, una vaca blanca, enorme y preciosa. El mismísimo Jogi, el rey de todos los demonios, la ordeñaba noche y día, y de sus ubres salía la leche infinita que alimentaba aquel estanque blanco.

Jogi, al ver al joven, le gritó con gesto feroz:

—¿Qué haces tú aquí?

El joven le respondió según los consejos de la vieja bruja:

—Quiero llevarme tu piel, pues el rey Idra está haciendo un nuevo timbal y dice que tu pellejo es el más duro y el mejor.

Al oír aquello, Jogi empezó a temblar, porque no hay genio ni demonio que se atreva a desobedecer las órdenes del rey Idra: muerto de miedo, se arrodilló a los pies del joven y le suplicó:

—Si me perdonas la vida, te daré todas mis posesiones. ¡Si quieres, te regalaré hasta a mi preciosa vaca blanca!

El hijo de las siete reinas fingió dudar por un momento y luego accedió al trato con la excusa de que, en realidad, no podía ser tan difícil encontrar una piel tan buena y tan dura como la de Jogi en alguna otra parte. Así, pastoreó a la maravillosa vaca y la llevó a casa. Las siete reinas estaban encantadas con aquel increíble animal; trabajaban de la mañana a la noche haciendo cuajadas y suero, vendían el resto de la leche a los pasteleros, y aun así no eran capaces de utilizar ni la mitad de la leche que daba aquella vaca. Gracias a aquella leche se hacían más y más ricas cada día.

Al ver a sus madres tan felices, el hijo de las siete reinas se marchó tranquilo a casarse con la princesa, pero, cuando pasó de nuevo junto al palacio de la cierva blanca, no pudo resistirse y disparó a unos cuantos palomos que descansaban sobre el pretil. Uno de ellos cayó junto a la ventana de la reina, que, cuando se acercó, vio al joven sano y salvo frente a su ventana. La reina empalideció de rabia y resentimiento.

Lo mandó llamar y de nuevo le preguntó cómo había conseguido regresar tan pronto; y cuando el joven le contó lo amable que había sido su madre, casi sufre una apoplejía. Aun así, disimuló cuanto pudo y, con una dulce sonrisa, le dijo que se alegraba mucho de que su promesa se hubiera cumplido, y que, si le daba también este tercer palomo, le haría un regalo aún más generoso: le concedería el arroz prodigioso, que madura en una noche.

Naturalmente, el joven quedó fascinado ante la idea de conseguir aquel arroz y, sin dudarlo, le entregó el palomo a la reina y se preparó para esta nueva misión. Al igual que en ocasiones anteriores, la reina le entregó una teja, en la que escribió: «No te equivoques esta vez. Mata al muchacho y esparce su sangre por la tierra, como si fuera agua».

Pero cuando él pasó a ver a su princesa para evitar que se preocupara por su tardanza, ella le pidió que le mostrara la teja, como siempre, y la sustituyó por otro trozo de cerámica, en el que escribió: «De nuevo, te pido que le des a este joven todo lo que solicite, porque tu vida depende de la suya».

Cuando la anciana leyó aquello y supo que el joven iba a buscar el arroz prodigioso que maduraba en una noche, sufrió un terrible ataque de ira, pero como temía a su hija más que a nadie, sofocó su enfado y le dijo al joven que debía ir a buscar el campo vigilado por los dieciocho millones de demonios y que no se le ocurriera mirar atrás una vez que hubiera arrancado el tallo más alto de arroz, que crecía en el centro del campo.

Así, el hijo de las siete reinas emprendió el camino una vez más y no tardó en llegar al campo vigilado por dieciocho millones de demonios en el que crecía el arroz prodigioso. Se armó de nuevo de valentía y caminó sin mirar a los lados hasta que llegó al centro y arrancó el tallo más alto. Pero cuando emprendió el camino de vuelta a casa, tras él se oyeron miles de vocecitas que le gritaban con dulzura: «¡Arráncame a mí también! ¡Por favor, arráncame a mí también!». El joven se giró a mirar y, ¡zas!, en un instante quedó reducido a un montón de cenizas.

Pasaron los días y, al ver que el joven no volvía, la anciana empezó a inquietarse. Recordó el mensaje de la teja («tu vida depende de la suya»), así que decidió ir a buscarlo.

No tardó en encontrar el montoncito de cenizas y enseguida comprendió, por arte de magia, qué había ocurrido. Añadió un poco de agua a las cenizas y creó una masa a la que le dio forma de hombre; luego le puso una gota de su sangre en los labios, sopló, y, en un instante, el hijo de las siete reinas recuperó su figura original, como si nada hubiera ocurrido.

—¡No vuelvas a desobedecer mis órdenes! —refunfuñó la vieja hechicera—. La próxima vez no vendré a salvarte. Y ahora, ¡lárgate, antes de que me arrepienta de mi amabilidad!

Así que el hijo de las siete reinas volvió alegre a casa con sus siete madres, que, gracias al arroz prodigioso que crecía y maduraba en una sola noche, se convirtieron en las mujeres más ricas del reino. Poco después se celebró el matrimonio entre su hijo y la ingeniosa princesa con el banquete más lujoso que se pueda imaginar. Pero la novia era tan lista y sagaz que no pensaba descansar hasta que el padre de su prometido conociera la verdadera historia del joven y castigara a la malvada reina blanca.

Así que la princesa ordenó construir un palacio idéntico al que fuera en su momento el hogar de las siete reinas. Cuando todo estuvo listo, le pidió a su esposo que diera un gran banquete e invitara al rey. El rey había oído muchas historias sobre aquel misterioso joven, hijo de siete reinas, y su increíble fortuna, así que aceptó su invitación con gusto. Pero cuál no fue su sorpresa cuando, al entrar en aquel palacio, descubrió que el joven parecía una réplica exacta de él en todos los aspectos. Y cuando su anfitrión, vestido con lujosos ropajes, lo condujo a la estancia privada en la que las siete reinas lo esperaban en sus tronos regios, vestidas tal y como él las había visto por última vez, se quedó mudo y estupefacto. No reaccionó hasta que la princesa se acercó, se arrodilló ante él y le contó toda la historia. Entonces, el rey despertó de su encantamiento, y la ira se apoderó de él cuando comprendió que la malvada reina blanca lo había tenido embrujado durante tanto tiempo. El rey no pudo contener su enfado y condenó a muerte a la reina blanca; así que fue ejecutada y su tumba fue pisada y arada. Después, las siete reinas volvieron a su espléndido palacio, y todos vivieron felices.

Caellie Bheur, la bruja invernal

Cuento escocés

Hace mucho tiempo, la Bruja de las Cumbres, Caellie Bheur, decidió capturar a la novia de la Primavera. Fue a su casa de Ben Wyvis, en las llanuras de la isla de Skye, entre las Colinas Rojas del este y el Gran Lago del oeste. Al llegar, le arrojó una madeja de lana marrón a la joven y le gritó:

—Lava esta lana marrón hasta que esté blanca o no volverás a ser libre.

La joven la lavó y la frotó, pero la lana no daba señales de que fuera a ponerse blanca. Mientras tanto, Caellie estuvo hirviendo su ropa en Corryvrecken, su espeluznante caldero; quedó más limpia que el agua clara y de un blanco reluciente, y luego la llevó a Storr para blanquearla y secarla. Pasaron muchos días y muchas noches, pero mientras Caellie estuvo en la isla, el tiempo de Skye fue tan terrible como siempre y no hubo ni un solo día de sol. Al final, la Primavera decidió que era hora de luchar contra aquel clima, pero Caellie era una bruja poderosa y, como es natural, la Primavera no pudo vencer. Friega que te friega, su novia seguía lavando la lana. Tenía los dedos ajados, estaba pálida y enfermiza, y desesperada por blanquear aquella lana.

Así que la Primavera fue a ver al Sol para contarle lo que estaba sucediendo. El comportamiento de la vieja bruja enfureció al Sol, que se apiadó de la Primavera. Siempre apasionado y fogoso, el Sol disparó sus rayos sobre el páramo en el que Caellie estaba paseando. Al tocar el suelo, la tierra se abrió en llamas, en una franja de diez palmos de ancho y otros tantos de profundidad. La bruja, asustada, se escondió entre las raíces de un acebo y la joven amante de la Primavera al fin quedó liberada y la pareja pudo reunirse.

La hendidura que había abierto el rayo del Sol siguió resquebrajándose hasta que, después de un tiempo, entró en erupción. De allí empezó a brotar una masa líquida y resplandeciente que estuvo ardiendo y llameando durante meses. Al final se asentó, pasó de tener un color rojo ígneo a un dorado reluciente, y estuvo humeando y escupiendo centellas hasta que se cristalizó en lo que ahora conocemos como las Colinas de Fuego. Hasta el día de hoy, las montañas de las Colinas de Fuego siguen reluciendo como prueba de que el Sol venció a Caellie aquel crudo invierno. Y ella nunca ha conseguido cubrirlas de nieve.

El antídoto

Cuento canadiense

Érase una vez una anciana que fue a ver al médico porque le dolía el estómago: también tenía calambres, insomnio y toda clase de dolencias. Las máquinas modernas de los hospitales nuevos no le encontraban nada raro.

—Pero ¿podría usted hacer algo para ayudarme? —insistió la anciana.

—¿Cuál cree que es la causa de su malestar? —le preguntó el doctor.

—Yo creo que es mi vecina, la que vive dos casas más abajo —respondió la anciana—. Dicen por ahí que es bruja.

En fin: como el doctor llevaba ya veinte años trabajando allí, conocía el antídoto para esa clase de males. Hacía tiempo que lo había descubierto y, en realidad, era una medicina muy poderosa. Así que le explicó a la paciente cuál era la única forma de curarse: debía orinar en una botella y luego taponarla de forma que, aunque la pusiera boca abajo, no se escapara ni una gota. Luego, tenía que dejarla debajo de la cama.

La anciana volvió a casa y, en cuanto hizo lo que le había prescrito el doctor, cesaron sus dolores de estómago, luego los calambres, y empezó a dormir mucho mejor. Sin embargo, su vecina se puso tan enferma que sus gritos de dolor y frustración podían oírse en toda la calle. Fue a ver al doctor y le dijo que no era capaz de orinar y que aquello le provocaba fuertes dolores. Estaba todo en la vejiga, deseando salir, pero le resultaba imposible. Ni siquiera una gotita. ¡Parecía que le hubieran cerrado el conducto con el tapón de una botella!

—Dígale a su paciente que le quite el tapón a esa botella que tiene bajo la cama —le pidió al doctor.

—Lo haré —le dijo el médico para tranquilizarla—, pero antes debe usted retirar la maldición que le ha echado.

Así, la vecina suspendió su maleficio y, por su parte, la anciana vació la botella para que la bruja pudiera volver a orinar. ¡Y vaya si tenía que orinar! Estuvo llenando cubos y cubos toda la semana. Apenas le daba tiempo a empezar alguna tarea y ya tenía que ir corriendo a aliviar la vejiga, y luego se ponía de nuevo con su faena, y a los pocos minutos tenía que ir corriendo al baño otra vez. Después de una semana, todo volvió a la normalidad, y la bruja no volvió a importunar a la anciana nunca más.

Biddy Early, el cura y el cuervo

Cuento irlandés

Aquel día Biddy estaba enferma, muy enferma. Ahora, yo no sé si el cura de la parroquia fue a verla porque lo habían mandado llamar o se presentó allí porque supo que la mujer estaba muy mal, pero la cosa es que fue a su casa y la encontró en la cama. Así que entró en la alcoba para escuchar sus confesiones. Y desde donde se sentó a escucharla, en la parte trasera de la casa, se veía en el exterior un fresno enorme. Las casas del campo normalmente tenían unas ventanas muy pequeñas, pero, bueno, por la ventanita de la habitación se veía el fresno. Y en el árbol había un cuervo que graznaba y graznaba sin parar mientras el cura escuchaba atentamente a Biddy.

Cuando acabó con su confesión, Biddy le dijo al cura:

—Padre, ¿podría traerme a ese cuervo y dejármelo a los pies de la cama?

—Bueno, puedo intentarlo —contestó el párroco.

Luego el cura leyó unas oraciones de su misal. El cuervo seguía allí fuera, en el árbol, graznando y graznando sin parar y, cuando el cura terminó de recitar las oraciones, Biddy le dijo:

—Voy a traer yo al cuervo.

Se incorporó en la cama, levantó la almohada y sacó una redoma mágica. No se sabe muy bien lo que dijo o lo que hizo, pero la ventana se abrió y el cuervo entró volando, se posó a los pies de la cama y siguió con sus graznidos, graznidos y más graznidos. Y entonces Biddy le dice al cura:

—No ha podido meter al cuervo, pero ¿será capaz ahora de sacarlo?

El cura empezó a rezar con mucha voluntad. Pero el cuervo seguía en la cama, graznando y graznando sin parar.

—Bueno, pues tendré que sacarlo yo —dijo Biddy.

Cogió la redoma y apuntó con el cuello de la botellita hacia el cuervo, que salió volando por la ventana, se posó en una rama del fresno y volvió a insistir con sus graznidos.

Después, Biddy le entregó la redoma al cura y le dijo:

—Para usted: así tendrá los mismos poderes que yo.

Pero el cura se deshizo de la redoma en cuanto salió de la casa, la tiró al lago de Kilbarron y, según dicen, allí sigue todavía.

Pedro Pedrito y la bruja Piruja

Cuento italiano

Érase una vez un niño llamado Pedro Pedrito. De camino a la escuela, pasaba siempre junto a un huerto en el que había un peral al que le gustaba subir para comer peras. Un día, por debajo del peral pasó la bruja Piruja y le dijo:

Pedro Pedrito, dame una pera
con tu manita, con tu manita.
En serio lo digo, ¡no te rías!
Tengo hambre, lo juro sincera.

Pedro Pedrito pensó que se lo quería comer a él, así que no bajó del árbol. Arrancó una pera y se la lanzó a la bruja Piruja, pero la pera cayó al campo, justo donde poco antes una vaca había dejado un recuerdo. La bruja Piruja le repitió:

Pedro Pedrito, dame una pera
con tu manita, con tu manita.

En serio lo digo, ¡no te rías!
Tengo hambre, lo juro sincera.

Pedro Pedrito se quedó en lo alto del árbol y le tiró otra pera, que esta vez cayó donde un caballo había dejado un buen charco.

La bruja Piruja repitió su petición una vez más y Pedro Pedrito pensó que lo mejor era hacerle caso, así que bajó trepando y le ofreció una pera. La bruja Piruja abrió el saco, pero en vez de meter dentro la pera, metió a Pedro Pedrito, lo cerró bien y se lo echó al hombro.

Después de estar un rato caminando, la bruja Piruja tuvo que hacer una parada para aliviarse, así que dejó su bolso en el suelo y se escondió detrás de un arbusto. Mientras tanto, Pedro Pedrito empezó a roer el nudo del saco con los dientecillos, afilados como los de un ratón, y lo partió en dos. Salió del saco de un salto, metió una piedra grande dentro y se escapó. Cuando la bruja Piruja volvió, se echó de nuevo el saco al hombro.

Pedro Pedrito, ¿quién lo diría?
¡Cargar contigo es una agonía!

La bruja volvió a casa cantando esta canción. Cuando llegó, la puerta estaba cerrada, así que llamó a su hija:

¡Margarita! ¡Marga, Mar!
Ven a abrirle a tu mamá.
Y te pido, ya que estás,
que eches agua al caldero
para hervir a Pedrito Pedro.

Margarita abrió la puerta y enseguida fue a llenar el caldero de agua para ponerlo al fuego. Cuando el agua empezó a hervir, la bruja Piruja vació el contenido del saco directamente en el caldero, y entonces... *¡plas!*, la piedra cayó en el caldero y lo rompió.

El agua hirviendo se derramó sobre el fuego y por el suelo, y le quemó las pantorrillas a la bruja Piruja.

Madre mía, ¿acaso espera
hervir piedras en la sopera?

Esto le gritaba Margarita a su madre, y la bruja Piruja, que saltaba y aullaba de dolor, la regañó:

¡Hija mía, reaviva el fuego,
que enseguida vuelvo con algo más tierno!

Entonces se cambió de ropa, se atavió con una peluca rubia y salió con el saco.

En vez de ir a la escuela, Pedro Pedrito había vuelto a subirse al peral. La bruja Piruja se acercó disfrazada, con la esperanza de que no la reconociera, y le dijo:

Pedro Pedrito, dame una pera
con tu manita, con tu manita.
En serio lo digo, ¡no te rías!
Tengo hambre, lo juro sincera.

Pero Pedro Pedrito la reconoció al instante y no quiso bajar.

Bruja Piruja, no lo haré:
que me mete en el saco, lo sé.

La bruja intentó convencerlo de que no era quien pensaba.

No soy quien piensas, te lo aseguro.
Que vengo de tierra extranjera;
estoy hambrienta y el camino es duro:
sé bueno y dame una pera.

E insistió e insistió hasta que convenció a Pedro Pedrito de que bajara y le diera una pera, y en cuanto el niño bajó, lo metió en el saco con un empellón.

Cuando llegó a los arbustos, de nuevo tuvo que pararse a aliviarse, pero esta vez había apretado bien el nudo y Pedro Pedrito no conseguía escapar. Así que lo que hizo fue gritar imitando el ajear de una codorniz hasta que un cazador se acercó con su perro. Cuando el perro, que iba en busca de una presa, encontró el saco, el cazador lo abrió y Pedro Pedrito salió de un salto. Le suplicó al cazador que, por favor, metiera al perro en el bolso para poder escapar. Cuando la bruja Piruja volvió y se echó la bolsa al hombro, el perro no paraba de gemir y retorcerse, y la bruja le decía:

Aunque me ladres como un perro
hoy no te salvas, Pedrito Pedro.

Cuando llegó a casa, la bruja Piruja volvió a llamar a su hija:

¡Margarita! ¡Marga, Mar!
Ven a abrirle a tu mamá.
Y te pido, ya que estás,
que eches agua al caldero
para hervir a Pedrito Pedro.

Pero cuando fue a vaciar el contenido de su bolso en el agua hirviendo, el perro furioso saltó sobre ella, le mordió en la espinilla, y luego salió corriendo al jardín y empezó a comerse a todas las gallinas de la bruja.

Madre, ¡dónde vamos a ir a parar!
¿Nos traes un perro para cenar?

Eso le gritó Margarita a su madre, que le respondió:

¡Hija mía, reaviva el fuego,
que voy a buscar algo más tierno!

De nuevo se cambió de atuendo: esta vez se puso una peluca roja y fue corriendo al peral. Fue tan insistente que Pedro Pedrito cayó una vez más en su trampa, pero esta vez la bruja Piruja no hizo ninguna parada y fue directamente a su casa, donde su hija la esperaba impaciente a la entrada.

—¡Enciérralo en el gallinero! Y por la mañana, cuando me vaya, me lo cocinas con patatas —le ordenó la bruja.

A la mañana siguiente, Margarita cogió un cuchillo y una tabla de cortar, se acercó al gallinero y abrió la puertecita.

Pedro Pedrito, ¡vamos a jugar!
Pon la cabeza en esta tabla de cortar.

Y él le respondió:

Jugaré con atención y esmero
si me enseñas tú primero.

Margarita colocó la cabeza sobre la tabla y, al instante, Pedro Pedrito cogió el cuchillo y le cortó la cabeza; y luego la echó a freír en la sartén.

Cuando la bruja Piruja regresó, lo primero que dijo fue:

Mi querida hija Margarita,
¡qué bien huele esa cabeza frita!

—¡Soy yo! —canturreó Pedro Pedrito, sentado en la campana de la chimenea.

—¿Cómo has subido ahí arriba? —le preguntó la bruja Piruja.

—He ido apilando las ollas y las cazuelas, y luego he subido hasta aquí.

La bruja Piruja intentó hacer una escalera de ollas y cazuelas, como le había dicho el niño, para subir a por él, pero cuando iba subiendo, la torre de ollas se derrumbó y al fuego cayó la bruja Piruja, que se quemó hasta que solo quedaron cenizas.

Agradecimientos

Estoy eternamente agradecida a Pat Ryan, a Linda-May Ballard, a Jill Laidlaw y a mi hermano Aamer Hussain por su ayuda a la hora de encontrar las fuentes; a mi editora, Ruth Petrie, por su apoyo constante y por sujetar las riendas en alguna que otra ocasión para que no me desviara del camino, y también por permitirme estar presente en ciertas partes del proceso de publicación a las que otros autores nunca llegan; a Teresa Lonergan, por limpiar sin quejas los escombros y detritus que ha generado la compilación de este libro y por seguir aquí para mantener mi trabajo en orden; a Natalie Brady y a Philippa Briggs, por haber fotocopiado las historias que me ayudaron a empezar el libro; a mi hijo Monty, por ser siempre crítico y por su sinceridad implacable: sus consejos han sido una valiosa mezcla de la frescura y del escepticismo que caracterizan la actitud de un niño de diez años hacia los cuentos de hadas; a mi hija Samira, por escucharme con tanta atención y señalar las repeticiones con toda la sabiduría y la agilidad mental de una mente de cinco años, y también por compartir conmigo esta pasión incondicional por las brujas. Y, sobre todo, a mi marido, Christopher Shackle, no solo por su ayuda práctica y sus investigaciones sin fin, también por haber reunido para mí una biblioteca exhaustiva de literatura sobre brujas; a mi amiga Carol Topolski, por escucharme con tanta paciencia y por responder con tantos estímulos (como Christopher) a mis teorías sobre la función psicológica de las brujas en los cuentos de hadas. Este libro se ha beneficiado de cada una de estas contribuciones excepcionales. Por último, gracias a todos mis amigos y colegas que han alentado mis esfuerzos y compartido mi emoción durante las distintas etapas de la recopilación de estas historias.

Notas

PRIMERA PARTE
Mujeres seductoras y caballeros destemplados

Indravati y las siete hermanas

Esta es mi versión de una historia que conocí en mi niñez y que he querido incluir en esta antología. Aparecen con frecuencia frases coloquiales, comentarios de los personajes y fórmulas típicas de la narración, por ejemplo: «vio junglas y desiertos, ríos y montañas [...] no quedaba en ellas ni rastro de Adán ni de sus descendientes». La referencia a Adán en la segunda mitad sugiere un origen musulmán, lo cual no sorprende, ya que la amalgama cultural es un rasgo habitual en el ámbito de los cuentos.

El nombre de Indravati no significa estrictamente «hija de Indra». En realidad, el sufijo «vati» unido a un nombre indica posesión, pero este tipo de detalles son secundarios para el narrador, a menudo analfabeto y absorto en la narración de la historia.

Aquí, el rajá Indra representa la corrupción del dios superior de la tríada védica, que en la Edad Media fue sustituida por la tríada actual de Brahma-Vishnu-Shiva. Cada una de las ramas, sectas y subsectas del hinduismo tiene predilección por un dios, diosa o pareja del rico y variado panteón hinduista, de modo que es bastante frecuente que un grupo religioso se burle de los dioses de otro, incluso en los textos religiosos. Indra, también conocido como Inder en el lenguaje popular, aparece aquí como rey de las hadas y como un individuo lujurioso. A muchos dioses se les ha atribuido la incontinencia sexual, lo cual explica que haya relatos en los que se describe la inseminación de plantas, animales y todo tipo de seres. Me he tomado la libertad de describir las partes más sensuales que siempre había intuido bajo la superficie de las versiones suavizadas y depuradas que me contaban de niña. Sí que existen textos irreverentes, desinhibidos y con alto contenido sexual en la literatura hindú de la época medieval, sobre todo en las obras gráficas que narran los encuentros del dios Krishna y la lechera casada Radha. La lujuria de las brujas es un concepto común en la India, al igual que en el resto del mundo, así que parece una elección legítima expresar la lascivia de las siete hermanas, que además explica su motivación para poseer al príncipe…, algo que nunca me quedaba claro cuando me lo contaban de niña.

La locura de Finn

Finn Mac Cumhal fue uno de los grandes héroes irlandeses de la tradición celta. Cuenta la historia que lo criaron dos magas: una le enseñó las artes y la otra, las destrezas guerreras. Aprendió a ser previsor cuando la grasa del Salmón de la Sabiduría le quemó el pulgar (cf. Gwion en «Nacido del caldero»). Finn estuvo al frente de unos cinco mil guerreros y, tras toda una vida de heroísmo, cruzó al Otro Mundo, donde yace sumido en un profundo sueño a la espera del despertar final. Es por tanto un dios herido (arquetipo de Jesucristo). Tiene un claro paralelismo con Arturo, que espera la resurrección desde que Morgana le Fey se lo llevara a Ávalon.

Durante sus aventuras, Finn tuvo encuentros con muchas mujeres mágicas. Los Dagda con los que se identifica Daireann son una tribu de seres sobrenaturales perteneciente a las Tuatha de Danaan, que habitan en Tier Na n'Og, la Tierra de la Juventud Eterna que aparece en «Coonlagh y el hada de la bruma».

(Lady Gregory, *Gods and Fighting Men*, John Murray, Londres, 1904; pág. 231.)

La Nixe

Andrew Lang la describe simplemente como «una historia de Europa del Este» y se la atribuye a Kletke, que la escribió en alemán. Es probable que sea húngara, aunque existen distintas versiones de esta en otras partes. Una versión judía cuenta que cierto pariente del rabino Baal Shem Tov arrojó todos sus pecados al agua en un arrebato de crueldad. En señal de venganza, las aguas se agitaron para tragarse a su hijo el día de su decimotercer cumpleaños, pero gracias a Baal Shem Tov, que sintió lástima por la piadosa esposa de su furibundo pariente, se advirtió a la familia y el niño quedó fuera del alcance de las aguas.

(Meyer Levin, *Classic Hassidic Tales*, Dorset Press, 1931.)

La Nixe es claramente una bruja acuática. Las liebres, los sapos y las ranas de la historia están todos conectados con la figura de la bruja, igual que la rueca. Como ocurre en muchos cuentos de brujas, existe un equilibrio entre el bien y el mal: la engañosa Nixe aparece en contraste con la amable bruja del prado.

Es probable que la trama de la promesa imprudente del principio tenga su origen en los ritos de sacrificios humanos de la antigüedad.

(Andrew Lang, *The Yellow Fairy Book*, Longmans Green and Co., Londres, 1894; pág. 99.)

Lorelei

La figura de la protagonista está claramente inspirada en las sirenas de la mitología griega, aunque se trate de una versión más melancólica y perturbadora. En la historia, las ninfas son víctimas de la modernización. Por otra parte, el exilio y la pérdida de poder de la joven ninfa reflejan que la creencia en los seres sobrenaturales empezaba a menguar. Es posible que los traicioneros espíritus y monstruos acuáticos tuvieran su origen en el miedo que sentían los hombres hacia el agua y hacia lo que podía albergar en sus profundidades. A medida que se fueron familiarizando con el mar, este miedo desapareció y el poder de estas criaturas también fue en declive.

(August Antz, *Legends of the Rhineland*, Wilhelm Stolfuss Verlag, Bonn; pág. 23; traducción al inglés de Kathlyn Rutherford.)

Coonlagh y el hada de la bruma

Esta historia es una transcripción de la grabación de Pat Ryan en la que registró algunos de sus cuentos de hadas favoritos. Probablemente tenga su origen en el siglo xix. También hay una versión literaria en la colección de Lady Wilde, *Ancient Legends, Mystic Charms and Superstitions of Ireland* (1925). Pat oyó esta historia, con algunas canciones, a su tía abuela Catherine. Seamus Ennis, el famoso músico y cuentista, tiene una narración similar. El hada de este relato resulta familiar y se asemeja, por ejemplo, a la del famosísimo poema *La Belle Dame Sans Merci*, de Keats. Una vez que el caballero ha visto al hada, enferma hasta que consigue reunirse con ella o acaba muriendo. Este tipo de encantamiento, característico de las historias celtas, tuvo un renacer en las obras del romanticismo inglés. En los cuentos de Persia y de la India, por el contrario, las hadas secuestran a los hombres de los que se enamoran a su antojo. Desde los inicios de la mitología celta, la manzana ha estado asociada a la rama plateada, la entrada al Otro Mundo.

(Pat Ryan, *Tales of Old, British and Irish Fairytales*, Sheba Audio Productions, Londres 1985; grabación.)

La boda de sir Gawain

En sus orígenes, la solución del acertijo era «Soberanía», pero con el tiempo se fue degenerando hasta implicar que toda mujer desea que se haga su voluntad. El prototipo de la mujer fea y vieja que se transforma en una hermosa doncella cuando la besan o se acuesta con un hombre joven es muy común en los cuentos celtas. Personifica muchas de las enseñanzas más simples: hay que plantar cara a lo que no nos gusta, no se debe juzgar a nadie por su apariencia, o revelar el poder transformador del amor. Aquí, la bruja representa a la diosa perdida de Gran Bretaña, la Soberanía, conocida también como la Dama Repugnante *(Loathly Lady).* Sus encuentros con distintos héroes le permiten juzgar si son dignos de convertirse en reyes; aquellos que la aceptan en su forma más repugnante demuestran que no solo tienen intención de aceptar los privilegios del poder, sino también sus congojas. Tanto la Caellie Bheur como Morgana o la Morrigu adoptan a veces formas repulsivas con el mismo objetivo, ya sea por voluntad propia o, como en esta historia, por culpa de un hechizo.

(Neil Phillips, *The Tale of Sir Gawain*, Beaver Books, Londres, 1989; pág. 40.)

SEGUNDA PARTE
Viejas y sabias

Te quiero más que a la sal

Esta peculiar variante de *Cenicienta* es obra de Duncan Williamson, el célebre cuentista escocés, aunque fue su esposa, Linda Williamson, la que transcribió la versión oral. Según cuenta Duncan, a los pueblos itinerantes no les gustaban mucho las brujas y por eso no solía nombrarlas en sus relatos. También en este caso describe a la bruja como una simple anciana desde el principio. En otras historias suyas aparecen como amables señoras, mujeres-pájaro, señoras muy altas o mujeres mágicas. En otras culturas encontramos precedentes de esta supresión: los celtas no solían nombrar a las hadas, preferían referirse a ellas como «buena gente» *(good people),* mientras que, en Bretaña, la *Mère Commère* (la Madre Comadre) era una designación del hada protectora.

En la mayoría de las variantes de Baba Yagá y de Madre Holle, la heroína sabe que será recompensada si ayuda a la bruja y cuida de sus animales, aunque dichas brujas nunca llegan a perder su aura mística y amenazadora. La bruja del bosque de esta historia es, sin duda, un ser benéfico; de hecho, podría ser un modelo primitivo de lo que luego sería el hada madrina, popularizada por Perrault en su elegante narración de la *Cenicienta.* El hada madrina no tiene un origen concreto más allá del *Pentamerón* italiano, de Giambattista Basile, en el que un hada surge de un árbol para ofrecer su ayuda. Aquí, la aparición de la palabra *madrina,* relacionada con el cristianismo, de algún modo sugiere la aprobación de que se acepten regalos de procedencia misteriosa, en particular, de las brujas, que durante tanto tiempo habían sido demonizadas por la Iglesia. En inglés, *Godmother* (madrina) incluye el término *God* (Dios), que podría incidir en esa connotación religiosa, aunque quizá sea solo una simple deformación de *good* (bueno), en cuyo caso se trataría de otra conexión pagana con las hadas y con la Diosa Madre. No se puede negar que la figura materna es crucial en muchas de las variantes de *Cenicienta:* en algunas, crece un árbol en la tumba de su madre; en otras, la madre muerta encuentra la forma de comunicarse con su hija e incluso de alimentarla.

La versión de esta compilación es muy realista. La princesa abandonada no recibe ayuda mágica, sino que una anciana la acoge en su casa. Cuando la princesa se transforma en vagabunda, sabemos que es tan solo un disfraz. Aquí, la única magia es el hecho de que la anciana hace desaparecer toda la sal del reino por algún extraño milagro de la naturaleza. La sal es muy significativa en el contexto de los cuentos de hadas, ya que aparece como talismán contra los hechizos. Se usaba para proteger a los recién nacidos de los demonios del parto, de las hadas ladronas y de otros espíritus, ya que ninguno de ellos podía consumir sal. Según la teoría de la alquimia, la sal sería la tercera sustancia elemental, junto con el azufre y el mercurio. Se cree que estabiliza y procura sensatez. Y desde luego, en esta historia, la pérdida de la sal hizo recapacitar al pretencioso rey.

(Duncan Williamson, *Tell me a Story for Christmas*, Canongate Publishing, Edimburgo, 1987; pág. 80.)

El cuento del mercader, la bruja y el rey

Richard Burton tradujo este cuento al inglés del clásico árabe perteneciente a la colección de relatos de Scheherezade. Según Burton, esta es la historia de la octava noche y aparece en un anexo *(The Supplemental Nights)* a *Las mil y una noches,* que se publicó como una edición limitada para uso privado y particular, pues se consideraba obsceno. Aquí, la bruja podría tener grandes habilidades sobrenaturales o bien podría ser extremadamente inteligente, ya que satisface la lógica de lo irracional.

(A Thousand and One Arabian Nights, vol. I, Burton Club, Londres, 1886; pág. 235; de la traducción al inglés de sir Richard Burton.)

Los cuatro regalos

De nuevo, en esta historia aparecen mujeres que representan los dos estereotipos de la madre: la buena y la mala. Una es avariciosa y tirana; la otra, una maestra paciente y protectora que, no obstante, deja que Téphany aprenda de sus propios errores. Las cualidades que desea Téphany resultan sorprendentemente similares a las de las brujas: gratificación sexual, belleza excesiva, inteligencia e independencia; pero el final demuestra que todas están fuera del control de una pobre joven campesina. Andrew Lang parece querer reforzar las antiguas ideas patriarcales cuando, al final, pone estas palabras en boca de Téphany: «Yo solo deseo ser la pobre campesina que he sido siempre, la que se esfuerza y trabaja por los que quiere».

Y también con la respuesta de la bruja: «Has aprendido la lección. Y ahora podrás llevar una vida tranquila y casarte con el hombre al que amas».

En cierto modo, el lector se queda con la sensación de que han engañado a la pobre Téphany a pesar de que nos aseguran que su esposo ha aprendido a hacer su parte de las tareas.

La historia recuerda al arquetipo de «La anciana que vivía en la botella de vinagre», en la que se le pide a un pez que conceda deseos cada vez mayores, pero quien los pide acaba prácticamente igual que al principio, aunque mucho más rico desde el punto de vista moral.

(Andrew Lang, *The Lilac Fairy Book*, Longmans Green and Co. Ltd., Londres, 1910; pág. 299.)

Habetrot

Este es uno de los muchos cuentos en los que se recompensan subterfugios y añagazas; es la historia de una hilandera bastante vaga que, gracias a los artificios de una hermandad secreta, consigue su final feliz. La vieja Habetrot no pide nada a cambio, ni siquiera como en el famoso relato noruego de «Las tres tías», que querían un reconocimiento familiar. En ambos relatos, una joven se libera tras darse cuenta de que está asociada a un grupo de mujeres toscas y feas, lo que sugiere que es importante que las mujeres reivindiquen su lado más débil y desagradable además de todas las cualidades positivas que poseen. Los trabajos relacionados con los telares se han considerado femeninos durante siglos; pero hilar es un acto de creación, requiere talento e imaginación y está relacionado con ideas vinculadas al poder. Las Parcas y otras criaturas con poder para controlar el destino de los hombres aparecen siempre asociadas con tareas de hilanderas. También se cree que las mujeres fueron las creadoras de muchas grandes historias, y probablemente son esas las que cuestionan la imagen de la mujer dócil y laboriosa que es a la vez bella y sumisa. Que los hombres elijan: o una esposa hermosa y consentida o una fea y trabajadora.

Kate Briggs ha registrado una secuela interesante del cuento inglés «Tom Tit Tot» en «La gitana», que aparece en su libro *Cuentos populares británicos*. En la historia, después de la muerte de Tom Tit Tot, la reina vuelve a enfrentarse a un desastre relacionado con la hilandería y una gitana acepta hilar lo que necesita a cambio del mejor vestido de la reina, además de pedirle que organice un festín y la invite. La gitana se presenta en la fiesta con un vestido precioso, mancha a los invitados con la grasa negra y confiesa que sus dedos han quedado manchados para siempre por la grasa de la rueca. Así, la reina perezosa se libra de la rueca una vez más.

(Kate Briggs, *A Dictionary of Fairies*, Penguin, Londres, 1979; pág. 213.)

Desafortunada

La protagonista de esta historia consigue cambiar su destino gracias a su niñera, que le aconseja cuidar y alimentar al personaje que lo encarna. Triunfa gracias a su fuerte instinto de supervivencia. El equilibrio entre dos destinos opuestos, uno hermoso y otro terrible, y las dos figuras maternas, la reina pasiva y la niñera activa, vuelve a destacar.

El motivo de una bruja que responde a la amabilidad de los hombres aparece en el primer mito conocido, en el que la diosa sumeria Erishkigal, paradigma de Deméter, convierte a la diosa Inanna en un trozo de carne podrida ensartada en un gancho. En algunas versiones, los dioses envían a dos criaturas que consiguen que Erishkigal acceda a liberar a Inanna del Inframundo.

(Ruth Mannings-Saunders, *The Book of Curses and Enchantments*, Magnet Books, Londres, 1979; pág. 16.)

Los hechizos voladores de Biddy Early

Esta es una de las historias más populares de Biddy Early. Biddy Early nació en Faha en 1798 y vivió la mayor parte de su vida en Kilbarron, situado en el Condado de Clare. Se la conocía por sus poderes sanadores y por su gran habilidad para enfrentarse a la clase dirigente; llegaron a llamarla la Sabia *(wise woman)* del Condado de Clare. Lady Gregory predijo que Biddy se convertiría en la protagonista de muchas de las historias apócrifas de su época. Eddie Lenihan comenta que «Biddy supuestamente hizo [...] lo que cualquier campesino oprimido desearía haber hecho si se hubiera atrevido: por ejemplo, plantar cara a la policía o al casero, o poner al sacerdote en su sitio». Añade que «Biddy fue una persona real, de carne y hueso, aunque, como ha pasado al acervo popular, corre el peligro de convertirse en una figura semimitológica».

Nunca pidió nada a cambio de su ayuda y se la recuerda sin duda como una bruja, aunque una bruja buena. Eddie Lenihan descubrió durante sus investigaciones que la gente tuvo miedo de hablar de Biddy hasta la década de 1980, lo cual sugiere que algunos creían que sus poderes superaban las limitaciones de la tumba.

Eddie destaca que esta historia no se debe interpretar como charlatanería, sino que la palabra «volar» se usa de forma metafórica.

(Edmund Lenihan, *In Search of Biddy Early*, The Mercier Press, Dublín, 1987; pág. 45.)

TERCERA PARTE

Brujas enamoradas: mujeres posesivas y esposas fieles

La Morrigu

Morrigu o Morrighan significa Gran Reina y remite a la antigua guerrera y triple diosa de Irlanda, Macha-Neimann-Badb. Su tótem de batalla es el cuervo. Puede volar, cambiar de forma y tiene el poder de curar, además de ser visiblemente similar tanto a Morgana le Fey, del ciclo artúrico, como a Modron, del Mabinogion galés, y, por tanto, también a la Soberanía (véase la nota de «La boda de sir Gawain»). De hecho, en forma de Soberanía visita y reta a Cuchulain, el paladín del rey del Úlster y el protagonista del Ciclo del Úlster, cuyo papel se corresponde, en líneas generales, con el de Gawain en las leyendas de Arturo. Solía luchar con su lanza mortal, Gae Bulg, y en esta historia defiende al Úlster de Maeve de Connacht sin ayuda, pues sus guerreros han quedado fuera de combate por culpa de la maldición de Macha.

Esta batalla es el resultado del robo del toro de Cooley instigado por la reina Maeve, enemiga del rey del Úlster. Cuchulain gana la batalla, pero no pasa la prueba de la Morrigu para ser rey.

(Lady Gregory, *Cuchulain of Muirthemne*, John Murray, Londres,1902; pág. 211.)

La piel pintada

La recopilación de *Cuentos fantásticos* que completó en 1679 el erudito P'u Sung-Ling, también conocido como Liu-Hsien o Liu Ch'uan, es el equivalente chino de las *Mil y una noches,* tanto en fama como en prestigio.

El espíritu-bruja con la piel pintada desea dominar a Wang para hacerse con su vitalidad y volver a nacer como humana. La manera salvaje en la que le arranca el corazón a Wang no difiere mucho de los métodos de las despreciables brujas de «La historia de Aristómenes», pero, como a menudo ocurre en estos relatos, aquí el monje sale victorioso.

(Strange Tales from a Chinese Studio, Cambridge University Press, Cambridge, 1908; pág. 47; traducción al inglés de Herbert A. Giles.)

Lilith y la brizna de hierba

Hay abundante literatura sobre Lilith en fuentes como el Zohar y el Midrash judíos. En resumen, puede decirse que fue la primera compañera de Adán y que expresó su enfado al tener que tumbarse debajo de él cuando copulaban. Su rebeldía fue castigada con el exilio (en la Tierra, lejos de sus hijos); ella, para vengarse, juró acosar y matar a los bebés recién nacidos. También empezó a tener relaciones con distintos monstruos, tanto que daba a luz a cientos de diablillos al día. Siempre ha sido demonizada por su acto de independencia y se dice que provoca poluciones nocturnas copulando con los hombres mientras duermen. Aquí aparece en forma de súcubo o bruja de la noche.

(Pinhas Sadeh, *Jewish Folktales*, Collins, Londres, 1990; pág. 80; traducción al inglés de Hillel Halkin.)

Hija de la Luna, hijo del Sol

En la mitología romana, Diana (la Artemisa griega) es también la diosa de la Luna y de las brujas. La luna y los animales nocturnos asociados con ella se han relacionado tradicionalmente con las brujas. Por tanto, Niekia, la hija de la luna en esta historia, merece ser reconocida como bruja. Una antigua leyenda toscana cuenta que Diana envió a su hija Aradia (que parece ser una corrupción de Herodías) a la Tierra para que estableciera las bases de la brujería y se convirtiera en la primera bruja. Está publicada en un extraño —pero muy célebre— manuscrito conocido como *Aradia o el evangelio de las brujas*. Charles Godfrey Leland, un folclorista del siglo XIX, la publicó en inglés y aseguraba que se la había proporcionado una tal Magdalena, bruja y adivina confesa. Parece que Niekia tiene la misma ascendencia, aunque su función es diferente. Sin embargo, al igual que Niekia, Aradia regresa con su madre una vez que ha completado su misión en la Tierra.

En la introducción a sus cuentos, James Riordan habla de lo difícil que era la vida de las tribus siberianas y explica que los niños tenían que empezar a trabajar desde los siete u ocho años. La única forma de recreo y aprendizaje que tenían era contar historias por las noches cuando se sentaban alrededor del fuego. Los primeros en recopilar el folclore siberiano fueron los exiliados políticos de mediados del siglo XIX.

(James Riordan, *Siberian Folktales, The Sun Maiden and The Crescent Moon*, Canongate, Edimburgo, 1989; pág. 202.)

El enamorado y el *Sutra del loto*

Se dice que las brujas-zorro y las brujas-perro, muy conocidas en Japón tiempo atrás, eran muy comunes en el país y convivían con familias que las cuidaban. Además, solían ayudar a los chamanes o a las personas que habían sido amables con ellas y/o les habían ofrecido su protección. Aquí, la bruja-zorro se sacrifica por el hombre que le demuestra su amor y, al hacerlo, consigue redención y un lugar en el Cielo. Encontramos la versión inglesa de la bruja que busca la salvación en «La señora de Laggan». La bruja con forma de mujer hermosa, en general, tienta a su presa con la intención de someterlo de algún modo, ya sea agotando su energía o esclavizándolo, pero esta preciosa historia subvierte este concepto por completo.

(*The Yanagita Kunio Guide to the Japanese Folktale*, Indiana University Press, Bloomington, 1948; edición y traducción al inglés de Fanny Hagin Mayer.)

La historia de Aristómenes

La región de Tesalia era famosa por sus poderosísimas brujas, entre las que destacaba Erictón, la bruja de Tesalia (en la *Farsalia* de Lucano). Aquí, Meroe (la embriaguez) y Pantia (la Diosa), con su ingeniosa picardía, convierten una venganza en un festival de inquina y malicia.

Las referencias a la castración son tan sorprendentes como divertidas, pero además representan algunos de los mayores miedos de los hombres: la emasculación, el daño a los genitales, transformarse en bestias de carga o ser esclavizados por mujeres, en particular por mujeres viejas. De forma metafórica, los poderes de Meroe también castran a los hombres. En la edición de *El asno de oro* (pág. 22), la analista Marie-Louise von Franz desarrolla la hipótesis de que Apuleyo tenía complejo de madre, y compara la naturaleza devoradora y castrante de una madre posesiva y controladora con la de la vieja bruja de esta historia. También señala las similitudes entre Lucio, el protagonista del libro, y el propio Apuleyo.

(Apuleyo, *The Golden Ass*, traducción al inglés de Robert Graves, Londres, Penguin, 1960; pág. 30. Existen traducciones españolas del *Asno de oro* de Apuleyo en distintas editoriales.)

Alá y la vieja bruja

En los cuentos europeos que narran este tipo de pruebas (una vieja bruja le pide favores a un joven) se premia la caballerosidad, en muchas ocasiones con la transformación de la bruja en una consorte mágica, como en el caso de la historia de Diarmuid y la Dama Repugnante o de otros episodios de Caellie Bheur. Sin embargo, la bruja de este relato es malvada hasta el final y necesita la energía viril de Alá.

(Jan Knappert, *Folktales from the Congo*, Heinemann Educational Books Ltd., Londres, 1987; pág. 24.)

El anillo de la reina

Aquí tenemos a otra bruja hilandera. Esta historia es una reinterpretación de la aventura del príncipe convertido en sapo y explica la transformación del rey. Es frecuente en los cuentos de brujas que una mujer hermosa adquiera la forma de una vieja horripilante.

(*The Book of Curses and Enchantments*, Ruth Mannings-Saunders, Londres, Magnet Books, 1979, pág. 36.)

CUARTA PARTE
TRANSFORMACIONES

LA SONRISA DE UNA ANCIANA

En esta historia es obvio que la bruja está protegiendo a las criaturas del agua, ya que solo aparece para matar a los cazadores.

(*Japanese Tales*, Royall Tyler, Nueva York, Pantheon, 1987, pág. 297.)

LA DONCELLA ROJA

Este es otro de los encuentros de Finn con las mujeres Sidhe, las hadas. Los firlbogs, una raza de gigantes deformes que fueron expulsados por los tuatha de Danaan, habían sido los primeros habitantes de Irlanda. La Doncella Roja provoca a Finn ofreciéndole que se refugie en su territorio frente a los poderes mágicos de los firlbogs y, cuando él se niega, consigue cazar lo que él no ha podido. Sin embargo, Finn se libra de un posible encantamiento negándose a comer la carne que ha cazado el hada.

(Lady Gregory, *Gods and Fighting Men*, John Murray, Londres, 1904; pág. 234.)

LA MUJER QUE CONVIRTIÓ A SU MARIDO EN SERPIENTE

La piedra mágica que procura poderes mágicos y da acceso a los territorios de las hadas también existe en la tradición celta, como en el caso de «Habetrot».

(Ruth Benedict, *Tales of the Cochiti Indians, Smithsonian Institute Bureau of American Ethnology, Bulletin 98*, Smithsonian Institute, Washington; 1934; pág. 96.)

Kertong

Se cree que fue el poeta T'ao Ch'ien (365-472) el primero en contar esta historia, que además debió de ser uno de los primeros cuentos del grupo temático de la «esposa mágica». En oriente, sobre todo en Japón, los reptiles de estas leyendas normalmente eran imponentes dragones y grandes serpientes; en las versiones europeas eran, por lo general, sirenas; en las Islas Británicas adoptaban la forma de sirenas o focas. Los pájaros y otros animales también se casan con maridos humanos (hay relatos de este tipo en todo el mundo), aunque las criaturas acuáticas parecen ser las más comunes. En la obra épica hindú del *Mahabharata,* la mismísima diosa del río Ganges se casa con el rey. Independientemente del origen del hada, los tabús son siempre los mismos: al marido se le prohíbe tanto divulgar la identidad sobrenatural de su esposa como cuestionar sus acciones; si se rompe este vínculo de confianza, la esposa vuelve a su reino y abandona a su familia. En Irlanda hay esposas sirenas y focas *(selchie)* retenidas contra su voluntad por sus maridos, porque han ocultado la piel natural del ser mágico. Cuando la encuentra, la esposa vuelve al agua.

(Carol Kendall and Yao Wen Li, *Sweet and Sour Tales From China*, Bodley Head, Londres, 1978; pág. 66.)

El chico y la liebre

Esta historia es una transcripción de la representación oral de Thomas Cecil que se encuentra en los archivos del Museo Folclórico y del Transporte del Úlster. Transmite una sensación realista y posible muy característica de los cuentos sobre transformaciones de Irlanda e Inglaterra. En general, tienen su origen en las preocupaciones de la vida rural, como el hecho de que las vacas no den suficiente leche por culpa de brujas que se transforman en liebres para bebérsela por las noches. Estas brujas aparecen convertidas en liebres o en perros negros, ya sea para cazar o por simple diversión. Hay ejemplos de historias en las que el perseguidor adquiere la forma de un rápido perro negro para ganar ventaja. En la mayoría de las variantes, quien se transforma es el fugitivo, que, por desgracia, suele acabar herido, ya sea por un disparo, un corte o una pata rota; la herida no desaparece cuando vuelve a su forma original, por lo que se revela su identidad. Ambos arquetipos se manifiestan en la historia de Granny Pope y su hija Kersey, un cuento popular de Somerset.

Esta versión del relato propuesto es poco común porque, al estar contado desde la perspectiva del niño, muestra una actitud partidista favorable a la bruja. Esta pícara abuelita vuelve a casa felizmente intacta y el chiquillo no parece en absoluto asustado cuando la ve aparecer tan desaliñada al final. La historia se ríe de los cazadores, de modo que se acerca a algunas ideas actuales relacionadas con los derechos de los animales y las preocupaciones ecologistas con las que se alían las brujas contemporáneas.

(Narración de Thomas Cecil, Museo Folclórico y del Transporte del Úlster, Úlster, 1979; cinta magnetofónica.)

Roland

Esta es una clásica historia de transformación, muy similar a «La hija del diablo», en la que una pareja a la fuga va cambiando de forma una y otra vez para eludir a la figura demoníaca que los persigue. En muchas ocasiones, la que huye es la hija del perseguidor, que ayuda a su pareja gracias a los instrumentos mágicos de su padre o madre. La figura parental puede ser un diablo o una bruja.

Las tres gotas de sangre siempre han sido un símbolo mágico muy poderoso, como en la Biblia, cuando la sangre de Abel *habla* después de haber sido derramada en el suelo. La sangre se utiliza en los pactos con el diablo y es sinónimo de vida. En esta historia, habla en beneficio de la heroína, pues sugiere que las mujeres pueden exteriorizar su magia interior si lo necesitan.

También aparece en este cuento el tema de la «verdadera esposa» cuando el príncipe olvidadizo reconoce a su amor verdadero y se casa con ella el mismo día que iba a celebrar su boda con otra mujer.

(*The Brothers Grimm*, Chancellor Press, Londres, 1989; pág. 263.)

La mujer serpiente

Esta esposa mágica, como la que aparece en «El enamorado y el *Sutra del loto*», se sacrifica por un humano y alcanza así la redención. La recompensa por su sacrificio es poder mantener para siempre su forma humana, que se considera la forma de vida más alta para las almas transmigratorias.

(*The Yanagita Kunio Guide to the Japanese Folktale*, edición y traducción al inglés de Fanny Hagin Mayer, Indiana University Press, Bloomington, 1986; pág. 35.)

La anciana del bosque

En algunos cuentos la bruja suele perder sus poderes cuando la heroína le planta cara. Si lo miramos desde una perspectiva psicoanalítica, esto sugiere que el individuo está decidido a enfrentarse y a asimilar a la bruja malvada (según la terminología de Jung: la Sombra) que tienen dentro. Al reconocer los aspectos más oscuros del principio femenino, la joven queda liberada y puede luchar por su destino. Según la teoría de Jung, esto representa tres pasos significativos: enfrentarse a la Sombra (el aspecto oscuro del subconsciente), integrar el lado femenino *(anima)* con el masculino *(animus)* que reside en todos los individuos, y llegar al estado deseado, es decir, la individuación o plenitud del Yo. La integración se manifiesta en la unión del príncipe y la doncella. Otra alegoría del Yo en esta historia son las piedras preciosas y el anillo, que en la teoría junguiana de la alquimia simbolizan el verdadero Yo superior. Cuando el individuo consigue aceptar todas las partes de su ser, se siente completo.

En los cuentos de hadas, el redentor suele ser una mujer. También aquí es la joven quien libera al príncipe después de haber seguido sus consejos.

(The Brothers Grimm, Chancellor Press, Londres, 1989; pág. 208.*)*

La mujer leopardo

Esta historia refuerza con humor los papeles históricos del hombre como cazador y de la mujer como cultivadora y recolectora. La protagonista, que cambia de forma, confirma que las mujeres pueden desempeñar las tareas de ambos sin problema, pero el resultado de que lo haga es un hombre más asustado e inútil que un niño pequeño.

(Roger Abrahams, *African Folktales*, Pantheon, Nueva York, 1983; pág. 148.)

Las tres hermanas

Este divertido cuento ilustra el poder de la risa.

(Italo Calvino, *Italian Folktales*, Harcourt Brace Jovanovitch, Nueva York, 1980; pág. 80.)

QUINTA PARTE

Guardianas de las estaciones y de la naturaleza

El primer pueblo y las primeras mazorcas

Fue un indio penobscot el que registró por primera vez esta leyenda en 1893. Las tribus de Maine y de Nueva Escocia también contaban versiones de la misma historia. El mito relata el origen del tabaco y del maíz; podría relacionarse con la historia de Deméter, cuyo símbolo es la espiga de grano. Tabaco y maíz representan a la Gran Madre desolada, cuando sufre por sus descendientes. Los rezos con los que concluye la narración recuerdan a la Eucaristía. Aquí, la diosa presenta un fuerte paralelismo con Jesucristo, y, aunque resulte sorprendente, este tipo de sacrificio propio para salvar a la Humanidad es muy poco frecuente en las leyendas sobre la Diosa Madre.

Existen muchas historias relativas al origen mágico o sagrado del maíz, cuyas protagonistas van desde una anciana inmortal hasta las siete o nueve Doncellas del Maíz, que aparecen para traer el cereal al mundo y luego desaparecen con su generoso regalo cuando los hombres se muestran orgullosos o desagradecidos, lo cual explica las cosechas fallidas y las hambrunas. Anglia Oriental y Alemania también tienen sus propias versiones de las diosas del cultivo del cereal.

(*The Penobscot Man: Life History Of A Forest Tribe In Maine*, Frank G. Speck, Filadelfia, University of Penn Press, 1940, pág. 330.)

La Dama del Fuego

Hay muchos cuentos populares sobre mujeres guardianas del fuego, entre ellos, los de las tribus amerindias y las del Pacífico Sur. Esta antigua leyenda, aunque no sea exactamente sobre el fuego, lleva a la protagonista, una madre imprudente, a interactuar con una anciana que origina el fuego.

Es probable que esta historia sea reflejo de los sacrificios humanos que aseguraban la supervivencia durante los largos inviernos siberianos (sería el método mágico para conservar el fuego encendido). Muchas culturas consideran el fuego como un elemento básico e indispensable de la naturaleza. Aquí, la Dama del Fuego exige el mismo grado de respeto.

(James Riordan, *Siberian Folktales, The Sun Maiden and the Crescent Moon*, Canongate, Edimburgo, 1989; pág. 181.)

Anancy y el Jardín Escondido

La Hermana Bruja vestida de rojo simboliza la fertilidad y la menstruación; la menstruación es, además, un elemento importante en la tradición de las brujas. La figura de Anancy, el estafador (también escrito como Anansi), se originó en África y, a partir de ahí, fueron apareciendo relatos sobre este personaje en otras partes del mundo. El estafador es un personaje ambivalente del folclore, a la vez creativo y destructivo, generoso y vil. En esta historia su lado negativo se hace evidente cuando destruye algo tan hermoso por pura avaricia. Parece haber arruinado el dominio de una diosa de la naturaleza en vano.

(James Berry, *Anancy Spiderman*, Walker Books, Londres, y Henry Holt and Company, Inc., Nueva York, 1988; pág. 39.)

Johnny, saca el cuchillo

Este cuento tan inquietante, incluido en un artículo sobre historias de focas, advierte de los peligros del mar y reitera que se le debe respeto.

(Linda-May Ballard, contado por Thomas Cecil, *Seal Stories and Belief on Rathlin Island*, Ulster Folklife, vol. 29, 1983; pág. 40.)

La hija de nieve y el hijo de fuego

Andrew Lang remite a *Bukowiner Tales and Legends,* de Von Wliolocki, de donde procede el cuento. La naturaleza incontrovertible de las estaciones es el origen de la trama de esta historia (al igual que en «La Caellie Bheur»). El invierno, representado por la nieve, y el verano, por el fuego, se destruyen mutuamente. Aquí también aparece el motivo clásico de la plegaria del deseo, que se hace realidad (al igual que en «Blancanieves» y en otras leyendas universales). La madre de la *nieve* y del *sol* podría representar a la propia Madre Naturaleza, y quizá por esta razón sus hijos no se destruyen hasta después de su muerte.

(Andrew Lang, *The Yellow Fairy Book*, Longmans, Green & Co., Londres, 1894; pág. 206.)

Madre Holle

Esta historia de los hermanos Grimm tiene la típica combinación de una niña buena y una mala. En la versión original, la madrastra era la madre biológica de ambas (de hecho, era así en muchos cuentos sobre madres crueles, incluido el de «Blancanieves»). En interpretaciones posteriores pasó a ser la madrastra, lo cual parece respaldar la intención de los Grimm de adoctrinar a los niños, o más concretamente a las niñas. El intento de arraigar ciertos conceptos sociales en niños y niñas es obvio en todos los aspectos de la narración. Por ejemplo, la hilandería era un pasatiempo apropiado para las mujeres, en particular para las más pobres. Las protagonistas hilanderas de los Grimm acabaron asociándose a cualidades como la diligencia, el altruismo y la privación, ya sea emocional o material. Sin embargo, por suerte sobreviven otros arquetipos de protagonistas hilanderas más vagas e ingeniosas, que no trabajan para otros a menos que sea a cambio de una recompensa. Estas son las mujeres que se encuentran en cuentos como «Tom Tit Tot» o «Las tres tías», que no son reacias a alguna que otra mentira instintiva si es para evitar quedarse pegadas a la rueca de por vida. Este tipo de heroínas también aparece en historias que siguen el patrón de «Madre Holle». Un ejemplo sería el cuento inglés «The Long Leather Bag» [La bolsa de cuero], en el que la protagonista sale en busca de fortuna y trabaja para una bruja, pero luego encuentra un bolso de piel lleno de oro y se escapa con él; aunque la bruja la persigue, las distintas criaturas a las que ella había ayudado le devuelven el favor y consigue escapar. En «The Green Lady» [La dama verde], también inglés, una joven trabajadora descubre a su señora bailando con un duende; para salvarle el pellejo, miente a todos descaradamente, y así, recibe una generosa recompensa por haber guardado el secreto. Según las notas de los propios hermanos Grimm, cuando empezaron a escribir la historia de «Madre Holle», la heroína iba pidiendo favores a las criaturas y a los objetos que iba encontrando en su camino, pero al final les pareció mejor abandonar ese relato y usar (o crear) una versión más instructiva: así sus enseñanzas se mantendrían fieles a sus ideales de feminidad.

Sin embargo, la verdad es que la belleza exterior siempre ha sido la clave de la buena suerte en los cuentos de hadas, aunque también es posible que simbolice la bondad interna. Así, en las historias más antiguas y auténticas, lo que se premiaba era la bondad inherente de la protagonista y no sus actos concretos y ocasionales. La privación emocional y material también es una condición que recibe abundantes compensaciones en el desarrollo de este tipo de trama. La combinación de belleza y privación es infalible. En «Madre Holle», la protagonista llega al reino de la Diosa Naturaleza, algo parecido al cielo, siempre verde y hermoso, tal y como aparece en cuentos con brujas similares, por ejemplo, en los de Baba Yagá. La Diosa no la castiga por su intrusión, sino que al final le concede una recompensa. Por el contrario, la segunda hermana llega por pura avaricia y se muestra irrespetuosa ante el orden natural de las cosas cuando se niega a crear la nieve deseada. Como consecuencia, ella sí recibe un castigo. En el terrorífico «Frau Trude» [La dama duende] de los hermanos Grimm, la niña es tan atrevida que queda convertida en un tronco de madera y la bruja le prende fuego para calentarse. En esta versión, la niña mala queda cubierta de alquitrán, creo que por influencia del cristianismo.

Cabe destacar que esta diosa es benévola incluso cuando se la asocia a la creación de la nieve, que aquí se describe como una materia suave y plumosa, un meteoro apreciado por el mundo. Esto se opone por completo a las brujas del invierno que personifican los climas fríos, como la Reina de las Nieves, la Caellie Bheur o Black Annis de Dane Hills.

(Andrew Lang, *The Red Fairy Book*, Longmans, Green and Company, Londres, 1890; pág. 303.)

SEXTA PARTE

Recursos hechiceros: calderos, escobas y citas con el diablo

¡Un hurra por Skye!

En la introducción de este cuento, Duncan Williamson cuenta que escuchó este relato por primera vez cuando tenía cuatro años: se lo contó su padre. Añade que los nómadas escoceses tienen su propia versión de esta historia, bien conocida en las Tierras Altas de Escocia.

El poder de volar se consigue a menudo empleando una palabra clave o contraseña, y aquí se adquiere con gorros en vez de con escobas (o calderos, como en «El aquelarre»). Queda claro que las ancianas rescatan a Jack para sublimar su dolor por la pérdida de su hermano. Sin embargo, podría haber una advertencia escondida cuando Maggie le asegura a Jack que no era más que un sueño y que su hermano había soñado lo mismo antes de morir. Jack opta por guardar silencio incluso después de haber corroborado que los eventos habían ocurrido de verdad. Este secretismo es bastante frecuente entre las brujas y el humano que ha descubierto sus habilidades. En una de sus variantes, Baba Yagá elogia a Vasilisa por no haberle preguntado sobre asuntos que deben quedar en casa, y en el cuento inglés de «La dama verde», la joven que trabaja para ella niega haberla visto bailando con un duende. De forma similar, en el cuento austríaco «La mujer de negro», la doncella se ve recompensada por negar que ha visto a la bruja volverse blanca mientras lavaba sus pecados.

(Duncan y Linda Williamson, *The Genie And The Fisherman*, Cambridge University Press, Cambridge, 1991; pág. 73.)

Nacido del caldero

John y Caitlin Matthews en su obra *The Aquarian Guide to British and Irish Mythology* describen a Ceridwen como la diosa de la inspiración, además de compararla con la Caellie Bheur. También conocida como la Vieja *(the Old One),* se la asocia siempre con el caldero y con las pociones mágicas. Esta historia ilustra con claridad tanto sus habilidades para cambiar de forma como su lado más vengativo. Pero la autofecundación y el renacimiento de Gwion son experiencias trágicas para ella, y un ejemplo más de que la justicia divina tiene prioridad sobre las emociones. Ceridwen es más temida y adorada que amada, quizá por su horrible semblante o por su naturaleza vengativa. Tiene una enorme vulva que le cuelga hasta las rodillas; por su parte, el caldero es a la vez un símbolo de renacimiento y de sacrificio humano. En su obra *Taliesin: Shamanism and the Bardic Mysteries in Britain and Ireland,* John Matthews escribe que, aunque ningún texto se refiere a ella como diosa, algunos dichos galeses sí la identifican como *wrach* (bruja) o *gwrach* (hechicera).

(John Matthews, *The Song of Taliesin,* The Aquarian Press, Londres, 1991: pág. 25.)

El aquelarre

Esta historia refleja las ideas de la iglesia medieval que dieron lugar a las terribles cazas de brujas de la Edad Media. Se creía que las brujas tenían una relación muy estrecha con el diablo, incluso que colaboraban con él y, por tanto, eran enemigas del cristianismo. Es posible que esta vinculación surgiera de la simple mención ocasional del viejo Erik o del viejo Dick (nombres populares del demonio), como ocurre en este cuento. De hecho, es probable que el concepto de un amo con cuernos y pies de cabra sea más cercano al dios de la brujería inspirado en Pan, que también tenía cuernos. Por tanto, quizá esta forma del diablo tenga su origen en Pan.

(Reidar Christiansen, ed., *Folktales of Norway*, traducción al inglés de Pat Shaw Iversen, University of Chicago Press, Chicago, 1964; pág. 36.)

Escoba de bruja

Este cuento, ciertamente misterioso, lo contó Alec Stewart. La relajada conversación entre la esposa de Paddy y el cura sugiere que no era ni un fantasma ni una bruja. Más bien, tendría algún poder sobrenatural y por eso pudo salvarse de la posesión de una bruja. A partir de su discurso, esta historia también podría insinuar que su culto o religión era precristiano y no anticristiano.

(Sheila Douglas, ed., *The King o' The Black Art And Other Stories*, Aberdeen University Press, Aberdeen, 1987; pág. 33.)

La escoba está ocupada

Esta críptica historia subraya los misterios de la adivinación. La filosofía aldeana de Odjo y Boki se caracteriza por un fatalismo conformista.

(Paule Barton, *Caribbean Tales: The Woe Shirt*, traducción al inglés de Howard A. Norman, Graywolf Press, Washington, 1982; pág. 57.)

Las mujeres de los cuernos

Este es un cuento de hadas clásico, inquietante y siniestro, que contiene varios de los elementos típicos de las brujas, como la rueca, los hechizos malignos y la invasión. Los cuernos simbolizan la luna creciente y recuerdan la conexión entre la luna y las brujas, mientras que el número trece es un símbolo típico de los aquelarres.

(Lady Wilde, *Ancient Legends, Mystic Charms and Superstitions of Ireland*, Chatto and Windus, Londres, 1925; pág. 10.)

La señora de Laggan

Esta historia se divide en cuatro partes: los dos duelos entre la bruja-gato y los cazadores de brujas, la escena en la que se desenmascara la verdadera identidad de la bruja y el intento de la bruja de redimir su alma antes de que el diablo imponga el cumplimiento de su pacto.

(Katherine Briggs, *Nine Lives*, Routledge y Kegan Paul Ltd., Londres, 1980; pág. 94.)

Baba Yagá

Esta variante de los famosos cuentos de Baba Yagá enfatiza la dualidad de la bruja casi más que cualquier otra. Al ser tan breve, permite que la historia se concentre en la actitud de Baba Yagá. Al igual que la famosa Madre Holle de los hermanos Grimm, la bruja premia la bondad y castiga la descortesía. Este tipo de comportamiento no difiere mucho del de las deidades paganas ni tampoco del dios de las religiones monoteístas en las que el trabajo y la amabilidad son recompensados, mientras que la falta de veneración es un pecado que se castiga severamente. Algunas de las características de Baba Yagá sugieren que se trata de una diosa de la naturaleza; por ejemplo, su mortero recuerda a los objetos simbólicos de Deméter.

Para referirse a las brujas, en Inglaterra también es común usar apelativos como *spindle-shanks* (zanquivanas o patilargas, donde *spindle* es también el husillo de las ruecas).

(Aleksander Afanas'ev, *Russian Folktales*,, Pantheon, Nueva York, 1973; pág. 194.)

SÉPTIMA PARTE
Brujas hambrientas: caníbales y chupasangres

Vikram y la *dakini*

He reelaborado este cuento a partir de recuerdos personales. El rey Vikram aparece con frecuencia en el folclore de la India. Parece ser un cruce entre el gran rey Vikramaditya (57 a. C.) y el rey que protagoniza una saga de veinticinco historias, «Vikram y el vampiro», en el *Kathā-Sarit-Sagarā (El océano de ríos de leyendas),* de principios del siglo XII.

Todos los cuentacuentos tienden a divagar de vez en cuando, en especial cuando se habla de personajes tan conocidos como Vikram o Kali, que tienen una larga tradición de leyendas a sus espaldas, además de formar parte de la mitología y de la historia. Quienes los escriben también añaden breves comentarios filosóficos: apuntes sobre los personajes, juicios morales, comentarios informativos, no siempre del todo exactos, pero que contribuyen a su comprensión. Por ejemplo, no todos los chatrias son reyes, pero son los chatrias (también conocidos como *rajputs)* quienes conforman la casta de los príncipes y de los guerreros.

Luego están los fragmentos que se dejan sin contar, los más demoníacos, sangrientos o sexuales. Los narradores más hábiles llevaban nuestra imaginación hasta el punto de conseguir que visualizáramos cada una de las acciones y de las escenas. Esas imágenes de mi infancia con frecuencia se reproducen en mis historias y representan un tipo de variación que la flexibilidad de los cuentos de hadas permite sin que ello represente el menor problema. A veces estos elementos son siniestros, otras veces son divertidos, pero siempre tienen una energía específica que seguramente nace de sus creadores y del entorno en el que surgieron.

La diosa Kali es bastante conocida en occidente. El tratado medieval *Kalika Purana* contiene, al igual que esta historia, ejemplos de sus habilidades genitales. Gran parte de los episodios sangrientos recuerdan a otros en los que aparece cazando demonios. También es la patrona de las brujas y de las diablas, entre otras criaturas.

La mujer rapaz

El autor recogió este mito sobre la fertilidad en la zona del río Roper, en los territorios del norte de Australia. La trama deriva de las historias sobre Kunapipi, la diosa local de la Tierra, que se comía a hombres jóvenes y luego los vomitaba. Esta imagen tiene un claro paralelismo con la recogida de las cosechas y su crecimiento cíclico. En otras versiones, los padres de los jóvenes desaparecidos encuentran a la bruja, la matan y se apoderan de sus rituales. Por tanto, la impactante analogía de la siega y la recolecta con una mujer mayor que traga y regurgita a jóvenes varones sirve para demonizar a la diosa. Así, se convierte en una criatura depredadora que debe ser ejecutada y sus poderes se transmiten a los hombres que la matan. El acto de arrebatarle los rituales de fertilidad, dominio tradicional de la diosa, pertenece a una corriente que se percibe con claridad en todas las mitologías: el patriarcado toma las riendas y reduce el poder de las mujeres. En muchos mitos parece evidente que los hombres se sentían amenazados sobre todo por la habilidad de las mujeres para reproducirse, ya que la tierra se reproduce constantemente, mientras que sus vidas son limitadas. La mitología más antigua que existe, la sumeria, también trata ambos temas: la poderosa diosa es desterrada al inframundo y los dos hermanos buscan la inmortalidad.

(Roland Robinson, *Aboriginal Myths and Legends*, Sun Books, Melbourne, 1968; pág. 131.)

Los dos niños y la bruja del bosque

Esta es una variación de «Hansel y Gretel». Aparecen todos los arquetipos: la madre que los abandona, la bruja caníbal que les da de comer y los niños que salen airosos. Pero en este caso, los hermanitos se quedan con la casa de la bruja. En este tipo de contiendas con niños, la bruja suele ser bastante tonta.

(Zófimo Consiglieri Pedroso, *Portuguese Folk-Tales*, traducción al inglés de Henriqueta Monteiro, Folklore Society, Londres, 1882; pág. 59.)

Mi dulce bruja

Aquí el concepto del jefe de las brujas se refiere a un brujo que *dirige* un aquelarre y no al hombre que tiene *control* sobre las brujas, como en el caso de «El consejo del Gran Chamán». Sin embargo, al igual que las brujas de algunas comunidades de Ozark, los iniciados también deben matar a un familiar para que los acepten en el aquelarre. En ambos casos, forman parte de una comunidad que practica rituales secretos.

(Jan Knappert, *Folktales from the Congo*, Heinemann Educational Books Ltd, Londres, 1987; pág. 61.)

La maldición

El autor describe al alce como un duende o demonio del parto que atacaba a las mujeres cuando daban a luz: les sacaba el hígado, estrangulaba tanto a la mujer como al recién nacido o se llevaba a su hijo humano y les dejaba a otro. También causaban abortos y esterilidad (como en «El rabino Joshua y la bruja»).

Las brujas de todo el mundo siempre han tenido un gran interés en los hígados y en los corazones humanos.

(Suzie Hoogasian-Villa, *100 Armenian Tales*, Wayne University, Detroit,1966; pág. 352.)

Dos niños y una bruja

En muchos cuentos de hadas aparecen criaturas feroces, como monstruos y lobos, que se tragan a niños enteros. Luego, al abrirles el estómago, los niños siguen de una pieza. En este caso, es la madre de la niña quien se enfrenta a la bruja y consigue vencerla.

(Fuente desconocida.)

La *muzayyara*

El editor menciona que ciertos tipos de espíritus acuáticos tienen permitido emparejarse con hombres mortales, pero, como tantas otras esposas mágicas, exigen secretismo a sus parejas. Sin embargo, en esta historia, Idrees cree realmente que la *jinniya* (mujer genio) tiene intención de matarlo.

(Hasan El-Shamy, *Folktales of Egypt*, University of Chicago Press, Chicago, 1938; pág. 180.)

OCTAVA PARTE
Enfrentamientos y argucias

La mantequera embrujada

Las medidas apotropaicas (fórmulas mágicas para alejar el mal) que toma la familia embrujada tienen un efecto muy poderoso en la bruja. Sin embargo, al contrario que ellos, la anciana no tiene intención de olvidar el pasado.

(Patrick Kennedy, *Legendary Fictions of the Irish Celts*, Macmillan, Londres, 1891; pág. 135.)

El rabino Joshua y la bruja

El recopilador de esta narración la sitúa en la Babilonia del siglo v. Los sacerdotes, sobre todo los de las llamadas «religiones éticas», siempre suelen vencer a las brujas. Estas historias son reflejo del enfrentamiento histórico entre el patriarcado y el matriarcado, entre el monoteísmo y el paganismo. Casi siempre están escritas desde el punto de vista de quienes representan las religiones monoteístas y buscan calmar los miedos de los fieles. Es muy diferente a los conflictos entre Biddy Early y el cura de Feakle.

(David Goldstein, *Jewish Folktales and Legends*, Hamlyn, Londres, 1980.)

El consejo del Gran Chamán

La bruja que cabalga a lomos de un hombre en mitad de la noche es una figura típica de Escandinavia y de las Islas Británicas. A veces es de forma literal, pues la bruja transforma al hombre en caballo y lo monta para ir a sus aquelarres. Aquí hay una clara connotación sexual, ya que los hombres siempre acaban exhaustos, e incluso a veces están heridos cuando despiertan por la mañana, aunque no recuerdan sus transformaciones nocturnas. Como pasa en esta historia, normalmente el hombre consigue vengarse y descubrir a la bruja. Pero esta versión es algo inusual y mucho más divertida por el giro escatológico. Además, por el bien de la paz doméstica, ata los cabos del cuento y de la pesadilla del hombre sugiriendo que todo ha sido un mal sueño.

(Vance Randolph, *Ozark Superstitions*, Columbia University Press, Nueva York, 1947; pág. 279.)

Hijo de siete reinas

De nuevo, una mujer salva al protagonista.

(Joseph Jacobs, *Indian Fairytales*, Constable and Company Ltd., Londres,1892; pág. 115.)

Caellie Bheur, la bruja invernal

Yo misma escribí esta versión de la encantadora historia procedente de la isla de Skye que cuenta los orígenes de las montañas de Cuchullin. Narra la batalla de la naturaleza que se da cuando la primavera y el verano acaban por reemplazar al invierno. Caellie es una bruja de invierno, al igual que la figura tradicional de Black Annis. La propia Caellie tiene orígenes muy variados: es guardiana del agua, una diosa madre y, en alguna ocasión, la famosa Dama Repugnante *(Loathly Lady)*.

El antídoto

He reelaborado este cuento norteamericano a partir de recuerdos personales. El título original *(Hag-rog* en inglés) lo he tomado de una publicación reciente de *The Terror That Comes In the Night*, que incluye una versión de la historia registrada por un informante de Terranova. Los hechizos que bloquean la orina y la defecación también aparecen en leyendas populares de África y de la India.

Biddy Early, el cura y el cuervo

Biddy Early murió en 1874. Sus enfrentamientos con el cura local fueron muy celebrados, así que era de esperar que tuviera un último encuentro con él en su lecho de muerte. La redoma mágica estaba muy asociada a sus poderes; cuenta la leyenda que se la regaló Tom, su marido muerto, para ayudarla a tratar con un casero corrupto, empeñado en desahuciarla. Si miraba dentro de la botella, podía ver el futuro y, así, prevenir o prepararse para las desgracias inminentes. Se decía que cualquiera que mirara en la botella se volvería loco, y también que el objeto dejaría de ejercer su poder si Biddy aceptaba dinero a cambio de sus remedios.

Biddy desafía el concepto tradicional de la bruja del pueblo, pues no tiene miedo al cura, ni a la Iglesia ni a la Biblia. Se hizo justicia cuando el cura la visitó en su lecho de muerte, a juzgar por lo que cuenta un testigo citado por Lenihan: «El cura que siempre la criticaba dio un sermón en Feakle después de que muriera y dijo que era una mujer estupenda, maravillosa, buena y caritativa, y que todo lo que hizo fue siempre por el bien de los demás».

(Edmund Lenihan, *In Search of Biddy Early*, The Mercier Press, Dublín, 1987.)

Pedro Pedrito y la bruja Piruja

Italo Calvino explica en sus notas que se inventó los nombres y las disparatadas rimas de esta versión, además de añadir algún que otro toque personal a la narración. En la introducción al compendio de sus cuentos, comenta algunas de las características generales de estas narraciones populares para niños:

> [...] temas como el miedo o la crueldad, los detalles escatológicos u obscenos, y las líneas en verso intercaladas con la prosa y que derivan en rimas sin sentido son características que representan una ordinariez y una crueldad que de ninguna manera se considerarían apropiadas en los libros para niños de hoy en día.

Por suerte, aunque los cuentos de hadas han pasado por siglos de purga y cribado moral, existe una tendencia indudable a mantener su auténtica franqueza y sus tramas, a veces tan extremas.

En algunas mitologías abundan los motivos escatológicos, como en África, en el Pacífico Sur o en algunas narraciones amerindias. Entre los escritores contemporáneos, Roald Dahl ha regalado a los niños un sinfín de divertidas historias que harán las delicias de los interesados en estos temas.

(Italo Calvino, *Italian Folktales*, Harcourt Brace Jovanovitch, Nueva York, 1980; pág. 110.)

Índice

Primera parte

Mujeres seductoras y caballeros destemplados

Segunda parte

Viejas y sabias

Tercera parte

Brujas enamoradas: mujeres posesivas y esposas fieles

Cuarta parte

Transformaciones

Quinta parte

Guardianas de las estaciones y de la naturaleza

Sexta parte

Recursos hechiceros: calderos, escobas y citas con el diablo

Séptima parte

Brujas hambrientas: caníbales y chupasangres

Octava parte

Enfrentamientos y argucias

La recomendación del editor

Cuentos de hadas de Angela Carter

Traducción de Consuelo Rubio Alcover

«Este delicioso y lúcido ensayo reivindica la tradición de los relatos populares y explora cómo las nuevas lecturas de estos cuentos tradicionales cuestionan los tópicos del pasado.»
—Miguel Cano, *El Cultural*

www.impedimenta.es